GRETEL MAYER

Münchner Vergangenheit

MÜNCHEN 1954 In der Schleißheimer Straße wird der 59-jährige Albrecht Gruber tot aufgefunden. Er wurde durch etliche vehement ausgeführte Messerstiche in die Brust brutal ermordet. Der junge Polizist Korbinian Hilpert aus dem Chiemgau, der gerade seine Ausbildung zum Kriminalbeamten in der berühmten Ettstraße begonnen hat, wird in seinem ersten Mordfall vor eine große Herausforderung gestellt. Gemeinsam mit seinem altgedienten, erfahrenen Kollegen Siegfried Breitner muss er in die verschiedensten Richtungen ermitteln, denn das Mordopfer hatte eine äußerst schillernde dunkle Vergangenheit. Albrecht Gruber war während der Nazizeit ein gefürchteter Blockwart in der Münchner Maikäfersiedlung und in der Nachkriegszeit einer der führenden Köpfe in der Schwarzmarktszene. Die Liste der Verdächtigen ist lang, hatten doch viele unter ihm zu leiden. Das Ermittlerduo hat eine äußerst harte Nuss zu knacken …

Gretel Mayer, geboren 1949 in München, war als Fremdsprachensekretärin, Übersetzerin und jahrelang als Buchhändlerin tätig, bevor sie ihre Leidenschaft fürs Schreiben entdeckte. Obwohl ihr Lebensmittelpunkt schon seit Jahrzehnten in Unterfranken liegt, schlägt ihr Herz noch immer für das Alpenvorland und ihre Geburtsstadt München.

GRETEL MAYER

Münchner Vergangenheit

KRIMINALROMAN

GMEINER

Bei Fragen zur Produktsicherheit gemäß der Verordnung über die allgemeine Produktsicherheit (GPSR) wenden Sie sich bitte an den Verlag.

Dieses Werk wurde vermittelt durch die Autoren- und Projektagentur Gerd F. Rumler (München)

Immer informiert

Spannung pur – mit unserem Newsletter informieren wir Sie regelmäßig über Wissenswertes aus unserer Bücherwelt.

Gefällt mir!

Facebook: @Gmeiner.Verlag
Instagram: @gmeinerverlag

Besuchen Sie uns im Internet:
www.gmeiner-verlag.de

© 2023 – Gmeiner-Verlag GmbH
Im Ehnried 5, 88605 Meßkirch
Telefon 07575 / 2095-0
info@gmeiner-verlag.de
Alle Rechte vorbehalten
4. Auflage 2025

Lektorat: Claudia Senghaas, Kirchardt
Herstellung: Mirjam Hecht
Umschlaggestaltung: U.O.R.G. Lutz Eberle, Stuttgart
unter Verwendung eines Fotos von: © Ullstein Bild – United Archives
Verkehrsleiter auf dem Karlsplatz, genannt Stachus, mit Karlstor und den
Türmen der Frauenkirche, 1957
Druck: CPI books GmbH, Leck
Printed in Germany
ISBN 978-3-8392-0398-9

»Der Münchner hat einen gemächlichen, gemütlichen Puls. Man kann damit sehr alt werden.«

Erich Kästner

1

Jeden Dienstag putzte Fanny Silberschneider bei drei
Parteien eines Hauses in der Münchner Schleißheimer
Straße. Wie durch ein Wunder hatte das gutbürgerli-
che Haus mit der etwas abweisenden dunkelgrauen Fassade den Weltkrieg unbeschadet überstanden, und auch
ein Großteil der Herrschaften, bei denen Fanny sauber
machte, war einigermaßen durch die schreckliche Zeit
gekommen. Vermögen war bei der Hauseigentümerin,
Fräulein von Wagner, einer Dame schon etwas gehobe-
nen Alters, die aus fränkischem Adel stammte, sicher
ebenso vorhanden wie bei dem ebenfalls schon in die
Jahre gekommenen Ehepaar Schmitzer, er emeritierter
Professor für bayerische Geschichte, sie frühere Konzert-
pianistin. Lediglich Fannys dritte Putzstelle konnte derart gehobene Lebensumstände nicht bieten. Herr Gruber, ein alleinstehender Mann Ende 50, lebte in einer fast
schon ärmlich wirkenden, wesentlich kleineren Wohnung
als die Wagner und die Schmitzers, und Fanny war jedes
Mal von Neuem erstaunt, wenn der Gruber im Gegensatz
zu den Schmitzers ihr ihren Lohn pflichtgetreu auf Hel-
ler und Pfennig auf die Küchenkommode legte. Auch zu
putzen gab es bei Gruber viel weniger als bei den anderen;
es herrschte eine fast pedantische Ordnung und Sauber-
keit in der spärlich möblierten Wohnung, und Fanny

beschlich manchmal der Verdacht, dass Gruber immer vor ihrem Kommen noch einmal extra sauber machte.

Zuerst putzte Fanny zwei bis drei Stunden bei Fräulein von Wagner, bei der es immer Unmengen von Nippes zu polieren gab; dann, nach einer kurzen Kaffeepause, weiter zu den Schmitzers, bei denen sie sich immer wunderte, wie zwei Personen innerhalb einer Woche Bad und Klosett derart verschmutzen konnten. Am Treppenhausfenster, neben zwei vor sich hin kümmernden Farnen, aß Fanny dann ihr Butterbrot und rauchte eine *Pall Mall*, die ihr ihre Tochter Trudi immer aus einer ihrer Tändeleien mit verschiedenen Besatzungssoldaten – Fanny wollte gar nicht mehr darüber wissen – mitbrachte. Dann ging es weiter zu Gruber, den ihr die von Wagner vermittelt und den sie noch nie persönlich kennengelernt hatte. Bei ihm war sie meistens in eineinhalb Stunden fertig.

Es war der erste Dienstag im September des Jahres 1954. Der Münchner Sommer hatte noch nicht richtig Abschied genommen und Fanny war bei ihren beiden ersten Putzstellen schon richtig ins Schwitzen geraten. Die klein geblümte Kittelschürze klebte ihr am Rücken, und ihre Haare unter dem Kopftuch waren feucht. Herr Gruber war während ihrer Anwesenheit nie zu Hause, den Schlüssel zur Wohnung hatte er immer unter dem rechten Farn im Treppenhaus versteckt. Beim Öffnen seiner Wohnung im Erdgeschoss des Hauses stellte Fanny erstaunt fest, dass nicht wie sonst zweimal abgesperrt war. Das war bei dem pedantischen Gruber äußerst verwunderlich. Fanny trat in den Flur, und sofort fiel ihr auf, dass ein alter Trachtenhut und eine graue Joppe an der Garderobe hingen.

Fanny sorgte sich. Ob Gruber möglicherweise krank im Bett lag?

»Herr Gruber, ich bin's, die Fanny«, rief sie. »Ich komm zum Putzen.«

Es blieb still in der Wohnung. Fanny beschloss, zuerst einmal einen Blick in die Wohnküche zu werfen, bevor sie ins Schlafzimmer schaute. Als sie die Küchentür öffnete, stieg ihr ein seltsamer Geruch in die Nase, der sie an die Schlachttage auf dem Bauernhof ihres Großvaters bei Erding erinnerte. Eine Mischung aus dem leicht metallischen Geruch frischen Blutes und dem bestialischen Gestank der letzten Ausscheidungen der Schlachttiere. Zögernd öffnete Fanny die Tür, trat in etwas Feuchtklebriges und wäre fast ausgerutscht. In der Küche, die zum schattigen Innenhof des Hauses hinausging, war es düster. Nur ein paar vereinzelte Sonnenkringel tanzten auf dem Küchenbuffet.

Neben dem Küchenstuhl lag Gruber – Fanny nahm zumindest an, dass er es war – er trug eine Schlafanzughose, die ein wenig heruntergerutscht war und einen schwammigen weißen Bauch entblößte. Seine Brust war nackt und wies einige große klaffende Wunden auf, aus denen wohl sehr viel Blut geströmt sein musste, das nun jedoch langsam anfing zu gerinnen. In kleinen Bächen hatte es sich dunkelrot über den Küchenboden geschlängelt und am Ende kleine Tümpel gebildet. In einen dieser kleinen Blutseen war Fanny getreten, und nun sah sie, dass die Spitze ihres rechten Schuhs blutverklebt war. Grubers Mund war weit aufgerissen, seine Augen starrten Fanny blicklos an, und seine Wangen waren nass, so als hätte er geweint. Ein Schrei, der jedoch seinen Weg nicht fand, blieb Fanny in der Kehle stecken und machte stattdessen einem keuchenden Würgen Platz.

Sie wankte aus der Küche und der Wohnung hinaus ins Treppenhaus, und nun bahnte sich der Schrei doch seinen Weg aus ihrer Kehle, er gellte durch das ganze Haus und rief sofort Fräulein von Wagner auf den Plan, die gerade dabei gewesen war, ihre Nippes wieder richtig zu platzieren. Die gute Fanny polierte sie zwar immer wunderbar, stellte sie aber nie wieder ganz an den richtigen Platz zurück.

Fanny ließ sich auf eine der Treppenstufen fallen, und einen Augenblick überlegte sie, ob sie ihr gerade erst zu sich genommenes Butterbrot wieder von sich geben und in den trostlosen Farn erbrechen sollte.

»Der Gruber, der Gruber ...«, stammelte sie, und als sie zu Fräulein von Wagner, die oben im Treppenhaus vor ihrer Wohnungstür stand, hinaufblickte, wurde ihr schwindlig.

»Der ist tot, ich glaub, der is umbracht worn!«

Fräulein von Wagners eh schon blasse Gesichtsfarbe wandelte sich in kalkiges Weiß, und ihre schmalen langgliedrigen Hände umklammerten ihre Wangen, als müsste sie ihren Kopf festhalten.

Mit krächzender, zittriger Stimme brachte sie ein »Um Himmels willen, der Albrecht« hervor, und bevor Fanny sich wundern konnte, wieso der Gruber für die von Wagner »der Albrecht« war, trat Herr Schmitzer im blassgrünen Hausmantel an das Treppengeländer und verkündete, dass er sofort die Polizei verständigen werde.

»Sie bleiben da, Frau Silberschneider«, befahl er Fanny. »Schließlich sind Sie eine wichtige Zeugin.«

Weder die von Wagner, die schon wieder in ihrer Wohnung verschwunden war, noch Schmitzer machten Anstalten, einen Blick in die Grubersche Wohnung zu werfen oder Fanny in ihre Wohnungen zu bitten. So blieb sie auf dem Treppenabsatz sitzen und schaute durch das ungeputzte Treppenhausfenster, für das sie sich noch nie zuständig gefühlt hatte, hinaus auf die Kastanie im Hinterhof. Die Blätter des großen alten Baumes zeigten vereinzelt bereits das erste herbstliche Gelbbraun. Langsam wurde Fannys Atem ruhiger, und sie überlegte, ob sie es wohl schon wagen konnte, sich eine *Pall Mall* anzuzünden.

2

Korbinian Hilpert verstaute seinen Koffer im Gepäcknetz und war froh, dass er für den Augenblick noch der Einzige im Abteil war. Denn seine Hände zitterten, und seine Augen waren feucht. Der Zug ruckelte an, und schnell zog Korbinian das Fenster nach unten und sah gerade noch seine Mutter und seine Schwester winkend auf dem Bahnsteig der kleinen Chiemseegemeinde Prien stehen. Schnell wurden sie kleiner und kleiner, und als der Zug sich in eine sanfte Kurve legte, waren sie und mit ihnen auch der Blick auf das Glitzern eines winzigen Stücks des Sees verschwunden. Korbinian schalt sich einen gefühlsduseligen Esel. Schließlich war er 23 Jahre alt, und es war wirklich an der Zeit, sein eigenes Leben zu beginnen. Gestern, beim sonntäglichen Abendessen, hatte er noch gescherzt, dass er nur froh darüber sei, endlich der Weiberwirtschaft im Hause Hilpert zu entfliehen. Die Weiber, das waren seine Großmutter, seine Mutter Therese und seine Schwester Franziska. Außer Korbinian gab es seit 1944 im Hause Hilpert kein männliches Wesen mehr; nur das Foto auf der Anrichte, das einen fröhlich lachenden, bärtigen Mann in Polizeiuniform zeigte, erinnerte an Gustav Hilpert, der im letzten Kriegsjahr in Russland gefallen war. Fast jeden Tag standen frische Blumen vor dem Bild, und oft hatte Korbinian gesehen, wie seine Mutter im Vorübergehen nur ganz kurz zärtlich über das Foto strich. Korbinians Vater war jahrelang der Dorfpolizist einer kleinen Gemeinde am Ufer des Chiemsees gewesen, und bis 1944 hatte ihn dieses Amt vor den Gräueln des schrecklichen Krieges bewahrt. Dann jedoch wurde er doch noch eingezogen und ein nicht mehr kriegstauglicher älterer Polizist in seine Position berufen. Korbinian erinnerte sich noch gut, wie er als 13-Jähriger mit Mutter und kleiner Schwester auf demselben Bahnsteig wie heute gestanden und den Vater verabschiedet hatte.

»An Weihnachten bin i wieder da!«, hatte der Vater aus dem Zugfenster gerufen, und Korbinian glaubte sich zu erinnern, dass auch dessen Augen feucht gewesen waren und seine Hände ebenfalls leicht gezittert hatten. Er, Korbinian, hatte damals ein starkes Würgen im Hals und ein heftiges Brennen in den Augen verspürt und mit aller Gewalt versucht, es zu unterdrücken. Denn es wäre doch eine Schande gewesen, wenn er, ein 13-jähriger, schon hoch aufgeschossener Bub mit den ersten Anzeichen des Stimmbruchs, angefangen hätte zu weinen.

Er erinnerte sich noch genau an einen Spaziergang mit dem Vater in den letzten Tagen vor dessen Abreise. Es war in den Abendstunden gewesen, und nachdem sie auf der kleinen Wiese vor dem Haus noch eine Runde Fußball gespielt hatten, waren sie zum See hinuntergegangen und den Uferweg entlangspaziert.

»Du musst nicht Polizist werden wie ich«, hatte Gustav Hilpert zu seinem Sohn gesagt. »Mach das, was dein Herz dir sagt.«

Doch für Korbinian hatte es schon damals festgestanden, dass er den gleichen Beruf wie sein Vater ergreifen wollte. Es kam nichts anderes für ihn infrage.

»Dann schau, dass d' nicht im Dorf hängen bleibst«, hatte der Vater gemeint. »Geh in die Stadt! Vielleicht hast auch das Zeug zum Kriminaler!«

Korbinian wusste, dass der Vater mehrfach das Angebot, nach München zu wechseln, ausgeschlagen hatte und das nun möglicherweise doch ein wenig bedauerte.

Das Weihnachten 1944 fand ohne den Vater statt. Zehn Tage vor dem Fest, das traurigste in der Familiengeschichte der Hilperts, war die Nachricht von seinem Tod eingetroffen.

Korbinian schloss das Fenster und bemerkte erst jetzt, dass eine dicke Bauersfrau mit zwei großen Körben sich im Abteil niedergelassen hatte. Sie wischte sich den Schweiß von der Stirn und erzählte ihm ungefragt, dass sie unterwegs nach Rosenheim zum Markt sei.

»Mei Blaukraut is des beste im ganzn Kreis, des wird mir aus der Hand grissn«, berichtete sie stolz und wollte natürlich ganz genau wissen, wohin Korbinian denn unterwegs sei.

»Nach München«, erwiderte dieser einsilbig.

Doch die Bäuerin ließ nicht locker.

»Und was machst da? Die hübschen Madln anschaun?«

»Ich mach a Ausbildung«, antwortete Korbinian vage und blickte angelegentlich aus dem Fenster auf die vorüberziehende Landschaft.

»Soso, was denn?«, hakte die Frau sofort ein. »Hast scho a Unterkunft?«

Korbinian überging ihre erste Frage. Dass er junger Polizist war und ab übermorgen seine Ausbildung bei der Kriminalpolizei in der berühmten Münchner Ettstraße antreten sollte, wollte er der Neugierigen nicht auf die

Nase binden. Er konnte es ja selbst immer noch nicht recht glauben, dass sie ihn in München genommen hatten. Zuerst einmal, so hatte es geheißen, sollte er für drei Monate alle wichtigen Abteilungen des Hauses durchlaufen, bevor dann die richtige Ausbildung losging.

»Ich wohn bei meiner Großtante«, murmelte Korbinian, zog den Münchner Stadtplan aus seiner Tasche, vertiefte sich darin und biss in den Apfel, den ihm seine Mutter noch zugesteckt hatte.

Die Bauersfrau verstummte.

Korbinian fühlte Vorfreude, Neugier, aber auch eine gehörige Portion Angst in sich. Wie es wohl in den heiligen Hallen der Ettstraße zugehen würde, dem bekannten Münchner Polizeipräsidium, das seinen Namen nach der kleinen Seitenstraße der Neuhauser Straße hatte, an der es lag? Während seiner Polizeiausbildung hatte Korbinian immer in kleinen dörflichen Wachstuben in der Gegend um den Chiemsee gearbeitet und jeden Abend mit seinem Motorrad nach Hause fahren können. Wie es in der Großstadt zuging, konnte er sich gar nicht recht vorstellen. Über die Ettstraße wusste Korbinian nur ein wenig aus den Berichten des Vaters, der dort in einigen Chiemgauer Mordfällen, bei denen die Untersuchungen bis nach München reichten, ermittelt hatte. Der Münchner Kommissar, von dem sein Vater immer mit Hochachtung sprach, war Ende der 30er-Jahre mit seiner Familie in die Schweiz gegangen. Er hatte sich immer einem Parteieintritt widersetzt, und so war ihm am Ende nichts anderes übrig geblieben, als zu emigrieren.

War eigentlich sein Vater Parteimitglied gewesen? Korbinian wusste es nicht, nie war davon in der Familie die

Rede gewesen. Doch ziemlich genau konnte er sich an abfällige Bemerkungen seines Vaters beim Abendessen in Bezug auf die Nationalsozialisten und deren Machenschaften erinnern und daran, dass seine Mutter immer versucht hatte, den Vater zu beschwichtigen. Ihm, Korbinian, hatte sie schon als kleinem Buben eingeschärft, niemandem davon zu erzählen.

»Des könnt arg gefährlich werden«, hatte sie immer beschwörend zu ihm gesagt, und Korbinian, der nur leise ahnte, was sie damit meinte, hielt sein Wort.

Der Zug nach München hatte in Rosenheim gehalten, die Bäuerin mit dem Blaukraut war unter Ächzen und Stöhnen ausgestiegen, und Korbinian blieb zu seinem Erstaunen allein im Abteil. Das spätsommerliche Voralpenland glitt vorüber; große, aber freundliche Wolken trieben über den Himmel, und hin und wieder blitzte die markante Spitze eines Kirchturms auf. Korbinian war ruhiger geworden und schloss ein wenig die Augen. Ganz kurz musste er an die Evi denken, an ihre helle Haut mit den zahllosen Sommersprossen, an ihr Lachen, das die kleine Lücke zwischen ihren Schneidezähnen aufblitzen ließ, und an die zuerst sehr sanften und zärtlichen, dann immer leidenschaftlicher werdenden Küsse, die sie getauscht hatten. Sie hatte geweint beim Abschied, und es hatte Korbinian sehr viel Kraft gekostet, ihr nichts für die Zukunft zu versprechen. Doch zuerst einmal sollten da München und die Ausbildung bei der Kriminalpolizei kommen; wer weiß, was alles geschehen würde, und er wollte nicht, dass die lebenslustige Evi zu Hause saß und auf ihn wartete und er sie vielleicht später umso schmerzvoller enttäuschen musste.

Die Großtante, Natalie Pirkner, eine jüngere Schwester seiner Großmutter, bei der Korbinian vorerst unterkommen sollte, hatte er nur zweimal in seinem Leben gesehen. Zu seiner Firmung im letzten Kriegsjahr hatte sie eine Buttercremetorte mitgebracht, die schon leicht säuerlich geschmeckt hatte, und noch einmal war sie zum 80. der Großmutter dagewesen. Eine kleine, hagere, sehr unruhige Person, die viel sprach und kaum eine Minute stillsitzen konnte. Die Großmutter hatte ihrer Schwester sofort geschrieben, als feststand, dass Korbinian nach München gehen sollte, und postwendend war eine Karte gekommen.

»Freilich kann der Bub bei mir wohnen, er ghört doch schließlich zur Familie!«

Dann teilte eine scheppernde Lautsprecherstimme mit, dass man in wenigen Minuten die Landeshauptstadt München pünktlich erreichen werde. Korbinian warf den angebissenen Apfel seiner Mutter in den Abfalleimer vor seinem Abteil, stellte seinen Koffer zurecht und schlüpfte in das dunkelgraue Sakko, das er sich extra für die Großstadt gekauft hatte. Das neue Leben konnte beginnen.

3

»Warn die Putzweiber wieda do und ham ois durcheinanderbracht«, stöhnte Siegfried Breitner und versuchte, wieder die Ordnung auf seinem Schreibtisch herzustellen.

»Und gibt's heut koan Kaffee, Conni?

Cornelia Pringerl, die Sekretärin der Mordkommission I, zog enerviert ihre schmal gezupften Augenbrauen hoch.

»Glei, Sigi, du wirst as no dawarten können!«

Nichts hasste sie so sehr wie die Chefallüren, die der Sigi manchmal an den Tag legte.

Gerade als sie die Filtertüte in den dicken Porzellanfilter auf der bauchigen Kaffeekanne einlegen wollte, wurde die Tür aufgerissen.

Helmut Ostermeier, der wahre Chef der beiden Mordkommissionen in der Ettstraße, rauschte herein und klatschte in die Hände.

»Wir haben einen Mord in der Schleißheimer Straße, meine Herren«, rief er, und es klang so erfreut, als würde er die Geburt eines Stammhalters verkünden.

»Welche Herren meinen S' denn, Chef?«, konterte Siegfried Breitner süffisant. »Bin nur i da; der Mayer is doch seit der Woch auf Kur, und die Pringerl is ja wohl a eindeutiges Weib«, wobei er angelegentlich auf Connis üppigen Busen und ihre schlanken Beine schielte.

Ostermeier räusperte sich ungehalten.

»Und der Neue?«, fragte er und blickte sich suchend um.

»Was? Der soll als Erstes zu uns kommen? Zum Mord?«, rief Conni entsetzt und goss den Kaffee auf.

»Der hat doch von Tutn und Blasn no koa Ahnung, der kommt doch vom Land«, spottete Breitner. »Der wird an Schock kriagn, dass er schon als Erstes beim Mord eingsetzt wird. Der muss doch zerst amoi richtig einglernt werden!«

Ostermeier, wie immer im dunkelgrauen Einreiher, heute mit violettem Einstecktüchlein, hüstelte erneut.

»Der sollte doch dieser Tage in München ankommen, vielleicht ist er schon vor Ort. Versuchen Sie, ihn aufzutreiben, so eine Tatortbegehung ist doch der beste Einstieg in die Ausbildung.«

»Soviel ich weiß, wohnt der bei einer Tante in der Sophienstraße; ich kann ja mal den Bullauer hinschicken«, meinte Conni.

Der Bullauer war das Faktotum der Ettstraße, der alle einfachen Dienstgänge erledigte, die Brotzeit holte und morgens die Post verteilte.

»Na, wunderbar«, stöhnte Sigi Breitner. »Dann kann i mi ja zuerst amoi alloa aufn Weg machn.«

Ostermeier hüstelte zustimmend.

»Albrecht Gruber, 59 Jahre alt, ledig, Beruf unbekannt. Mehrere heftige Stichverletzungen im Brustbereich. Näheres weiß dann Lippl, der hat sich auch gerade auf den Weg gemacht«, schnarrte er stichwortartig herunter und entfernte sich dann mit diskretem Räuspern.

Lippl war der Rechtsmediziner des Amts, ein riesiger Zweizentnermann, der sommers wie winters über seinem Arztkittel einen wehenden schwarzen Mantel trug.

»Dann renn i dem amoi hinterher«, beschloss Breitner gottergeben und verbrühte sich an dem heißen Kaffee die Lippen. Er schlüpfte in seinen altgedienten Trachtenjanker, der am Rücken schon speckig war und abgewetzte Taschen hatte, und machte sich auf den Weg. Doch die zwei zur Verfügung stehenden Dienstwagen waren natürlich schon weg.

»Kruzitürkn«, schimpfte Sigi vor sich hin und holte sein Fahrrad, mit dem er jeden Tag zum Dienst fuhr.

Schon nach etwa 100 Metern spürte er, wie sich seine Stimmung besserte. Leise pfiff er vor sich hin und erfreute sich wieder einmal an seiner Heimatstadt. Hier war er zur Welt gekommen, hier hatte er, bis auf die zwei Jahre, die er im Krieg gewesen war, immer gelebt und nicht um alles in der Welt wollte er woanders hin. Er verstand seine Kolleginnen und Kollegen, darunter auch Conni, nicht, die von der Sommerfrische in Österreich oder gar an der Adria träumten. Was gibt's Schöners ois mein *Hirschgarten*, dachte er sich, der von seiner Wohnung in der Wendl-Dietrich-Straße im Münchner Stadtteil Neuhausen nur wenige Minuten dorthin hatte. Er war hier Stammgast, kannte jede Bedienung und jeden Hirsch und jede Hirschkuh im Wildgehege. Es gab nichts Schöneres als eine Maß und einen geräucherten Steckerlfisch direkt von der Holzkohle.

Während Sigi Breitner pfeifend dahinradelte und sich über jede hübsche noch sommerlich gekleidete Münchnerin freute, an der er vorbeifuhr, öffnete Conni die Tür zum Amtskorridor und rief mit singender Stimme: »Bullauer!«

Umgehend erschien dieser, als hätte er nur um die Ecke auf den Zuruf gewartet, und machte einen formvollendeten Diener vor Conni. Schon des Öfteren hatten unkundige Besucher des Präsidiums Bullauer für ein hohes Tier im Amt gehalten. Groß, aufrecht, mit streng gescheiteltem Haar, immer mit Anzug und vor allem mit den vornehmsten Manieren ausgestattet, glaubte keiner, einen schlichten Büroboten vor sich zu haben.

»Bullauer, Sie müssten mal in die Sophienstraße 26«, bat Conni.

Wie alle im Amt siezte sie ihn.

»Dort wohnt der junge Mann, der morgen als Kriminalanwärter anfangen soll. Der wird jetzt dringend gebraucht, wir haben einen Mord in der Schleißheimer Straße. Vielleicht ist er schon in München. Ach, könntn S' mir auf dem Weg zwei Brezn mitbringen?«

Bullauer verbeugte sich erneut, er war kein Freund großer Worte, doch man wusste bei ihm sicher, dass er pflichtgetreu und rasch seine Aufträge ausführte.

Bullauer war gerade um die Ecke gebogen, als Ostermeier mit elastischem Schritt, der immer ein wenig wirkte, als würde er ihn jeden Abend daheim trainieren, hüstelnd daherkam.

»Es muss rasch gehen, Fräulein Pringerl!« rief er. »Ist Breitner schon unterwegs? Wann kommt der Neue?«

Conni nahm eine eindeutig ironische Habachtstellung an.

»Alles in die Wege geleitet, Chef.«

Insgeheim dachte sie voller Mitleid an den Neuen; das war ja ein ganz schlechter Anfang für den armen Kerl. Ein ekelhafter Mord und dazu noch der grantige Breitner und der unheimliche Leichenfledderer Lippl!

4

Korbinian schreckte hoch. Er hatte von Winnetou geträumt und wusste nicht so recht, wo er sich befand. Ein schweres kariert überzogenes Federbett lastete auf ihm, und von draußen hörte er eigenartiges Rumpeln und Quietschen. Ganz langsam kam er zu sich, und ihm wurde klar, dass er im Bubenbett des jüngsten Pirkners lag, dass er am Abend vor dem Einschlafen noch kurz in *Winnetou I* aus dessen vollständiger Karl-May-Sammlung gelesen hatte, und dass das Rumpeln und Quietschen von den Straßenbahnen kam, die zahlreich und nahezu ohne Unterbrechung über den nahe gelegenen Stachus fuhren.

Korbinian war, nachdem er aus dem Zug ausgestiegen war, zuerst noch etwas durch den großen Münchner Hauptbahnhof geschlendert, der im Krieg stark zerstört, nun aber fast zur Gänze schon wiederaufgebaut war. Die große Schalterhalle war bereits vollständig fertig, und bei einem kleinen Blumenstand vor dem Ausgang kaufte Korbinian einen Strauß Dahlien für die Großtante Natalie. Beim Weitergehen wäre er fast über einen Mann gestolpert, der direkt neben dem Blumenverkauf auf einer schmutzigen Decke saß. Seine Hosenbeine waren bis zu den Oberschenkeln aufgerollt und dort mit Sicherheitsnadeln befestigt. Vor sich hatte der Mann einen umgedrehten Hut liegen, und auf einem Pappkarton stand mit ungelenker Schrift: »Schwer kriegsversehrt. Bitte um eine milde Gabe.« Korbinian warf ihm das Wechselgeld in den Hut und verspürte, ihm war nicht recht klar warum, so etwas wie ein schlechtes Gewissen.

Vom Bahnhof war es nicht weit zur Sophienstraße. Korbinian ging links am großen Warenhaus *Hertie*, das im Krieg kaum Schäden erlitten hatte, vorbei und durchquerte bald darauf den Alten Botanischen Garten, in dem ältere Herrschaften und Mütter mit Kinderwägen auf den Bänken saßen und die Sonne genossen. Die Luft war spätsommerlich mild und der Himmel bis auf ein paar kleine fedrige Wolken strahlend blau.

Als Korbinian aus dem Park trat und gerade nach dem Haus der Großtante Ausschau halten wollte, bemerkte er eine kleine Person in Kittelschürze, die aufgeregt winkte. Obwohl Natalie Pirkner schon auf die 70 zuging, eilte sie mit großer Geschwindigkeit auf ihn zu.

»Da bist ja, Bua«, rief sie. »Mei, du bist ja a Mannsbild worn, seit i di as letzte Mal gseng hab!«

Etwas grob entriss sie ihm den Blumenstrauß und schwenkte ihn derart hin und her, dass Korbinian um die Dahlienblüten fürchtete.

»Mei, des hätts aber ned braucht. Komm eini«, rief sie und sprang ihm voraus.

In der sauberen, schlichten Wohnküche wurde er mit starkem Kaffee und selbstgebackenem Gugelhupf empfangen.

»Nimm doch no«, drängelte Natalie und hüpfte ständig um ihn herum, um ihm noch zusätzlich Milch und Zucker für den Kaffee und Limonade zu kredenzen. Korbinian wurde fast etwas schwindlig davon. Er musste von daheim erzählen, von der Großmutter, der Mutter und der Schwester und natürlich von seiner Polizeiausbildung.

»Mei, des wenn der Kaidan no erlebt hätt, mit dem hättst nichts zum Lachen ghabt«, rief Natalie amüsiert. »Der war koa Freund von der Polizei, der war Kommunist, manchmal sogar Anarchist.«

Auf der Kommode standen Fotografien des verstorbenen Kajetan Pirkner, eines etwas melancholisch und verbittert aussehenden Mannes, des ebenfalls verstorbenen zweiten Ehemanns Georg Hartl und der zwei im Krieg gebliebenen Söhne Kajetan der Jüngere und Ludwig. Korbinian überlegte gerade, wieso die Großtante denn eigentlich immer noch Pirkner und nicht Hartl hieß, doch er konnte den Gedanken nicht zu Ende führen, weil Natalie ihm Fotos von ihrer Tochter Thea und deren zwei Töchtern – Mann dazu wurde keiner erwähnt – und vom jüngsten der Pirkners, dem Germanistikstudenten Theo mit fescher schwarzer Haartolle, zeigte.

»Du kriegst sei Zimmer«, erklärte Natalie. »Der wollt weg von der Mama und wohnt jetzt mit seine Studentenfreund in der Hiltenspergerstraß.«

Als Korbinian auf dem Bett des jüngsten Pirkners saß und seinen Koffer auspackte, fielen ihm wieder die Geschichten zur Natalie und ihrer Familie ein, die ihm die Großmutter vor seiner Abreise erzählt hatte.

Natalie Pirkner hatte in den 20er-Jahren nach München geheiratet, doch die Ehe mit dem aus dem Österreichischen stammenden Kajetan Pirkner war nicht sehr glücklich gewesen und hatte vor allem tragisch geendet. Kajetan war von Beruf Schreiner, hatte sich aber immer zu Höherem berufen gefühlt. In seinem winzigen Atelier im Speicher des Hauses in der Sophienstraße in München, wo die sechsköpfige Familie Pirkner wohnte, hatte er große Ölgemälde seiner österreichischen Heimat und der Stadt München gefertigt. Stets war »Kaidan«, wie ihn Natalie nannte, unverbrüchlich überzeugt von seiner Begabung, und zuweilen konnte er auch das eine oder andere Bild an eine Münchner Bürgersfamilie verkaufen, die sich Kärntner Berge oder eine Münchner Straßenszene ins Wohnzimmer hängen wollte.

Doch als 1931 in München die große Kunstausstellung im *Glaspalast*, in dessen unmittelbarer Nähe die Pirkners wohnten, stattfinden sollte, war Kajetan übers Ziel hinausgeschossen und hatte sich mit zwei Gemälden dort beworben. Sehr rasch jedoch bekam er eine eindeutige schriftliche Ablehnung mit der Bitte, seine Werke doch so rasch wie möglich wieder abzuholen. Dann brannte der Glaspalast einen Tag nach der Eröffnung der großen Ausstellung vollständig ab und zahlreiche wertvolle Kunstwerke gingen unwiederbringlich verloren. Auch Kajetans Bilder wurden, da er sich nicht um deren Abholung gekümmert hatte, ein Raub der Flammen. Einige Tage nach dem Brand nahm Kajetan eine große Menge Schlafpulver zu sich, und Natalie fand ihn am Abend leblos und mit weißem Schaum vor dem Mund in seinem Atelier. Sie war zu spät gekommen, und nie konnte sie ihren Verdacht, dass es Kajetan gewesen war, der den *Glaspalast* angezündet hatte, ganz überwinden. Wochenlang wurde nämlich in den Münchner Zeitungen unter anderem über mutmaßliche Brandstiftung eines abgewiesenen Künstlers als Brandursache spekuliert.

So mussten Natalie und ihre vier Kinder, der Jüngste war Theo mit gerade mal vier Jahren, ohne Vater auskommen. Natalie hatte nicht viel Zeit, um ihren Kaidan zu trauern, denn sie musste nun die fünfköpfige Familie irgendwie über Wasser halten.

Was in erster Linie nach Kajetans Tod fehlte, war natürlich das Geld. Natalie, die schon Jahre vor seinem Tod für einige Familien der Nachbarschaft Flick- und Bügelarbeiten erledigt hatte, war nun gezwungen, etliche Putzstellen anzunehmen und daher oft außer Haus. Die älteste Pirkner, die damals 14-jährige Thea, wurde nun angehalten, sich während der Abwesenheit der Mutter um ihre Geschwister zu kümmern. Das war nicht einfach, denn Thea hatte schon eine Lehrstelle in einer Schneiderwerkstatt am Sendlinger Tor und außerdem in ihrer freien Zeit ganz anderes im Sinn, als Mutterersatz zu spielen.

Meist saß sie, wenn Natalie erschöpft und gebeugt von der Putzerei heimkam, mit irgendeinem Galan auf einer Bank im Alten Botanischen Garten. Die beiden mittleren Buben, Kajetan »der kloa Kaidan« und Ludwig verwahrlosten zusehends, schwänzten kräftig die Schule und klauten in den Geschäften der Umgebung wie die Raben. Nur der kleine Theo ging schon im zarten Alter von fünf Jahren gern zur Schule, einfach weil er es da so schön fand, und schon mit sieben Jahren las er sich durch den Bestand der Leihbücherei der Maxvorstadt. Ohne sich anzustrengen, wurde er der Beste in seiner Klasse und durfte anlässlich des 50. Geburtstags des Schulleiters ein langes Gedicht aufsagen. Natalie war unbändig stolz auf ihren Jüngsten.

Nach einem Jahr Trauerzeit heiratete Natalie ganz pragmatisch, wie es schon immer ihre Art war, ihren Nachbarn, den Witwer Hartl, der ihr schon früher den Hof gemacht hatte. Zweimal die Woche schloss sie die Augen, wenn sich der Hartl ächzend und seufzend über ihr abmühte, und dachte an die zwar nicht sehr hohe, doch sichere Beamtenbesoldung des Hartl, der beim Finanzamt auf mittlerer Ebene tätig war. Die Ehe mit Hartl sollte jedoch auch nicht von langer Dauer sein. Im Vorweihnachtstrubel geriet der Hartl, der gedanklich wohl noch bei seinen amtlichen Zahlenkolonnen war, am Marienplatz unter eine Trambahn und verstarb noch an der Unfallstelle. Natalie hatte nun zwei Gräber auf dem Nordfriedhof zu pflegen, erhielt aber als Beamtenwitwe eine kleine Pension, die es ihr erlaubte, einige ihrer Putzstellen zu kündigen.

Korbinian hatte sich nach seiner Ankunft gerade ein wenig auf dem Bett ausgestreckt, als Natalie, ohne zu klopfen, hereinplatzte.

»D' Thea kommt no schnell vorbei, die will di doch auch kennenlernen«, rief sie.

Zehn Minuten später erfüllten helle Kinderstimmen die Wohnung, und als Korbinian in die Küche trat, saßen zwei kleine Mädchen am Küchentisch und machten sich über die Reste des Gugelhupfs her. Die beiden hätten vom Aussehen her nicht unterschiedlicher sein können. Die kleinere der beiden war schwarzlockig, hatte dunkle Augen und ein äußerst apartes Gesicht, die ältere war pausbäckig und semmelblond. Thea stand mit ihrer Mutter an der Spüle und wusch Geschirr ab.

Korbinians Herz begann zu klopfen, denn Thea glich der Frau, von der er zuweilen träumte, fast aufs Haar. Träume, die er niemandem, nicht einmal seinem besten Freund Sepp, erzählen konnte, denn sie waren äußerst wild und ausgesprochen schamlos. Träume, in denen sich das abspielte, was er mit der Evi gerne getan hätte, es aber nie gewagt hatte.

Thea ging auf ihn zu, lachte und umarmte ihn spontan. »Der Cousin vom Chiemsee«, sagte sie, und in ihrer dunklen Stimme lag etwas, das Korbinian nun vollends aus der Fassung brachte.

Dann setzte sie sich an den Küchentisch und zündete sich ganz selbstverständlich eine Zigarette an. Ein heftiges Zittern durchströmte Korbinian, und er konnte den Blick nicht abwenden von ihren äußerst weiblichen Formen, dem Einblick, den ihr Blusenausschnitt bot, und dem strahlenden Lachen in ihrem hübschen rotwangigen Gesicht. Thea strich ein paar vorwitzige dunkle Locken aus der Stirn.

»Jetzt kann uns nix mehr passieren«, meinte sie. »Jetzt haben wir ja die Polizei im Haus. Erzähl doch, wann fangst an? Bist aufgregt?«

Korbinian stammelte eine äußerst lapidare Antwort, kam sich saudumm dabei vor und verstummte wieder.

»Mama, ich glaub, der braucht jetzt a bisserl sei Ruh«, meinte Thea lächelnd.

»Wir sehen uns ja bald wieder, Korbinian, dann kannst von der Ettstraß erzählen und vom ersten Einbrecher, den du gfangen hast.«

»A bissl kannst di ausruhen, Bua, dann gibts an Wurstsalat«, ergänzte Natalie und sie begann, ihrer Tochter eine längere Geschichte vom Metzger, bei dem sie die Regensburger gekauft hatte, zu erzählen. Korbinian zog sich zurück und nickte tatsächlich ein wenig ein.

Der Rest des Abends allein mit der Tante Natalie blieb für ihn in etwas verschwommener Erinnerung; zum Wurstsalat erzählte sie ihm eine Menge vom Studium Theos, vom sagenhaften Brand des *Glaspalasts* vor über 20 Jahren, von der Nachbarin, die einen Liebhaber hatte, und wieder von besagtem Metzger, zu dem sie anscheinend eine sehr enge Beziehung pflegte. Dann fiel Korbinian todmüde ins Bett und las vorsichtshalber noch ein kleines Stück *Winnetou*, um sich von eventuell aufkommenden Gedanken an die verführerische Cousine Thea abzulenken.

Nachdem Korbinian sich wieder einigermaßen in seiner neuen Umgebung zurechtgefunden hatte, war er aufgestanden, hatte auf dem Küchentisch eine Kanne Kaffee und zwei Brezn vorgefunden und einen Zettel, auf dem stand: »Bin beim Butzn, komme bald. Butter in der Speis.«

Gerade als er anfing, die zweite Brezn zu verspeisen, klingelte es. Korbinian wusste nicht recht, ob er öffnen sollte, doch da klingelte es noch einmal, und jemand klopfte dezent an die Wohnungstür.

Vor der Tür stand ein vornehm gekleideter Herr mit gepunktetem Einstecktuch in der Sakkotasche, der sich leicht verneigte.

»Bullauer, Polizeipräsidium. Guten Tag. Sind Sie der Herr Hilpert?«

Korbinian wusste nicht, wie ihm geschah. War es in München üblich, dass die Vorgesetzten ihre neuen Mitarbeiter zu Hause begrüßten? Er nickte und bat den vornehmen Herrn, doch einzutreten. Dieser jedoch schüttelte den Kopf.

»Ich bin nur ein Abgesandter der Abteilung Mord«, erklärte er. »Sie werden dringend schon heute benötigt. Ein Mord in der Schleißheimer Straße.«

Korbinian erstarrte. »Ein Mord? Und ich soll …?«

Der Herr strich sich über seine akkurate Frisur, und mit einer ganz leichten Ungeduld in der Stimme sagte er bestimmend: »Machen Sie sich bitte unverzüglich fertig, ich warte vor dem Haus auf Sie.«

So hatte Korbinian auf seinem ersten Gang durch München keinen Blick für den Justizpalast, den größten Platz Münchens, den Stachus, das Karlstor und andere Sehenswürdigkeiten der Stadt, die nach den verheerenden Kriegsschäden fast alle schon wieder in neuem Glanz aufgebaut worden waren. Ein Mord, ging es ihm gebetsmühlenartig durch den Kopf, und er wusste nicht, welche Empfindung stärker in ihm war: die Neugier oder die Angst.

5

Zwei junge Polizisten standen vor der Haustür zur Schleißheimer Straße Wache. Einer war sehr blass um die Nase und wischte sich den Schweiß von der Stirn. Auf dem Gehsteig hatten sich schon eine Menge Schaulustige eingefunden, zwei Frauen, die eifrig miteinander tuschelten, rückten immer näher an das Haus heran. Sigi Breitner lehnte sein Fahrrad an die Hauswand, scheuchte die neugierigen Frauen und auch alle anderen zurück, grüßte kurz angebunden die Kollegen und betrat das Haus. Das Treppenhaus, vielleicht etwas großzügiger gehalten, erinnerte ihn an das seines Zuhauses in der Wendl-Dietrich-Straße, dort, wo er geboren, aufgewachsen, mit seinen Eltern und dann mit seiner Maria gelebt und nun immer noch, jetzt ohne die Eltern und Maria, lebte. Sigi Breitner schüttelte sich und trat in den Flur der Wohnung, nicht ohne sich zuvor ein Taschentuch mit leichtem *Eau de Cologne*-Duft, das er immer bei sich führte, vor Nase und Mund zu halten. Lippl kniete wie ein riesiger schwarzer Vogel vor der Leiche. Er hatte die starr aufgerissenen Augen Albrecht Grubers mittlerweile geschlossen und inspizierte nun die Einstiche am Oberkörper.

Ohne Breitner zu begrüßen, wandte er seinen Kopf zu diesem und blinzelte ihn aus seinen immer etwas geröteten, leicht entzündeten Augen an.

»Schaut euch das an, wertester Kollege«, murmelte er, und Sigi, der sich weiter zu ihm hinabbeugen musste, um ihn zu verstehen, bemerkte, dass Lippls Atem nach Alkohol roch. Im Amt ging das Gerücht, dass Lippl den Alkohol, den er für seine Obduktionen brauchte, zwischendurch auch selbst zu sich nahm.

»Sieben Einstichverletzungen, wahrscheinlich ein scharfes Messer, es wurde mit großer Vehemenz von oben auf den schon am Boden Liegenden eingestochen. Vermutlich an inneren Blutungen verstorben. Spuren von vorausgegangenem Kampf hauptsächlich am Rücken und am Hinterkopf. Etwa acht bis zehn Stunden tot. Alles Weitere, nachdem er bei mir zu Gast war.«

Dann deutete Lippl hinter sich auf den Küchenschrank. Dort lag ein Holzbrett, das offensichtlich zum Brotschneiden benutzt wurde. Eine Kommodenschublade darunter war leicht geöffnet.

»Vielleicht kommt das Messer daher. Die Frau Putzerin weiß es womöglich. Spurenermittlung und Fotograf sind auf dem Wege.«

Breitner blickte noch einmal auf den Toten mit dem weißen schwammigen Bauch und der grau-grün karierten Schlafanzughose und konnte sich des seltsamen Gefühls nicht erwehren, dass ihm dieser einfach unsympathisch war.

»So a Schmarrn« murmelte er vor sich hin. »Kopf einsetzn, Sigi, neds Gfühl.«

Doch wusste er aus jahrzehntelanger Erfahrung, dass sein Gefühl sich gerade am Anfang einer Mordermittlung oft nicht täuschte. Dann ging er langsam durch die Wohnung, die ihm merkwürdig leblos vorkam, fast so als hätte der Tote gar nicht richtig darin gewohnt. Sicher, ein paar wenige Lebensmittel in der Küche, ein ordentlich zurückgeschlagenes Bett im kahlen Schlafzimmer. Doch kein Bild an der Wand, keine Grünpflanzen, keine Fotos und kein einziges Buch. Lediglich auf dem Schränkchen im Gang lag die Ausgabe der *Münchner Neuesten Nachrichten* vom Tag zuvor.

Als Breitner aus der Wohnungstür trat, kam der etwas lebendiger wirkende Polizist auf ihn zu.

Er salutierte zackig, was Breitner zurückschrecken ließ, und berichtete.

»Der Tote heißt Albrecht Gruber, geboren 23.3.1895 in München, ledig, zurzeit arbeitslos. Ist seit 1949 hier in der Schleißheimer Straße gemeldet, vorher wechselnde Adressen, zumeist in München. Strafregistereinträge überprüft gerade der Kollege auf dem Revier.«

»Danke, Kollege, bitte bleiben Sie noch etwas vor Ort, um die Schaulustigen und vor allem die Presse, die sicher gleich da sein wird, abzuhalten. Gibt es Zeugen im Haus?«

Der Polizist salutierte wieder, und Breitner wäre ihm fast in den Arm gefallen, um dieses blöde Gehabe zu unterbinden.

»Die Leute, die zurzeit im Haus sind, halten sich in ihren Wohnungen auf. Frau Gertraud von Wagner, zweiter Stock – sie hat einen Schwächeanfall erlitten, der Arzt ist bei ihr – und Gottlieb und Agathe Schmitzer, ebenfalls zweiter Stock. Bei den anderen Parteien hat niemand aufgemacht. Ach ja, und im Treppenhaus sitzt die, die ihn gefunden hat, eine Fanny Silberschneider, die macht bei ihm sauber.«

Breitner trat näher an den Mann heran.

»Hat sich jemand um sie gekümmert? Die hat doch sicher einen Schock?«

Der Polizist schaute ihn verständnislos an.

»Anstatt dass S' hier immer blöd rumsalutiern, hätten S' mal nach der Frau schaun können«, belferte Breitner und spürte, wie die schlechte Stimmung vom Morgen wieder in ihm hochstieg.

Der Polizist senkte beschämt den Kopf und konnte das Salutieren gerade noch unterdrücken.

»Hamma vergessen, Herr Kriminalhauptkommissar. Ich bin ja hier praktisch allein. Sie sehen ja, wies dem Schorschi geht«, und er wies auf seinen Kollegen, der sich gegen die Hauswand gelehnt hatte und noch immer grün im Gesicht war.

Breitner wedelte mit der Hand. »Ich kümmer mich um sie.«

Gerade als er wieder ins Haus treten wollte, kam der Bullauer in Begleitung eines jungen schlanken Mannes in einem offensichtlich ganz neuen grauen Sakko, das ziemlich teuer aussah, um die Ecke. Der junge Mann war großgewachsen und schlaksig und hatte hellwache blaue Augen in einem leicht gebräunten Gesicht. Der Bullauer setzte gerade an, den jungen Mann vorzustellen, da trat dieser schon einen Schritt nach vorne und streckte Breitner die Hand hin.

»Korbinian Hilpert, ich hoffe, dass ich Ihnen behilflich sein kann.«

»Na, da wird dir ned viel anders übrig bleiben«, lachte Breitner, dem der junge Mann mit den aufmerksamen blauen Augen auf Anhieb gefiel.

»Sigi Breitner, normalerweis sag ma Du zuanander. Sag amoi, dei Name kommt mir irgendwie bekannt vor?«

»Mein verstorbener Vater war auch Polizist, am Chiemsee«, antwortete Korbinian Hilpert.

Breitner schlug sich gegen die Stirn.

»Klar, des war doch der, der wegen so a paar schwierige Fäll seinerzeit mit uns zammgarbeit hat. So a Kloana mit Bart. A ganz a Netter und Gscheider.«

Korbinian nickte, dann verdunkelte die Erinnerung an seinen so früh gestorbenen Vater kurz sein Gesicht.

»I bin scho seit über 20 Jahr im Amt, woaßt«, erklärte Breitner, dann nahm er wieder eine eindeutig dienstliche Haltung an.

»Des is sicher dei erster Mord?«, fragte er Korbinian dann. »Traust dir des zu?«

»Ich hab amal an schrecklichen Verkehrsunfall mit drei Toten in Endorf ghabt«, erklärte Korbinian. »Schlimmer kanns ned werden.«

»Täusch di da ned«, meinte Breitner und reichte Korbinian sein *Eau de Cologne*-Taschentuch.

»Schau ihn dir halt nur kurz an!«

Breitner hatte recht gehabt. So schlimm die Toten des Verkehrsunfalles in Endorf auch ausgesehen hatten, war es da doch nur ein tragischer Unfall gewesen; hier bei diesem Toten, von dem Korbinian nicht einmal noch den Namen wusste, schrien einen der Hass und die rohe Gewalt, die diesen Menschen vernichtet hatten, buchstäblich an. Zudem war der Geruch, obwohl das Küchenfenster geöffnet war, entsetzlich, und Korbinian war dankbar für Breitners Taschentuch. Er musterte den Toten, und ihm fiel ein, was ein alter Kollege gesagt hatte, der einmal mit dem Mord an einer ganzen Familie bei Traunstein zu tun gehabt hatte.

»Wir dürfen nie vergessen, dass es Menschen mit einem Leben und einer Geschichte sind, die da vor uns liegen, und nicht nur Leichen, die nun für Ermittlungszwecke fotografiert und untersucht werden.«Wir kriegens raus, was mit dir passiert ist, versprach Korbinian dem Toten im Stillen, und als er sich in der Küche ein wenig umschauen wollte, schrak er zusammen. Auf einem Hocker in der Küchenecke saß gebeugt eine riesige schwarze Gestalt, die sich nun ein wenig aufrichtete und mit leiser Stimme flüsterte: »Nicht der Tod, nein, der Leichenschauer Lippl bin ich.«

Korbinian, der noch nicht wusste, dass der Lippl zwischendurch gerne ein wenig dramatisch tat, nickte und war sich nicht sicher, ob er dem Lippl, der ja sicher die Leiche nicht nur beschaut, sondern auch berührt hatte, die Hand geben sollte. So stellte er sich aus der Entfernung kurz vor, und Lippl nickte und sprach dann mit etwas lauterer Stimme : »Seid willkommen in unseren Reihen.«

Draußen im Treppenhaus drängelten sich nun einige Männer um den Wohnungseingang.

Breitner wies auf sie und erklärte Korbinian, dass dies die Herren von der Spurenermittlung und der Polizeifotograf seien.

»Gleich dürfts eini«, rief er ihnen zu.

Oben auf dem Treppenabsatz saß eine Frau mittleren Alters mit einem Kopftuch und in einer geblümten Kittelschürze.

»Frau Fanny Silberschneider. Sie hat den Toten gefunden«, stellte Breitner sie vor und bat Korbinian, ihre Aussage mitzunotieren. Dieser war stolz, dass er sein kleines schwarzes Bücherl eingesteckt hatte, und zog es beflissen aus der Tasche.

»Zuerst amal müssens aber an gscheiten Stuhl und a Glas Wasser kriagn«, meinte Breitner fürsorglich und klingelte energisch an einer Wohnungstür im zweiten Stock. Ein Herr mit schlohweißem Haar, der ein wenig wie der alte Goethe aussah oder so aussehen wollte, öffnete ihnen. Er trug einen seidenen grünen Hausmantel und blickte sie ungehalten an. Hinter ihm tauchte eine unwahrscheinlich dürre Frau auf, die einen ebenfalls seidenen Kimono trug und sie aus schreckgeweiteten Augen ansah.

»Herr Schmitzer«, sprach Breitner den Herrn an. »Die Frau Silberschneider, die den Toten gefunden hat, sitzt da draußen im Treppenhaus. Wie bitten Sie, uns in Ihrer Wohnung einen Ort mit Sitzgelegenheit und einem Schluck Wasser zur Verfügung zu stellen. Wir wollen kurz mit ihr und dann mit Ihnen und Ihrer Gattin sprechen.«

»Professor Doktor Doktor Schmitzer«, korrigierte der Angesprochene säuerlich, öffnete aber dann doch seine Tür und ließ sie eintreten.

Er wies auf seine händeringende Frau. »Meine Gattin ist nervlich sehr angeschlagen.«

»A so«, meinte Breitner mitleidslos, führte Fanny Silberschneider in das Wohnzimmer der Schmitzers und ließ Korbinian ein Glas Wasser holen. Dann bat er die konsternierten Schmitzers, ihr Wohnzimmer zu verlassen und draußen zu warten. Sie waren sichtlich empört, fügten sich aber.

Fanny Silberschneider blickte um sich.

»Ich hab doch grad hier saubergmacht«, sagte sie mit ein wenig zittriger Stimme und blickte sich dabei verwundert in dem großen Raum um, in dessen Mitte ein Riesenflügel stand und Bücherregale an allen Wänden bis unter die Decke reichten. Nach ein paar Schlucken Wasser wurde sie ein wenig ruhiger und erzählte, dass sie heute, wie immer am Dienstag, zuerst bei Fräulein von Wagner und dann bei den Schmitzers geputzt habe.

»Beim Gruber hab ich mir glei dacht, dass was ned stimmt«, ergänzte sie. »Da war nämlich ned zweimal zugsperrt wie sonst. Der geht doch immer fort, wenn i komm. I kenn den gar ned.«

Sie berichtete weiter, dass der Schlüssel wie immer unter dem Farn gelegen habe und dann, mit wieder etwas zittriger Stimme, wie sie den Toten, es musste kurz vor dem Zwölfuhrläuten gewesen sein, gefunden habe. Nein, ihr sei nichts sonst aufgefallen in der Wohnung. Alles war, außer dem toten Gruber und dem vielen Blut auf dem Linoleum, wie immer. Korbinian schrieb eifrig mit.

Fanny Silberschneider wies dann noch auf ihren Schuh hin und zeigte die Blutspuren. Die Putzstelle bei Gruber habe sie durch Vermittlung von Fräulein von Wagner vor etwa eineinhalb Jahren bekommen, ergänzte sie noch.

»Wie waren denn Ihre beiden anderen Kunden, die von Wagner und die Schmitzers, so? Und wohnen die schon lange hier im Haus?«, fragte Korbinian sie und erschrak dann, weil er sich so einfach in die Befragung eingemischt hatte. Doch Breitner nickte ihm aufmunternd zu.

»Der von Wagner ghört des Haus, sie wohnt, glaub ich, scho über 20 Jahr da, und die Schmitzers fast auch so lang. Die von Wagner is scho in Ordnung, a bissl pingelig vielleicht, aber sie hat mir immer a paar Mark extra gebn«, berichtete Silberschneider.

»Die hat den Gruber a besser kennt. Sie hat ihn Albrecht gnennt vorhin! Jetzt is der Doktor bei ihr, sie is zammbrochn und dabei blöd gestürzt.«

Korbinian unterstrich etwas ganz dick in seinem Bücherl.

»Und die Schmitzers«, fragte er nun schon etwas mutiger.

»Naja, übern Arbeitgeber soll ma ja nix Schlechts sagn«, meinte Fanny. »Aber die sind so was von hochnäsig und gschlampert no dazu, und meim Geld hab i a immer hinterherlaufn müssen. Er führt sich auf wie a Halbgott, sie is a Nervenbündel.«

Breitner fiel noch etwas ein.

»Kennen Sie sich auch in den Schubladen vom Gruber aus?«, fragte er. »Wissen Sie, wie viele große Messer er hatte?«

Fanny Silberschneider antwortete wie aus der Pistole geschossen.

»Ja, da hob i ja jedes zweite Mal saubergmacht. Drei Messer, drei Gabln, drei Suppenlöffel, drei kloane Löffel und oa Brotmesser.«

Korbinian notierte und unterstrich wieder eifrig. Nach Lippls Angaben fehlte das Brotmesser.

»Vielen Dank, Frau Silberschneider, das wärs fürs Erste«, bedankte sich Breitner. »Lassen Sie uns Ihre Adresse da und halten Sie sich zur Verfügung.«

Als Korbinian die Adresse notierte, stutzte er. »Luisenstraße? Da bin ich doch gestern a Stück entlang gangen. Is des nicht beim Bahnhof?«

»Ja, a Stückerl weiter oben wohn i«, bestätigte Fanny Silberschneider. »D' Luisenstraß is lang, wissen S'.«

Breitner und Korbinian verabschiedeten sich von der Silberschneider und baten nun die pikierten Schmitzers in ihr eigenes Wohnzimmer.

Während diese ihre Plätze einnahmen, flüsterte Breitner Korbinian zu: »Du bist a ausgezeichneter Protokollant!«

Korbinian konnte nicht verhindern, dass er ein wenig errötete.

6

Edeltraud von Wagner sah schemenhaft ein Gesicht über sich, und irgendjemand klopfte ihr wiederholt auf die Wangen. Sie klammerte sich an die Jackenärmel dieser Person und wollte etwas sagen. Doch kein Laut kam aus ihrem Mund. Irgendetwas Schreckliches war geschehen, sie wusste nur nicht mehr, was. Irgendjemand hatte sie ganz allein gelassen, sie fühlte sich vollkommen schutzlos und einsam.

Das Gesicht über ihr wurde etwas deutlicher, und eine Stimme sprach zu ihr.

»Fräulein von Wagner, können Sie mich hören? Sie sind ohnmächtig geworden. Ein Unglück ist im Haus geschehen. Der Herr Gruber …«

Nein, nein, sie wollte nichts hören; sie wollte wieder hineinsinken in diese tröstliche Stille da unten, sie wollte auf keinen Fall wieder auftauchen.

Verschwommen hörte sie noch einmal die Stimme, die etwas vom Schwabinger Krankenhaus sagte, dann glitt sie Gott sei Dank wieder weg von dieser Furcht einflößenden grellen Wirklichkeit.

Sie lief über eine Sommerwiese, ihr Haar flog im Wind, und der leichte Stoff ihres Kleides strich sanft über ihre Waden. Sie lief rasch und verspürte dennoch keine Anstrengung. War sie noch ein Kind oder ein junges Mädchen? Am

Wegesrand stand eine Gestalt, die ihr zuwinkte, und obwohl sie auch diese nur in Umrissen wahrnehmen konnte, durchflutete sie eine unbändige Freude und das Gefühl, nun endlich ohne Angst sein zu können. Sie fühlte sich von kräftigen Armen hochgehoben und legte voller Erleichterung ihren Kopf vertrauensvoll an die Schulter des sie Tragenden. Nichts konnte mehr geschehen. Sie wurde beschützt.

Dann jedoch drang flackerndes blaues Licht durch ihre Augenlider und, obwohl sie sich heftig dagegen wehrte, öffneten sich ihre Augen. Zwei unbekannte Gesichter sahen auf sie herab, und plötzlich konnte sie alles wieder deutlich erkennen. Sie erschrak heftig, Angst stieg in ihr auf, und wieder überwältigte sie das Gefühl des Ausgeliefertseins und der Schutzlosigkeit.

Eines der beiden Gesichter, rundlich und von gesunder Gesichtsfarbe, das einem schon älteren Mann gehörte, blickte sie freundlich an.

»Erschrecken S' nicht, Fräulein von Wagner. Sie werden jetzt zur Beobachtung ins Schwabinger Krankenhaus gebracht. Wenns Ihnen wieder besser geht, kommen wir auf Besuch.«

Das andere Gesicht, das eines jungen Mannes, braun gebrannt und mit äußerst schönen blauen Augen, lächelte sie ebenfalls freundlich an und wünschte ihr alles Gute.

Edeltraud von Wagner spürte einen Einstich in ihren Arm, nur Sekunden später wurde ihr warm, und sie konnte wieder in den sehnlich herbeigewünschten Schlaf des Vergessens abtauchen. Nur ganz kurz bevor sie einschlief, hatte sie noch das Gefühl, dass sie dringend jemandem Bescheid sagen müsse.

Breitner und Korbinian blickten dem Krankenwagen hinterher, dessen Stelle kurz darauf von einem Leichenauto des Beerdigungsinstituts *Brettschneider* eingenommen wurde. Zwei schwarz gekleidete Herren schoben einen Zinksarg ins Haus, und die beiden neugierigen Frauen, die immer noch dastanden, bekreuzigten sich. Wie eine dunkle Sagengestalt aus der Unterwelt erschien Lippl und rief mit etwas krächzender Stimme: »Tretet ein, ihr Hüter der Toten, tretet ein!«

»Das Gespräch mit den Schmitzers hat ja jetzt kaum was gebracht«, meinte Breitner.

Korbinian schüttelte bestätigend den Kopf.

»Außer dass sie ebenfalls bestätigt haben, dass die von Wagner den Toten wohl besser kannte, haben sie sich nur selbst dargestellt. Professor Doktor Doktor und angekränkelte hochsensible Musikerin, die wie oft schon in eurem Konzertsaal aufgetreten ist?«

»Im *Herkulessaal*, oft gnua«, meinte Breitner etwas spöttisch. »I kenn die ned; aber des wui nix heißen. Jetzt gehn mir mal zruck ins Amt. Du warst ja noch gar nicht da. Aber aufm Weg dahin kauf mer uns a gscheide Brotzeit.«

Eine halbe Stunde später betrat Korbinian das erste Mal seine neue Arbeitsstätte. Er hatte jedoch nicht viel Zeit, sich umzusehen, denn schon im Treppenhaus kam ihnen ein Herr mit seltsam schlenkerndem Gang entgegen, der auf sie zueilte und Korbinian, immer wieder unterbrochen von einem nervösen Hüsteln, überschwänglich begrüßte.

»Ostermeier. Guten Tag, Herr ... ähem ... wie überaus schön, dass Sie gleich kommen konnten. Haben Sie sich schon eingelebt?«

»Der is doch erst fünf Minuten da, Chef. Des wär jetzt doch zvui verlangt«, antwortete Breitner für Korbinian, der bis jetzt noch nicht dazugekommen war, etwas zu sagen. Ostermeier winkte ab.

»Wir sehen uns!«, rief er und federte elastisch die Treppe hinab.

»Er is a bissl speziell, der Chef, aber insgesamt in Ordnung«, erklärte Breitner. »Jedenfalls vui besser wie der Luger, der Chef vom *Mord II*! Der is a Altlast.«

Korbinian schaute fragend. Breitner senkte die Stimme.

»A alter Nazi is des, der durch gute Beziehungen entnazifiziert worden is und heut so tut, als hätt er im Widerstand glebt. Dabei hat er ständig an Arm hochgrissen und is immer in der ersten Reihe gstandn.«

An der Tür zu den zwei recht bescheidenen Büroräumen des *Mord I* stand schon Conni Pringerl, die Korbinian herzlich begrüßte und ihm gleich eine Tasse Kaffee in die Hand drückte. Eine äußerst fesche Blonde mit rosa Lippenstift und hochsitzendem Busen unter dem eng anliegenden Pullover.

»A, der neue Kollege, griasdi«, begrüßte sie ihn freundlich, und Korbinian hatte gleich das Gefühl, dass mit ihr gut auszukommen war.

Nachdem er an dem Schreibtisch des auf Kur weilenden Mayer platziert worden war, nahm Conni auf der Kante ihres Schreibtischs Platz, setzte eine Brille auf, die ihr Katzenaugen verlieh, und schlug die seidenbestrumpften Beine übereinander. Dann öffnete sie ihren vollbeschriebenen Block.

»Was wir bis jetzt vom Ermordeten wissen:

Albrecht Gruber, geboren 23.3.1895 in München, Familienstand ledig; Vater Xaver Gruber, Schreinermeister mit eigener Werkstatt in der Ligsalzstraße in München; Mutter Elisabeth Gruber, zu ihr ist nichts weiter bekannt. Besuch der Volksschule an der Schwanthalerhöhe, Lehre als Schreiner und kurze Mitarbeit im väterlichen Betrieb.

1915 bis 1917 Kriegsteilnehmer. Wegen einer schweren Beinverletzung ab Herbst 1917 vom Kriegseinsatz freigestellt. Einige Monate im Lazarett in München. Ab 1918 verliert sich seine Spur; möglicherweise ging er in Bayern, Baden-Württemberg und Hessen auf die Walz. 1921/22 taucht er wieder auf, ist für ein Jahr in Roth bei Nürnberg gemeldet, anschließend sieben Jahre Haft in der Justizvollzugsanstalt Nürnberg wegen Totschlag. Unterlagen dazu habe ich angefordert.

Dann ab 1928 wechselnde Adressen wieder in München. Hat als Schreiner, Hilfsarbeiter, Maler und Hausmeister gearbeitet. War nie sehr lange bei einer Firma tätig.

Eintritt in die NSDAP 1928. Von da an immer wieder Anzeigen und Verfahren wegen Sachbeschädigung und teilweise schwerer Körperverletzung. Also wahrlich kein unbeschriebenes Blatt! Allerdings wurden in den 30er- und Anfang der 40er-Jahre viele Verfahren gegen ihn wegen Geringfügigkeit eingestellt. Ist ja wohl klar, wer da eine schützende Hand über ihn gehalten hat. Wegen der schweren Verletzung aus dem Ersten Weltkrieg von der Kriegsteilnahme freigestellt. Während der Kriegsjahre gemeldet in Berg am Laim, Kainzenbadstraße, Hausnummer unbekannt. Dort wohl für einige Jahre als Blockwart tätig. Nach dem Krieg fällt er durch intensiven Schwarzmarkthandel auf, wird jedoch nie richtig belangt. Seit 1949 wohnhaft in der Schleißheimer Straße, die letzten Jahre wird es ruhig um ihn.«

Nach Connis brillantem und präzisem Kurzvortrag, der von Breitner offensichtlich als ganz selbstverständlich angenommen wurde, musste Korbinian daran denken, dass es in letzter Zeit Bestrebungen gab, auch weibliche Kriminalbeamte auszubilden. Die Conni würde sich da hervorragend eignen, dachte er voller Bewunderung.

Siegfried Breitner saß nachdenklich und stirnrunzelnd hinter seinem Schreibtisch und dachte, dass sein erster Eindruck vom Toten wohl doch nicht so schlecht gewesen war. Ein Unsympath! Er hatte es geahnt!

Korbinian stellte seine leere Kaffeetasse zurück auf das kleine Geschirrbord in der Ecke.

»A guter Kaffee, Fräulein Pringerl, vielen Dank. Wo soll ich denn die Tasse auswaschen?«, und sich an Breitner wendend fragte er nach dem weiteren Vorgehen im Fall.

Breitner grinste. »Mir Männer spüln ned!«, meinte er süffisant, was Conni wieder zu einem Hochziehen der Augenbrauen veranlasste.

»Jetzt is erst mal Feierabend. Morgen wird dann wahrscheinlich d' Leichenschau sein; wir werden den Bericht der Obduktion und der Spurensicherung bekommen, dann schaun mer mal, wies der Frau von Wagner geht, der statt ma dann mal an Besuch ab. Aber i geh jetzt, i hab heut mei Schafkopfrunde im *Ewigen Licht*«, sprach Breitner, klemmte sich die Fahrradklammern an die Hosenbeine, und in Nullkommanichts war er verschwunden.

Korbinian erhob sich etwas zögerlich. »Ja, dann geh ich wohl auch.«

Conni Pringerl winkte ihm zu, ihre rosarot lackierten Nägel blitzten.

»Gutes Eingewöhnen in der Großstadt«, sagte sie. »Und as Gschirr spült immer am Abend die Putzfrau!«

7

Auf dem Heimweg in die Sophienstraße merkte Korbinian erst, wie müde er war. Doch es war eine seltsame Art der Erschöpfung, sein Körper fühlte sich schwer und dumpf an, während in seinem Kopf unsortiert und verwirrt Eindrücke und Gedanken durcheinanderwirbelten, und wieder hatte er keinen Blick für die Stadt, auf die er doch so neugierig gewesen war. Gleichzeitig hoffte er, dass Tante Natalie vielleicht noch bei einer Putzstelle oder sonst wo sein würde; ihr zwar liebenswertes, doch andauerndes Geplauder wollte er heute Abend eigentlich nicht ertragen. Er schien Glück zu haben, in der Pirknerschen Wohnung war es ruhig. Auf dem Tisch lag ein Zettel, auf dem mit Natalies etwas krakeliger Schrift »Nudelsuppn aufm Herd« stand. Freudig öffnete Korbinian den Topf, doch bis auf einen winzigen Rest war er leer, und nun sah er auch einen ungespülten Teller neben dem Herd stehen. Verwundert blickte er um sich und sah Licht unter dem Türspalt zu seinem Zimmer. Er öffnete die Tür und prallte zurück. Dicker, beißender Zigarettenqualm schlug ihm entgegen. Auf seinem Bett lag ein junger Mann mit schwarzer Lockentolle und las. Neben ihm auf dem Kopfkissen stand der Aschenbecher, seine Stiefel hatte er auch nicht ausgezogen.

Der junge Mann machte keine Anstalten aufzustehen,

zündete sich eine neue Zigarette an und legte unwillig das Buch zur Seite.

»Ui, die Staatsgewalt! Die Polizei, die schnelle!«, spöttelte er und blies einen Rauchkringel in die Luft.

Korbinian ging nicht auf den Spott ein und streckte die Hand aus.

»Griasdi, ich bin der Korbinian. Du bist wohl der Theo?«

Dieser setzte sich zwar in dem zerwühlten Bett auf, machte aber keinerlei Anstalten, die dargebotene Rechte Korbinians zu ergreifen.

»Ja, der bin ich. Die Nudelsuppn von der Mama hat wirklich exzellent geschmeckt! Die war doch ned etwa für di?«, fragte er scheinheilig und grinste.

Du Depp, du saublöder, dachte Korbinian für sich, bemühte sich aber weiter um Gelassenheit.

»Ich hab schon ghört, vom Land kommst?«, frotzelte Theo weiter. »Na, da wählt ihr doch alle diese Ausgeburten von konservativem Gedankengut, die Schwarzen und die Bayernpartei, mir wird glei schlecht!«

Korbinian war kurz vorm Platzen.

»Des mag schon sein, aber da habt ihr hier in der Stadt auch gnug davon. Ich, da halt ich nicht hinterm Berg, wähl die Sozis.«

Theo stöhnte auf.

»A ned vui besser, genauso bürgerlich und scheiß angepasst!«

»Ich kann mir schon denken, dass du ein KPDler bist, und ich hab auch gar nix dagegen«, gab Korbinian zurück. »Aber jetzt sag mir erst mal, wo ich hier noch was zum Essen find?«

Theo deutete vage in Richtung Küche.

»In der Speis hats immer an Vorrat, die Mama.«

In der Speisekammer wurde Korbinian dann tatsächlich doch noch fündig, und mit einem dick belegten Wurstbrot in der Hand ging er zurück zu Theo.

»Wenn wir heut Nacht zu zweit hier in einem Bett schlafen sollen, musst du jetzt als Erstes mal gscheit lüften und deine Schuh ausziehn. Hams dich in deiner Studentenbude nausgschmissn?«

Theo schwang sich vom Bett und öffnete tatsächlich das Fenster.

»Um Gottes willen, mit am langweiligen bayerischen Beamten leg i mich doch ned ins Bett! Da find ich mir was viel Schöneres!«

»Dann schau, dass d' weiterkommst, i hätt jetzt nämlich gern mei Rua«, belferte Korbinian, der seinen Ärger nun doch nicht mehr länger unterdrücken konnte.

Theo steckte sein Zigarettenpäckchen ein, und ohne noch ein Wort zu sagen, verließ er das Zimmer, und kurze Zeit später fiel die Wohnungstür ins Schloss. Korbinian stellte den vollen Aschenbecher vors Fenster und fiel aufatmend aufs Bett. Als er ein paar Stunden später aus einem wirren Traum hochschreckte, in dem Conni Pringerl und Siegfried Breitner auf dem schwabbeligen Bauch einer Leiche Schafkopf spielten, stellte er fest, dass auch er mit Schuhen im Bett gelegen hatte. Aus der Küche drang leises Geschirrklappern, und draußen rauschte ein sanfter Regen. Korbinian zog sich die Decke, die noch leicht nach Theos Zigaretten roch, über den Kopf und schlief sofort wieder ein.

Im nicht weit entfernten Schwabinger Krankenhaus lauschte auch Edeltraud von Wagner dem Regen draußen, tastete nach dem Verband auf ihrem Kopf und versuchte,

Ordnung in ihre wirren Gedanken zu bringen. Irgendetwas Schreckliches war geschehen? Doch sie konnte sich beim besten Willen nicht daran erinnern. Sie bettete ihren schmerzenden Kopf auf eine kühle Stelle des Kopfkissens und ließ sich fortziehen in weit entfernte Zeiten, an das Ufer ihres Kindheitsflusses, der Pegnitz.

Wie gern hatte sie als Kind in der Lederhose, aus der der große Bruder herausgewachsen war, dort mit den Dorfkindern gespielt. Sie hatten am Ufer Steine aufgeschichtet, um Wasser auf ihre kleine Wiese an der Böschung umzuleiten, und plantschten oft bis zu den Knöcheln im kühlen Wasser. Immer hatte sie ein wenig Angst, dass die Mutter sie erwischen würde, denn diese schätzte weder die Lederhose noch die Dorfkinder, geschweige denn nasse kalte Füße. Schließlich war Edeltraud die Tochter des Schlossherrn, die eigentlich nach den Französisch- und Musikstunden nur im Park des elterlichen Anwesens brav zu spielen hatte. Doch Edeltraud wollte hinaus auf die Felder, die Wiesen und den Wald, um sich dort aufgeschundene Knie und schmutzige Fingernägel zu holen. In ihren Erinnerungen an die Pegnitzkindheit schien fast immer die Sonne, und wenn es wirklich mal regnete, sprang man im Schober des Bauern Stangl von der Tenne auf die darunterliegenden Heuballen.

Das Gesicht ihres Bruders Hans stieg vor ihr auf; erst sein pausbäckiges, braun gebranntes lachendes Bubengesicht, dann die Fotografie, die ein ernst blickendes kantiges Jungmännergesicht unter der Uniformmütze zeigte. Nicht viel später wurde diese Fotografie mit einem Trauerflor geschmückt. Wäre der Hans dageblieben, dann wäre alles weiterhin gut gewesen.

Bevor Edeltraud wieder in den seltsamen Zustand zwischen Wachen und Schlafen hinüberdämmerte, sah sie plötzlich ganz deutlich Onkel Friedrich vor sich, seine stechenden Augen, seinen schmalen Mund, und sie spürte seine breiten, groben Hände auf ihrem Körper. Ein dumpfer, pulsierender Schmerz zog sich durch ihren Unterleib, ihr Magen und ihr Gedärm verkrampften sich und ihr Herz schlug unregelmäßig und bebend. Erst das beruhigende Rauschen des Spätsommerregens vor dem Krankenhaus brachte sie zur Ruhe, und sie schlief wieder ein.

»Jetz regnts a no«, fluchte Sigi Breitner, als er das *Ewige Licht* verließ. Er hatte den ganzen Abend ein sauschlechtes Blatt gehabt und fast drei Mark verloren. Seine Stimmung war dementsprechend und wurde auch nicht besser, als er seine Wohnungstür aufschloss und abgestandene Luft und Einsamkeit ihm das Atmen schwer machten. Er setzte sich ins Wohnzimmer in den abgewetzten Ohrensessel seines lang verstorbenen Vaters und schenkte sich wider alle Vernunft – schließlich hatte er schon vier Halbe intus – einen Zwetschgenschnaps ein. So ging das nicht mehr weiter! Er brauchte wieder eine Frau! Eine richtige zum Zusammenleben mit allem Drum und Dran, nicht so kurze Aufhupferln wie mit der Irmi vom *Ewigen Licht*, die immer ein wenig nach Bratenfett roch.

Sein Blick fiel auf die Fotografie seiner Maria neben dem Wohnzimmerschrank, und seine Kehle wurde eng und brannte. Wieso war sie damals, an diesem Sonntagnachmittag im März 1945, zu ihren Eltern nach Schwabing gefahren? Sie hatte sich doch nie sehr gut mit ihnen verstanden, doch sicher wollte sie den beiden mitteilen, dass sie nun endlich doch noch schwanger geworden war.

Er, Sigi, hatte es zwei Wochen zuvor aus einem Brief, der mehr als drei Wochen ins Feld nach Frankreich gebraucht hatte, erfahren und sein Glück in einem mehr als feuchtfröhlichen Abend mit den Kameraden gefeiert. Er hatte sich schon ausgemalt, wie er mit seinem kleinen Sohn im Hirschgarten Fußball spielen und Kastanien sammeln würde, und er schämte sich heute ein wenig dafür, dass er so ausschließlich mit einem Buben gerechnet hatte. Doch er sollte das Geschlecht seines Kindes nie erfahren, mit seiner Maria war es in den Trümmern des Hauses in der Adalbertstraße gestorben.

»Hör jetzt auf mitm Sinniern, Sigi«, schalt er sich. »Morgen is a neuer Tag, es gibt vui zum tun mit dem Fall, und der Neue scheint a tüchtiger Bursch zu sein!«

Conni Pringerl lackierte sich nun auch die Fußnägel mit dem neuen rosa Nagellack, der ihr so gut gefiel. Zwar wurde es langsam Herbst und es war bald kein Sandalettenwetter mehr, aber vielleicht ergab sich doch in nächster Zeit die eine oder andere Gelegenheit, die nackten Beine zu zeigen. Der Egon, den sie vor vier Wochen in der *Kakadubar* kennengelernt hatte, schien doch sehr interessiert zu sein. Außerdem fuhr er ein schickes Cabrio und schien einiges Geld zu haben. Conni schloss, während der Nagellack trocknete, die Augen und sah sich, ein schickes Tuch um die blonden Locken drapiert, mit dem Egon im offenen Wagen nach Venedig rauschen. Sie wollte Spaß haben und das Leben genießen und nicht, wie ihre Schwester Erna, ein langweiliges Hausfrauendasein mit einem schweigsamen Mann und drei lauten Kindern führen. Und sie wollte den Jim vergessen, den lustigen dunkelhäutigen Jim, mit dem sie als Einzigem bis jetzt die richtige Liebe erlebt hatte. Fast zwei Jahre waren sie miteinander glücklich gewesen, bis der Jim plötzlich ganz schnell wieder zurück nach Amerika beordert wurde.

»Two letters a week, honey«, hatte er versprochen und sie zum Abschied geküsst. Doch es war nie ein Brief gekommen, und Monate später hatte ihr Garry, einer von Jims nächsten Freunden, vorsichtig erzählt, dass Jim drüben eine Pamela geheiratet habe. Angeblich waren die beiden schon jahrelang verlobt gewesen.

Vielleicht wars des jetzt schon mit der richtigen Liebe, dachte Conni, schalt sich dann ob ihrer melancholischen Gedanken und freute sich auf den nächsten Tag und den spannenden neuen Fall. Und ein wenig freute sie sich auch auf den Korbinian Hilpert. Der hatte ihr nämlich recht gut gefallen.

8

Korbinian hatte gleich am Morgen seines zweiten Arbeits-
tages seinen ersten Besuch in der Gerichtsmedizin gut
überstanden, und er konnte wirklich zufrieden mit sich
sein. Gewappnet mit einem Kölnischwassertuch Breitners,
einem starken Kaffee von Conni und einem halben Hörndl
im Magen, hatte er wacker durchgehalten. Der fahle Gruber mit dem Sezierschnitt von Brust bis Bauch hatte ihm
ehrlich gesagt weniger zugesetzt als der ganz spezielle
Geruch in diesem Raum und vor allem die Erscheinung
des Gerichtsmediziners Lippl, der einem finsteren Riesen
aus der griechischen Mythologie glich, der sich in weiße
Tücher gehüllt hatte. Gebeugt und schwer atmend stand
Lippl vor dem einzigen Fenster des Raumes, seine mas-
sige Gestalt verdunkelte diesen gewaltig und ließ kaum
einen Strahl der Morgensonne vorbei.

»Seht her, werte geschätzte Kollegen«, sprach Lippl und
winkte ihnen einladend zu, doch noch etwas näher heran-
zutreten. Breitner machte nur einen winzigen Schritt nach
vorne, und Korbinian tat es ihm gleich.

»Der Herr, der hier vor uns liegt«, fuhr Lippl fort, »war
kein gesunder mehr. Sein linkes Bein ist bis hinauf zur Hüfte
eine einzige Verwachsung, die ihm wohl oft höllische Qua-
len verursacht hat. Eine ganz starke Quetschung des Beins;
man hätte gut daran getan, es ihm seinerzeit zu amputieren.

Der Herr hat infolge der ständigen Schmerzen wohl jahrzehntelang starke Schmerzmittel konsumiert, möglicherweise bestand zeitweise sogar eine Morphinabhängigkeit, dementsprechend geschädigt sind Magen, Leber und Niere. Starker Alkoholkonsum kommt noch hinzu, also kurzum: Sehr lange hätte er nicht mehr unter uns geweilt.

Der Tod trat durch sieben Messerstiche in den Brust- und Bauchbereich etwa gegen Mitternacht ein. Tiefe, kraftvolle Stiche mit einem wohl ziemlich frisch geschärften größeren Messer. Da war viel Hass im Spiel. Der Tod ist in etwa zwischen zehn Uhr abends und Mitternacht eingetreten. Er hat eine Menge seines Lebenssaftes verloren, gestorben ist er letztlich durch einen Stich direkt ins Herz. Bumm bumm bumm … und Stich … und aus!«

Lippl deutete äußerst drastisch und theatralisch diesen finalen Stich an, dabei rutschte der Ärmel seines weißen Kittels zurück und entblößte einen weißen fleischigen, vollkommen unbehaarten Arm mit einigen Tätowierungen, die griechischen Schriftzeichen ähnelten.

»Diesen Stichen, ihr werten Kollegen, muss ein heftiger Kampf vorausgegangen sein«, dozierte er weiter. »Starke Prellungen von Schlägen und hartem Zupacken! Unter den Fingernägeln winzige Textilreste, vielleicht von einem Baumwollhemd.«

Mit einer weiteren sehr theatralischen Geste bedeckte Lippl nun den Toten wieder mit einem weißen Tuch, griff völlig ungeniert nach einer Flasche neben dem Seziertisch und setzte sie an die Lippen. Dann verbeugte er sich tief, was für seinen doch gewaltigen Leibesumfang erstaunlich elastisch ausfiel, und wandte ihnen daraufhin den Rücken zu. Die Vorstellung war beendet.

Als Breitner und Korbinian zurück ins Büro kamen, saß Conni Pringerl erwartungsvoll auf der Kante ihres Schreibtischs, wieder hielt sie ihren großen Block in der Hand, und wieder sah sie äußerst ansprechend aus. Schwarze enge Caprihosen betonten ihre schlanken Waden, und der rote tief ausgeschnittene Pullover dazu machte Korbinian und wohl auch Sigi Breitner ein wenig Probleme, sich voll auf ihren anschließenden Bericht zu konzentrieren.

Die Polizeiakte aus Nürnberg lag vor, und aus dieser ging klar hervor, dass Gruber von 1922 bis 1929 in der Justizvollzugsanstalt Nürnberg wegen Totschlag eingesessen hatte.

»Und jetzt passts auf«, erhob Conni die Stimme »wisst ihr, wen der Gruber 1922 tot gschlagen hat? Einen gewissen Friedrich von Wagner, damals 59 Jahre alt, eindeutig der Bruder von Edeltraud von Wagners Vater, also ihr Onkel. Aus der Akte geht weiter hervor, dass dieser Friedrich sich der Edeltraud mehrfach unsittlich genähert hat und Gruber durch sein Eingreifen gerade noch eine Vergewaltigung verhindern konnte. Die Edeltraud war wohl nach dem Tod ihrer Eltern zu diesem Onkel in Roth bei Nürnberg gezogen, um ihm den Haushalt zu führen. Also kennen sich die von Wagner und der Gruber schon sehr lange und sind wohl durch diese Vorkommnisse auch stark miteinander verbunden. Ihr müsst so schnell wie möglich zu dieser von Wagner ins Krankenhaus, ein Gespräch mit ihr könnte mehr Licht in die Sache bringen. Ich ruf dann gleich amal im Schwabinger Krankenhaus an, wies ihr geht.

Dann hab ich noch einiges mehr über unseren Toten herausfinden können. Der Gruber hat ja während des Krieges in der *Maikäfersiedlung* in Berg am Laim gewohnt. Du kennst sie ja, die *Maikäfersiedlung*, Sigi«, meinte Conni, und an Korbinian gewandt, erklärte sie, »das ist eine Siedlung mit Kleinstwohnungen und winzig kleinen Einfamilienhäuschen, die in den 30er-Jahren für einkommensschwache und kinderreiche Familien gebaut wurde. Besonders bekannt ist der ganz besondere, etwas gewöhnungsbedürftige Charme und die gradlinige politische Einstellung ihrer Bewohner. Außerdem, des hat jetzt aber nichts mit unserem Fall zu tun, gibt's da die *Echardinger Einkehr*, eine ganz besondere Wirtschaft mit gutem Essen und bekannt für die Musik, die da ganz oft gmacht wird. Da sind schon so einige Jazzgrößen aufgetreten.«

Der Gruber sei zu Kriegszeiten, wohnhaft dort in der Kainzenbadstraße, Blockwart in der Siedlung gewesen und habe sein Amt wohl mehr als ernst genommen. Es habe einige Beschwerden über ihn gegeben, dass er die Kompetenzen seines Amtes schwer überzogen habe.

»Des war a Arschloch!«, entfuhr es Sigi Breitner.

»Ja, dann haben wir da auch noch seine Karriere als Schwarzmarktschieber. Beste Beziehungen zu den Amerikanern. Doch dazu fehlen mir noch verschiedene Unterlagen. Da hab ich jetzt Kontakt mit der amerikanischen Besatzungsbehörde aufgenommen.«

Korbinian staunte. »Sprechen Sie auch Englisch?«, fragte er bewundernd.

Connis sonst so hübsches, offenes Gesicht verschloss sich, und ihr Blick umwölkte sich.

»Ja, zwei Jahr in meim Leben hab i fast nur Englisch oder besser gsagt, Amerikanisch gesprochen«, entgegnete sie, und ihre Stimme zitterte ganz leicht. Sigi Breitner, der dicht neben Korbinian saß, versetzte diesem einen leichten Stoß mit dem Ellenbogen.

Gerade als Conni zum Ende ihres Berichts kommen wollte, öffnete sich die Tür. und ein äußerst korpulenter Mann mit einem mächtigen Schnauzbart, dessen Enden sorgfältig aufgezwirbelt waren, trat ein.

»Ach, Kollege Luger«, sagte Sigi Breitner mit eisiger Stimme, »könna ma ned anklopfen?«

Lugers eh schon roter Kopf wurde noch röter.

»Wenn ihr da herin nicht gscheit euer Arbeit machts, muss halt a anderer des übernehmen. Da draußen im Gang sitzt seit oana halbn Stund a Frau, die was aussagen möcht.«

Conni musterte den Luger ebenfalls mit eisiger Miene, ging dann hüftschwenkend an ihm vorbei, sodass ihm schier die Augen aus dem Kopf fielen, und öffnete die Tür. Draußen auf dem Gang stand Fanny Silberschneider und winkte Breitner und Korbinian zu.

»Mir is no was ganz Wichtigs eingfalln«, rief sie.

Luger machte keine Anstalten, das Büro zu verlassen, und blickte äußerst neugierig auf das Geschehen.

»Kommen S' rein, Frau Silberschneider«, rief Breitner leutselig, während er Luger ziemlich vehement zur Tür hinaus bugsierte.

»Des is unser Fall, da hast du nix dabei verloren«, knurrte er.

»Des war der Luger von *Mord II*«, erklärte Conni Korbinian. »Zwischen unseren Abteilungen herrscht fast immer Krieg.« Und Korbinian erinnerte sich an die Bemerkung, die Breitner über den Kollegen mit der braunen Vergangenheit gemacht hatte.

Inzwischen hatte Fanny Silberschneider Platz genommen.

»Wie gsagt, mir is no was Wichtigs eingfalln«, begann sie und umklammerte ihre Handtasche.

»Die von Wagner, die hat ja so an jungen Mann, der öfters kommt. Also ned, was Sie jetzt denken, der macht ihr den Schriftverkehr fürs Haus, kauft ein und hört auch mit ihr Radio. Ulrich hoast der. Der is a wenig seltsam, mit mir hat der noch nie a Wort gredt.«

Etwas hilflos hielt Fanny Silberschneider inne.

»Ist das ein Verwandter von der Frau von Wagner? Und was ist seltsam an ihm?«, wollte Korbinian wissen, und erst in diesem Moment bemerkte er, dass er schon wieder die Befragung an sich gezogen hatte, ohne auf Breitner zu achten.

»Der steht ihr sehr nah, der Ulrich, hat die von Wagner mal gsagt, als ich sie gfragt hab, ob der Ulrich mit ihr verwandt ist«, meinte Fanny Silberschneider.

»Und der is halt einfach seltsam; obwohl er bestimmt noch ned so oid is, schaut er aus wie ganz oid.«

Fanny zuckte etwas hilflos mit den Schultern und knetete ihre Handtasche. Breitner nickte ihr aufmunternd zu, und Conni stellte ihr ungefragt eine Tasse Kaffee hin.

»Also jedenfalls«, fuhr Fanny Silberschneider fort, »haben die von Wagner und der Ulrich letzte Woche Streit ghabt. Des hab i bei dene no nie erlebt.«

Sie nippte vorsichtig an ihrem Kaffee und suchte weiter nach Worten. Sie habe natürlich nicht genau mitbekommen, um was es gegangen sei, doch irgendwas hatte es mit dem Haus und mit dem Gruber zu tun. Die von Wagner habe geweint, der Ulrich habe sehr laut etwas von eigen Fleisch und Blut und seinen Rechten geschrien und sei dann türschlagend gegangen.

Dann verstummte Fanny wieder und blickte ratlos in die Runde.

»Vielen Dank, Frau Silberschneider«, sagte Breitner. »Sehr gut, dass Sie gekommen sind. War die Auseinandersetzung dann also am Mittwoch vor einer Woche?«

»Ja, genau«, antwortete sie und fast kokett lächelnd fügte sie dann noch hinzu, dass sie auch wisse, wo dieser Ulrich wohne. Nämlich auch in der Schleißheimer Straße, aber viel weiter oben, an der Ecke zur Karl-Theodor-Straße, da habe sie ihn jedenfalls mal aus dem Haus kommen sehen. Nein, seinen Familiennamen wisse sie leider nicht.

»Na, da hamma jetzt doch schon einiges«, rief Sigi Breitner zufrieden, als die Silberschneider sich verabschiedet hatte.

Conni, die am Ende des Gesprächs mit Fanny Silberschneider aus dem Zimmer gegangen und im Nebenraum telefoniert hatte, kam wieder herein, rückte ihren Pullover gerade und setzte ihre Katzenbrille ab.

»Ulrich von Wagner, Schleißheimer Straße 252, zu Untermiete bei Dichtlinger, Agathe«, rief sie stichwortartig in den Raum.

»Also so was«, rief Breitner, »is des jetzt der Neffe oder … aber die von Wagner war doch nie verheiratet, oder doch?«

»Du, da muss ma ned unbedingt verheiratet sein«, meinte Conni lakonisch. »Und außerdem hab ich erfahren, dass es der Frau von Wagner besser geht. Sie kann Besuch empfangen.«

Breitner grinste. »Wenn ma dich ned hätten, Connilein!«

Dann schien er plötzlich auf seinem Stuhl zu wachsen, und seine Stimme nahm einen gestrengen Vorgesetztentonfall an.

»Folgende Vorgehensweise: Du, Conni, machst dich mal kundig über Familien- und Besitzverhältnisse der von Wagner. Du, Korbinian, schnappst dir den Lucki und befragst noch einmal alle Einwohner des Hauses, und ich fahr ins Schwabinger Krankenhaus.«

Als Korbinian gerade fragen wollte, wer denn der Lucki sei, wurde die Tür aufgerissen, und herein tänzelte Ostermeier, rieb sich hüstelnd die Hände und fragte nach dem Fortgang der Ermittlungen.

Breitner und Conni erstatteten Bericht, Korbinian hielt sich zurück, denn er wollte nicht als Vordrängler und Streber gelten. Nachdem Breitner und Conni geendet hatten, tänzelte Ostermeier auf Korbinian zu und fragte ihn wortwörtlich dasselbe wie am gestrigen Tag im Treppenhaus.

»Na, junger Mann«, der Name war ihm wohl wieder entfallen, »haben Sie sich schon eingelebt?«

Als Korbinian antworten wollte, wandte er sich jedoch schon wieder von ihm ab und hüpfte in Richtung Conni.

»Ich muss da noch etwas ansprechen, Fräulein Pringerl«, stammelte er herum und wand sich wie ein Aal.

»Da sind mir Beschwerden gekommen, dass Ihre Kleidung nicht der Würde des Amtes entspricht. Freizeithosen, auffällige Farben, zu viel der weiblichen Reize«, und sein Blick blieb an Connis Dekolleté haften und hatte Schwierigkeiten, wieder davon loszukommen.

Conni setzte sich auf ihren Lieblingsplatz, die Schreibtischkante, und schlug formvollendet ihre langen Beine übereinander.

»Das kann ich mir schon denken, von wem die Beschwerde kommt, Chef. Ich mache hier meine Arbeit und ich mache sie gut, das haben auch Sie mir schon mehrfach bestätigt, und wie ich mich kleide, das ist meine Sache.

61

Meine Kollegen jedenfalls fühlen sich nicht davon gestört«, und sie warf einen fragenden Blick in die Runde.

»Überhaupt nicht, überhaupt nicht«, rief Breitner empört, und Korbinian schüttelte ebenfalls den Kopf.

»Der Luger sucht doch ständig nach Knüppeln, die er uns zwischen die Beine werfen kann«, ereiferte sich Breitner weiter.

Ostermeier vollführte einen kleinen Tanz zwischen den Schreibtischen, hüstelte »naja, naja« in sein blütenweißes Taschentuch und verschwand ohne einen weiteren Kommentar. Als Korbinian erneut zu seiner Frage nach dem Lucki ansetzen wollte, wurde sie ihm auch schon dadurch beantwortet, dass ein Schulbub in einer Art Matrosenanzug zur Tür hereinkam, der sich erst beim zweiten Blick als ein höchstens 20-jähriger junger Mann entpuppte, der einfach einen ihm schon etwas zu klein geratenen blauen Anzug trug.

»Das ist der Lucki Waldleitner«, stellte Conni vor. »Er schnuppert ein wenig in die Polizeiarbeit hinein, er ist der Neffe unseres Polizeipräsidenten.«

Lucki strich sich das widerspenstige blonde Haar aus der Stirn.

»Das musst du doch nicht jedem auf die Nase binden, Conni«, schimpfte er, ging auf Korbinian zu und schüttelte ihm die Hand.

»Gnug Zeit vertan«, rief Breitner, der schon seine altgediente Trachtenjacke angezogen hatte. »Auf gehts!«

So saßen Korbinian und Lucki zehn Minuten später in der Straßenbahn Richtung Nordbad, und Korbinian schaute aus dem Fenster auf die Münchner Stadt. Nur noch einige Ruinenreste wechselten sich mit schon vielen neu erbauten Häusern ab, reges Leben herrschte auf den Straßen und in den vielen Läden, die teilweise noch in Behelfsbauten, teils schon in neuen Räumen ihre Waren anboten. Vor den Gemüsegeschäften lagen genauso schöne große Radis, Krautköpf und Äpfel wie daheim im Chiemgau, doch auch ihm unbekannte Sorten waren darunter. Die jungen Münchnerinnen trugen nicht so viel Dirndl wie die Mädchen daheim, schwingende Röcke, unter denen bauschige Unterröcke hervorlugten, und enge schmale Hosen, wie auch Conni sie trug, waren angesagt.

Lucki, darauf angesprochen, lachte. »In zwei Wochen schauts wieder anders aus, da ist dann nämlich d' *Wiesn*!«

Daran hatte Korbinian noch gar nicht gedacht; endlich würde auch er mal auf das berühmte Oktoberfest kommen.

Am Nordbad, einer in den 30er-Jahren von den Nationalsozialisten errichteten Schwimmhalle, die nach schweren Zerstörungen schon wieder vollkommen aufgebaut war, stiegen sie aus der Straßenbahn aus und wandten sich dem von Wagnerschen Haus zu.

»Ich wollt dir nur noch sagen, dass dich nicht zu verbiegen brauchst, weil ich der Neffe des Polizeipräsidenten bin«, meinte Lucki. »Meine Mama hat gmeint, dass ich mich vorm Jurastudium noch mal ein wenig umschauen muss, und hat halt ihre Beziehungen spielen lassen. Ich hab mit meinem Onkel gar nichts am Hut, ich seh den nur bei irgendwelchen Familienfeiern. Du führst die Befragungen, und ich steh dabei.«

Sie betraten das Haus, Korbinian wies Lucki auf Grubers Wohnung hin, die ordnungsgemäß versiegelt war, dann läuteten sie an der Tür gegenüber Grubers Wohnung und hatten Glück. Die Tür öffnete sich fast sofort, und eine schmale nicht mehr ganz junge Frau, die einen schwarzen sackartigen Pullover und einen ebenso schwarzen Rock trug, blickte sie fragend an.

»Kriminalpolizei München, Hilpert mein Name«, stellte sich Korbinian vor und zeigte die Dienstmarke, die ihm Breitner in der Früh schnell noch in die Hand gedrückt hatte.

»Das ist mein Kollege Waldleitner. Wir haben da ein paar Fragen zu Ihrem Nachbarn Gruber.«

Die Frau, die sich als Elisa Meierhofer vorgestellt hatte, bat sie herein und führte sie in ein äußerst unaufgeräumtes Wohnzimmer mit überfüllten Bücherschränken bis an die Decke. Auf dem Tisch stand eine Schreibmaschine, umgeben von Schreibpapier, mehreren Tassen und Gläsern, einer Cognacflasche und einem überquellenden Aschenbecher.

»Ich bin Autorin«, erklärte Frau Meierhofer. »Ich schreibe Liebesromane für die Dame von Welt!«

Darunter konnte sich Korbinian so gar nichts vorstellen, und auch Lucki runzelte fragend die Stirn.

»Ich hab ihn kaum gekannt, den Nachbarn Gruber«, erzählte Frau Meierhofer. »Aber das werden Ihnen wohl die meisten im Haus sagen. Er hat sehr zurückgezogen gelebt. Manchmal ist er die Treppe hoch zu Frau von Wagner, ganz selten ist der junge Mann von der Frau von Wagner unten gewesen, und einmal die Woche ist er abends weggegangen. Er hatte Schwierigkeiten mit dem Gehen, sein linkes Bein war steif.«

Nein, sonst sei ihr nichts aufgefallen, und was den jungen Mann der Hausbesitzerin betreffe, so handle es sich sicher um eine dieser Liaisons zwischen älterer Dame und jungem Galan. Die Frau von Wagner sei übrigens eine begeisterte Leserin ihrer Romane, erzählte die Schriftstellerin voller Stolz und griff aus einem Regal eines ihrer Werke. Auf dem Titel beugte sich ein schwarzgelockter schöner Mann in mittelalterlichem Gewand schmachtend über eine auf einer Ottomane hingegossene Schöne, deren Dekolleté noch tiefer als das von Conni Pringerl war.

Korbinian und Lucki wussten nicht so recht, was sie dazu sagen sollten, und nachdem auch Elisa Meierhofer nichts mehr anzufügen hatte, verabschiedeten sie sich rasch und stiegen in den ersten Stock hoch.

Bei der Partei »Ottner« öffnete niemand, dafür ging die Tür der gegenüberliegenden Wohnung schon auf, bevor sie geklingelt hatten. Ein Mann Mitte 60, korpulent, Hosenträger über einem schon ziemlich angegrauten Unterhemd, musterte sie neugierig und rief, bevor sie sich überhaupt vorgestellt hatten, in den Hintergrund: »Erna, wie mirs uns scho denkt ham, d' Polizei!«

Eine ebenso korpulente, nur viel kleinere Frau in Kittelschürze, eine geschälte Kartoffel in der Hand, erschien.

»Komman S' eini, komman S' eini, i koch grad!«

Es roch sehr appetitlich nach paniertem Schnitzel, und Korbinian fiel ein, dass er seit dem Frühstück nichts mehr gegessen hatte. Erna und Herbert Schlinger baten sie in die Wohnküche, und während Erna ihren Kartoffelsalat zubereitete, schenkte sich Herbert ein Bier ein. Korbinian und Lucki bekamen Limonade und trockene Kekse vorgesetzt. Innerhalb kürzester Zeit erfuhren sie, dass Herbert Schlinger pensionierter Bahnbeamter, Erna Schlinger Hausfrau und die drei Kinder schon längst aus dem Haus waren und selbst Familien hatten. Fünf Enkelkinder!

»Den Gruber hat niemand im Haus richtig kennt, der hat sich rar gmacht«, berichtete Schlinger. »Wer jetzt des

Gspusi von der Wagnerin war, er oder der komische junge Kerl, des könna mir a ned sagen.«

»Geht uns ja auch nix an, jeder nach seiner Fasson«, bekräftigte Frau Schlinger aus dem Hintergrund, wo sie Kartoffel um Kartoffel schälte, aber ganz den Eindruck machte, als hätte genau das sie brennend interessiert.

»Was i aber genau weiß, is, dass der Gruber a 100-Prozentiger war«, ergänzte Schlinger.

»Sie meinen Nationalsozialist?«, fragte Korbinian nach.

»Ja, was denn sonst?« Schlinger wischte sich den Bierschaum vom Mund.

»Sie müssen wissen, dass ich als Bahner a Sozi bin. Immer scho gwesn! I hob mi durch des ganze Schlamassel halt so durchgmogelt, wegn der Erna und die Kinder, aber i hob mi nie ganz verbogen. Aber i hob den Gruber, da hod er no ned hier gewohnt, a paar Mal bei Veranstaltungen erlebt. Da hod der as Maul sauber aufgrissn. Und die Genossin Prichsler aus Berg am Laim, die hat a paar Gschichtn von früher von dem erzählt, dass da Sau graust. Der war Blockwart draußen in der *Maikäfersiedlung* und hod si schauderhaft aufgführt. Nur die, die ihm genehm warn, hat er in Luftschutzkeller einiglassn. Die anderen ham draußn bleim müssen oder zahlen! Der hod die Leid dort bis aufs Blut schikaniert. Is as Essen bald fertig, Frau?«

Erna Schlinger stellte eine riesige Schüssel Kartoffelsalat auf den Tisch und eine Platte voller knuspriger Schnitzel; Mengen, die für eine ganze Großfamilie gereicht hätten. Korbinians Magen knurrte, und auch Lucki schaute sehr begehrlich. Auch hier verabschiedeten sie sich rasch.

»Die Nachbarin Ottner is über 90 und stocktaub, die brauchn S' nix frogn«, hatte ihnen Schlinger noch mit auf den Weg gegeben.

Im Treppenhaus hielt Korbinian kurz inne und notierte alles, was sie bis jetzt erfahren hatten, in seinem kleinen schwarzen Bücherl. Lucki setzte sich kurz auf das Fensterbrett und jammerte kläglich, dass er einen solchen Hunger habe.

»In der *Nachteule* in der Occamstraße gibt's Schnitzel, die bis übern Teller hängen«, schwärmte er.

»Jetzt machen wir zuerst unser Arbeit hier fertig, dann gibt's was zu essen«, ordnete Korbinian heldenhaft an.

Noch einmal klingelten sie bei Ottner, doch wie bereits vorhergesagt, öffnete wieder niemand. Im zweiten Stock befand sich die Wohnung Edeltraud von Wagners, von der sie ja wussten, dass sie im Krankenhaus war, und die Wohnung der Schmitzers, bei denen Korbinian und Breitner schon am gestrigen Tag gewesen waren. Trotzdem klingelte Korbinian noch einmal. Als sie sich schon zum Gehen wenden wollten, wurde doch geöffnet, und Frau Schmitzer, bleich und äußerst vergeistigt wirkend, öffnete im seidenen Morgenmantel.

»Mein Gemahl ist nicht da«, flüsterte sie und blickte ängstlich um sich.

»Das macht nichts«, entgegnete Korbinian. »Dürfen wir Ihnen noch ein paar Fragen stellen? Das ist übrigens mein Kollege Waldleitner.«

Frau Schmitzer antwortete nicht und machte auch keine Anstalten, sie hereinzubitten. Erst als Korbinian noch einmal eindringlich darum bat, öffnete sie zögerlich die Tür. So standen sie im Wohnzimmer neben dem riesigen Flügel, es wurde ihnen kein Platz angeboten, und Frau

Schmitzer nahm auf ihrem Klavierhocker Platz. Offenbar fühlte sie sich dort am sichersten.

Ja, natürlich habe sie den jungen Ulrich gekannt; er habe manchmal auch für sie Erledigungen gemacht. Ein überaus feiner, äußerst höflicher, doch sehr schweigsamer junger Mann, wohl der Neffe der Frau von Wagner. Mit der Frau von Wagner habe man in früheren Zeiten auch nachbarschaftlichen Umgang gepflegt, doch seit dieser seltsame ungehobelte Mensch aus dem Parterre immer wieder bei ihr gewesen sei, habe man dies eingestellt.

»Ich möchte keine Vermutungen darüber anstellen, welcher Art die Beziehung der beiden wohl gewesen ist. Das ist eindeutig unter unserem Niveau«, ergänzte sie noch und betrachtete angelegentlich ihre schmalen, langfingrigen blassen Hände auf dem geschlossenen Deckel ihres Flügels. Mehr hatte Frau Schmitzer nicht zu sagen und begleitete sie auch nicht hinaus.

»Die kenn ich, die war früher immer bei den Soiréen meiner Mama und hat Klavier gespielt«, meinte Lucki, kaum dass sie die Wohnung verlassen hatten. »Man hat immer geglaubt, dass sie gleich in Ohnmacht fällt. Gehen wir jetzt was essen?«

Korbinian deutete nach oben zum Dachgeschoss. »Da wohnt noch jemand!«

Lucki seufzte. »Wenn ich mitm Breitner unterwegs bin, gibt's immer schneller was zum Essen«, beschwerte er sich.

Lucki hatte Glück, denn in der Mansarde wohnte ein Student der Jurisprudenz, der erst vor wenigen Tagen eingezogen war und noch nicht einmal vom Mord etwas mitbekommen hatte. Zehn Minuten später saßen Korbinian und Lucki einträchtig auf einer Bank in der kleinen Grünanlage vor dem Nordbad und aßen Leberkässemmeln.

»Des hast richtig gut gmacht«, sagte Lucki kauend. »Wie lang bistn schon in Ausbildung zum Kriminaler? Hast du da einen Kurs in Zeugenbefragungstechnik gemacht?«

Als sie sich vor dem Polizeipräsidium trennten, fragte er noch, ob Korbinian nicht mal mit ihm ins *Occam Studio*, ein berühmtes Schwabinger Filmkunsttheater, und dann zur *Nachteule* zum Schnitzelessen gehen wolle. Korbinian freute sich und sagte gerne zu.

Als er zurück in die Amtsstube kam, hämmerte Conni in die Schreibmaschine und sah kaum auf, und Breitner hatte seine stämmigen Beine auf den Schreibtisch gelegt und sah zum Fenster hinaus.

»Hast wenigstens du was Gscheits mitbracht?«, empfing er Korbinian.

»Bei der von Wagner hab ich kein Glück ghabt, die hat nach zehn Minuten an Schwächeanfall kriagt. Des müss ma morgen noch mal versuchen. Und den Ulrich müss ma auch besuchen.«

Da hätte er ja eigentlich noch Zeit dazu gehabt, dachte sich Korbinian, aber wahrscheinlich ist er dann aus Verzweiflung irgendwo eingekehrt, und er berichtete von seinen Befragungen im Haus, über die Breitner auch nicht ganz glücklich war.

»Naja, bsonders vui is des ned, aber immerhin«, brummelte er, und Conni vermeldete, dass sie bald mehr über die Schwarzmarktaktivitäten Grubers wisse, sie treffe sich jetzt mit einem Captain Jerry. Von der Münchner Polizei, die sich ja bis Ende der 40er-Jahre kaum mit dem Schwarzmarkt, dessen Mittelpunkt die Bogenhausener Möhlstraße war, beschäftigt hatte, hätte sie kaum etwas erfahren können. Die Besatzungsbehörde, also die Amerikaner, seien ja damals zuständig gewesen.

»Wir, also die Münchner Polizei, ham uns ja auch nicht grad mit Ruhm bekleckert damals«, meinte Breitner.

Als die Münchner Polizei ab Ende 1948 in die Aufsicht über den Schwarzmarkt einbezogen wurde, hatte sie mehrfach weit übers Ziel hinaus durchgegriffen. Im Juli 1949 gab es eine Razzia in der Zentralstelle des Münchner Schwarzmarkts, der Möhlstraße, die in eine Straßenschlacht ausartete, und Fotos, auf denen berittene Polizisten, martialisch mit Schutzmänteln und Helmen ausgestattet, auf die zumeist jüdischen Händler einprügelten, machten die Runde.

»Da denkt man ja, dass alle was glernt ham aus Dachau und Auschwitz, doch der Judenhass, der sitzt immer no tief drin«, sinnierte Breitner weiter. »Der damalige Polizeipräsident, des war a so a Altlast, so oana, der einfach weitergmacht hat und sofort wieder in Amt und Würden war! Genau wie der Kollege Luger!«

Über die Besitz- und Familienverhältnisse der von Wagner könne sie erst morgen Bericht erstatten, berichtete Conni noch abschließend.

»Des is halt langsame Amtsbürokratie. Des dauert«, erklärte sie, während sie sich vor dem kleinen Spiegel über dem noch kleineren Waschbecken in der Ecke die Haare richtete.

»Verdreh ihm nicht die Augen, dem Captain«, hänselte sie Breitner, und Conni streckte ihm die Zunge heraus. Und schon war wieder Feierabend.

9

Schon wie am Tag zuvor überfiel Korbinian, nachdem die schwere Tür des Polizeipräsidiums sich hinter ihm geschlossen hatte, bleierne Müdigkeit, und wieder, er schämte sich dafür, hoffte er, dass Tante Natalie noch nicht gleich zu Hause war. Er hatte sie schon eine Stunde in der Früh genossen, und ihm schwirrte jetzt noch der Kopf. Er nahm sich vor, am Samstag oder Sonntag ein paar Stunden mit ihr zu verbringen, denn neben Metzger- und Nachbarschaftstratschereien hatte sie auch wirklich interessante Dinge zu erzählen. Als er die Wohnung betrat, war es still, und er atmete auf; als er jedoch in die Küche kam, zuckte er zusammen. Am Tisch saß seine Cousine Thea und schälte Kartoffeln, so wie die Erna Schlinger ein paar Stunden zuvor.

»D' Mama is bei einem Geburtstag«, lächelte sie ihn an. »Ich hab mir gedacht, dass ich dich heut bekoch. Ich mach an Kartoffelsalat mit Würstl.«

Korbinian strahlte sie an und kam sich wieder ein wenig blöde vor.

»Schön«, konnte er nur stammeln.

Eine halbe Stunde später saßen sie sich gegenüber und ließen es sich schmecken. Korbinian war schon bei der zweiten Portion Kartoffelsalat und beim fünften Würstl angekommen und konnte seine Augen kaum von Thea wenden. Sie trug ein schlichtes dunkelblaues Kleid, das ganz wunderbar ihre weiblichen Rundungen umspielte, und während sie aß und redete, blitzten ihre Augen, und hin und wieder strich sie sich eine ihrer dunklen Locken aus der Stirn. Am linken Mundwinkel hatte sie ein kleines Grübchen.

»Erzähl mir dei Leben«, hatte sie Korbinian gebeten. Das war, so fand er, recht schnell erzählt, doch so langsam legte sich seine Scheu und er begann, ohne Hemmung zu reden.

»Willst meins auch wissen?«, fragte Thea dann und schenkte ihm noch ein Bier ein. »Unbedingt«, meinte Korbinian, und so erfuhr er in Kürze von zwei unglücklichen Lieben, eine mit Anfang 20, die andere vor fünf Jahren, aus denen je ein Kind hervorgegangen war.

»Ich stürz mich halt immer mit Haut und Haar nei in die Liebe«, erklärte Thea. »So bin ich einfach.«

Zusammen wuschen sie das Geschirr ab und alberten ein wenig herum. Dann kam auch schon Tante Natalie und erzählte wortreich von der Geburtstagsfeier. Als Korbinian Thea zur Tür brachte, strich sie ihm mit ihrem weichen warmen Handrücken über die Wange.

»Pfiadi, Cousin«, sagte sie. »As nächste Mal gemma tanzen!«

Auch die Lektüre Karl Mays half Korbinian an diesem Abend nicht, er träumte von Thea, mit der er eng umschlungen in der Pirknerschen Wohnküche tanzte. Irgendwann dann taumelten sie in ein leichtes sanftes Nichts, und es kam so, wie Korbinian es sich gewünscht hatte. Nichts davon war unschicklich oder mit irgendwelcher Scham verbunden. Es war einfach nur wunderschön.

Conni Pringerl hatte am späten Nachmittag alles über die unlauteren Geschäfte des Gruber erfahren. Der Captain Jerry, der auf sehr hübsche Art rothaarig und sommersprossig war, überließ ihr sogar für zwei Tage die Akte. Dann lud er sie zum Essen ein, und anschließend tanzten sie im *Club 15*, dem angesagtesten Jazzkeller der Stadt, einen flotten Boogie. Conni liebte den Boogie und hatte es mittlerweile fast zur Meisterin darin gebracht. Seit ihrer Zeit mit Jim hörte sie in jeder freien Minute den Sender der Amerikaner, den *AFN Munich*, und kannte sich in der Hit Parade bestens aus. Als Captain Jerry, der mit Vornamen Paul hieß, ihr zum Abschied etwas unverschämte Dinge ins Ohr flüsterte und sie ziemlich heftig küsste, dachte Conni sich, dass das Leben doch so einfach und so schön war. Mit der Akte Gruber neben dem Bett schlief sie in dieser Nacht entspannt und tief wie ein Murmeltier.

Sigi Breitner hatte sein neuestes Hemd angezogen und sich gründlich rasiert. Wie aus dem Nichts hatte sich für den Abend eine Verabredung für ihn ergeben; jahrelang hatte er schon keine mehr gehabt.

Als er das Schwabinger Krankenhaus betreten hatte, war ihm eingefallen, dass man zu Krankenbesuchen, auch wenn es sich um eine polizeiliche Befragung handelte, eigentlich etwas mitbringen sollte. So war er zu dem kleinen Blumenstand am Eingang gegangen und wurde dort von einer überaus netten Frau mittleren Alters, die unter ihrer Gärtnerinnenschürze wohlgerundet, aber nicht dick war, sehr gut beraten. Er kaufte einen kleinen Strauß bunter Herbstblumen, den die arme Edeltraud von Wagner in ihrer Schwäche aber kaum wahrgenommen hatte. Als er das Krankenhaus wieder verließ, fragte die nette Frau ihn, wie die Blumen gefallen hätten; ein Wort ergab das andere, und sie verabredeten sich für den Abend. Sie hieß Ursel, war Witwe, und er hatte ihr noch nicht erzählt, dass er Polizist war. Das hatte sich oft schon sehr negativ auf seine Bekanntschaften ausgewirkt.

Beim Abendessen erzählte Lucki Waldleitner seiner Mama von seinem Zusammentreffen mit Frau Schmitzer.

»Ach Gott, die arme Agathe! Die lebt noch?«, rief seine Mutter erstaunt. »Die war in den letzten zehn Jahren dauernd im Krankenhaus und in Sanatorien, irgendeine schwere Nervenkrankheit! Naja, bei dem Mann!«

Als Korbinian am nächsten Morgen um Punkt 7.30 Uhr das Büro betrat, traute er seinen Augen kaum. Sigi Breitner saß frisch und munter und mit einem breiten Lächeln im Gesicht schon hinter seinem Schreibtisch. Irgendwie schaut er heut anders aus, dachte sich Korbinian. Irgendwie jünger.

Breitner winkte ihm zu und rief: »I hab scho an Kaffee gmacht!«

Korbinian kam aus dem Staunen gar nicht mehr heraus und schenkte sich nach seiner etwas unruhigen Nacht gerne eine Tasse ein.

»Was machen wir jetzt als Erstes?«, überlegte Breitner.

»Ich würd vorschlagen, wir warten erst mal, was uns das Fräulein Pringerl zu berichten hat«, schlug Korbinian vor. »Dann sollten wir diesen Ulrich aufsuchen und anschließend ins Krankenhaus.«

»Sauguad«, rief Breitner, so als hätte sein favorisierter Fußballverein gewonnen.

»Aber du wirst staunen, den Ulrich von Wagner hab ich schon herbestellt. Der kommt in a halbn Stund!«

Was ist nur mit ihm passiert, fragte sich Korbinian noch einmal. Dann kam Conni Pringerl zur Tür hereingestürzt.

»Entschuldigung«, rief sie und klang genauso fröhlich und munter wie Breitner. »Ich hab a bisserl verschlafen!«

»Ja, und dann hast dich a no bsonders schön hergricht«, meinte Breitner. »Respekt!«

Conni trug einen schmalen schwarzen Rock, der sittsam die Knie bedeckte, und dazu eine hochgeschlossene weiße Bluse mit Puffärmeln. Der Rücken der Bluse war nicht so sittsam, der Blusenkragen war hinten mit einer Schleife gebunden, darunter zeigte ein schmaler Schlitz bis fast zur Taille ein wenig Spitze und auch noch etwas leicht sommerlich gebräunte Haut.

Conni schenkte sich einen Kaffee ein, nickte Breitner anerkennend zu, setzte sich auf die Schreibtischkante und referierte kurz und bündig alles Wissenswerte zu Grubers Schwarzmarktaktivitäten.

Von 1946 an tauchte Albrecht Gruber mehr und mehr auf dem Münchner Schwarzmarkt auf. In kürzester Zeit hatte er sich mit den amerikanischen Besatzern bestens gestellt. Von seiner langen und äußerst intensiven Parteizugehörigkeit war überhaupt keine Rede mehr, er und wohl einige ihm sehr Wohlgesinnte hatten für vollkommenes Vergessen dieses dunklen Punkts in seiner Vergangenheit gesorgt. 1947 und 1948 schien Gruber zeitweise sogar so etwas wie die graue Eminenz des Schwarzmarkts in der Möhlstraße in Bogenhausen gewesen zu sein. Wie den Unterlagen zu entnehmen war, fädelte er eine Vielzahl von Geschäften ein, amerikanische Zigaretten, *Hershey*-Schokolade und Seidenstrümpfe waren seine hauptsächlichen Handels- und Zahlungsmittel. Als ab 1948 auch die Münchner Polizei für den Schwarzmarkt zuständig wurde, wurde es auch für Gruber etwas schwieriger, und so plante er, womöglich als abschließenden Höhepunkt seiner Schwarzmarktkarriere, noch ein Riesengeschäft.

»Des is dann ziemlich in die Hosen ganga«, berichtete Conni. »Es ging wohl um große Mengen von Spirituosen, den Unterlagen nach genauer um die bekannte Marke *Schladerer*. Mit im Geschäft waren der Pole Simon Kowalczyk und seine Lebensgefährtin Ragna Antschel, das waren dann wohl auch die Hauptleidtragenden der ganzen Sache. Die haben ihr ganzes Geld verloren. Der Gruber hat sich wieder wie immer geschickt aus der ganzen Sache rausgezogen.«

»Was war mit dem *Schladerer*?«, fragte Korbinian, der an seine Oma denken musste, die *Schladerers Williams Christ-Birne* sehr schätzte und immer zu Weihnachten und zum Geburtstag eine neue Flasche davon bekam.

»Koa *Schladerer*«, antwortete Conni. »Zucker, a bissl Zwetschgensaft, billiger Alkohol und a jede Menge Wasser.«

Edeltraud von Wagner fühlte sich an diesem Morgen schon deutlich besser. Sie hatte den äußerst dünnen Krankenhauskaffee mit einer halben Semmel zu sich genommen und war schon im Flur draußen auf und ab gegangen. Der gestrige Tag war bei Weitem noch nicht so gut gewesen, und zuerst der Besuch dieses Kommissars und dann der Ulrichs hatten ihr gewaltig zugesetzt. Der Kommissar mit dem gesunden runden Gesicht hatte angefangen, derart in ihrem Leben herumzustochern, dass ihr schlecht geworden war. Wenn sie ehrlich zu sich war, war ihr gar nicht so besonders schlecht gewesen, sie hatte einfach wieder einmal die Flucht angetreten vor all diesen Erinnerungen.

Auch der Besuch Ulrichs hatte sie deprimiert. Sicher hatte er ihr einige ihrer Sachen von zu Hause mitgebracht und die kleine Porzellaneule, an der sie so hing, auf ihr Nachtkästchen gestellt. Doch sein Gesicht blieb verschlossen, seine Worte spärlich, und nach kürzester Zeit hatte er sich wieder verabschiedet.

Du musst aufräumen, Edeltraud, sagte sie sich. Du musst dich lösen von der Vergangenheit, du kannst nicht immer vor allem davonlaufen und das ist jetzt der richtige Augenblick dafür. Der Kommissar hatte ihr schonend beigebracht, dass Albrecht tot war, und eigentlich hatte sie, die Meisterin des Verdrängens und Vergessens, es ja schon gewusst. Doch was genau war geschehen? Hatte womöglich Ulrich etwas damit zu tun? Ihr stiller sensibler Ulrich, der kaum mit dem normalen Leben zurechtkam? Ihr Herz begann wieder stolpernd zu schlagen, und ihre Kehle verengte sich.

Das düstere Haus des Onkels in Roth kam ihr in den Sinn. Die dunkle Küche, in der sie die Mahlzeiten zubereitete, ihr Zimmer mit den schweren Samtvorhängen, das früher das sogenannte Boudoir der verstorbenen Tante gewesen war. Es gab keinen Schlüssel zu diesem Zimmer, und die dunkelroten Samtvorhänge schluckten gnädig das Stöhnen des Onkels und ihr Flehen und Weinen.

Draußen jedoch umgab das düstere Haus der weitläufige gepflegte Garten, in dem es in Edeltrauds Erinnerung immer licht und bunt gewesen war. Albrecht schnitt dort die Sträucher, düngte die Rosen und rechte den Kiesweg.

Wenn die Dunkelheit der Küche, in der sie mit zitternden Fingern das Gemüse schnitt und auf die Schritte des Onkels lauschte, sie nahezu erdrückte, konnte sie durch das schmale Fenster in den Garten hinausblicken, und ihr Atem wurde ruhiger, wenn sie Albrecht draußen bei seiner Arbeit sah.

Sie kannte Albrecht schon aus ihrem Elternhaus, dort war er nach dem Krieg aufgetaucht und hatte mit einem Gehilfen aus dem Dorf das marode Treppenhaus und die alten Fensterstöcke des von Wagnerschen Anwesens wieder instandgesetzt. Zuweilen hatten sie in diesem langen heißen Sommer draußen vor dem Haus gesessen und gemeinsam gegessen und getrunken, auch wenn die Eltern das nicht gern gesehen hatten. Denn Albrecht kam aus einer anderen Welt. Doch aus dieser Welt konnte er gut erzählen, von der Großstadt, von seiner Kindheit in der winzigen Wohnung neben der Werkstatt, von seinen Bubenstreichen und den Jahren seiner Wanderschaft. Vom Krieg erzählte er kaum etwas, nur einmal sagte er verbittert, dass er seinem Vaterland nicht richtig und nicht lange genug hatte dienen können, weil das mit seinem Bein passiert sei. Wenn wirklich einmal die Rede auf den verlorenen Krieg und die Reparationszahlungen kam, dann konnte er seine Erregung nicht mehr unterdrücken, seine Stimme wurde laut und hart, und er sprach von einem Dolchstoß für das deutsche Volk und vom Weltjudentum, das es auszurotten galt. Dann war er Edeltraud unheimlich, und sie versuchte, schnell von anderem zu sprechen.

Als die Schreinerarbeiten im Haus abgeschlossen waren, luden die Eltern die beiden Handwerker abschließend zu einem Abendessen ein. Das gehörte sich einfach, fand die Mutter, auch wenn man mit diesen Leuten sonst nichts gemein hatte. Zuerst war es eine recht steife Angelegenheit, der Vater zog sich sehr bald zurück, und die Mutter betrieb Konversation, mit der die beiden Handwerksgesellen nicht viel anfangen konnten. Edeltraud schämte sich für das aufgesetzte Getue ihrer Mutter und war froh, als auch diese sich zurückzog und natürlich auch die Tochter dazu anhielt. Doch Edeltraud blieb sitzen, trank mit den beiden Handwerkern fränkisches Bier und fühlte sich so frei und leicht wie noch selten zuvor. Der junge Mann aus dem Dorf begann, auf seiner Mundharmonika zu spielen, und Albrecht forderte Edeltraud zum Tanz auf. Trotz seines steifen Beins tanzte er gut, ihre Bewegungen flossen ineinander, und sie spürte seinen festen Arm um ihre Hüfte und sein Gesicht nahe dem ihren. Als die beiden Gesellen sich verabschiedeten, begleitete Edeltraud sie zum Tor, und Albrecht zog sie rasch an sich und küsste sie zum Abschied auf den Mund.

»Du wärst es«, sagte er mit rauer Stimme, »aber aus uns zwei kann nichts werden.«

Lange Zeit dachte Edeltraud jeden Abend vor dem Einschlafen an ihn und malte sich aus, wie es hätte weitergehen können. Dann jedoch verbat sie sich diese Gedanken und versuchte, Albrecht ganz zu vergessen. Schließlich starb der Vater überraschend, ein gutes Jahr darauf die Mutter, und nicht einmal ein halbes Jahr später lebte sie schon im düsteren Haus des Onkels in Roth bei Nürnberg.

Dort trafen sich Edeltraud und Albrecht wieder, und ob es Zufall war oder er nach ihr gesucht hatte, fand sie nie heraus. Doch zunächst blieben sie auf Abstand zueinander, obwohl sie ja nun, Edeltraud als Hauswirtschafterin, Albrecht als Gärtner, nahezu auf gleicher Stufe standen. Das düstere Haus betrat Albrecht so gut wie nie; sie brachte ihm seine Mahlzeiten auf die Bank vor dem Geräteschuppen. Erst als er herausfand, welch abscheuliche Dinge sich im Haus abspielten, betrat Albrecht es des Öfteren und versuchte, ein Auge auf Edeltraud zu haben und den Onkel auf Abstand zu halten.

Es war nur eine kurze Woche im Herbst 1921, in der sie sich wirklich nahe waren, denn der Onkel musste wegen starker Gallenkoliken nach Nürnberg ins Krankenhaus. Plötzlich war das Haus nicht mehr düster, nein, die kräftige Herbstsonne strahlte durch die Fenster und auf das Bett, in dem Edeltraud nun mit Albrecht erfahren durfte, wie schön es sein kann, wenn zwei Liebende zueinander finden. Ganz langsam und behutsam war es ihm gelungen, sie ihre Verwundungen fast vergessen zu lassen und ihr die richtige Liebe zu zeigen. Doch es war nur eine kurze Woche, dann kam der Onkel zurück und alles war wie zuvor. Ihren Plan, einfach miteinander wegzugehen und woanders neu anzufangen, besprachen sie immer wieder, doch ihn in die Tat umzusetzen, fehlte ihnen letztlich der Mut. Bis zum Anfang des nächsten Jahres ging es einigermaßen mit dem Onkel, denn er fühlte sich immer noch schwach und laborierte weiterhin an seiner Galle, und so blieb Edeltraud weitgehend verschont. Dann jedoch häuften sich seine Attacken wieder, und obwohl Edeltraud durch die Liebe und den Schutz Albrechts mehr Kraft hatte, sich ihm zu widersetzen, wurde die Situation immer unerträglicher. Und so kam es zu dem schrecklichen Ereignis im März 1922.

Der Onkel hatte nach seiner Operation gute neue Medikamente bekommen, einige Pfunde abgenommen und fühlte sich in diesem Frühling so stark und jugendlich wie schon lange nicht mehr. Und so stand er eines Morgens, die Frühlingssonne war eben aufgegangen und schien milde und sanft in Edeltrauds Zimmer, schwer atmend vor ihr. Sie war gerade aufgestanden und beim Ankleiden, als er sie auf ihr Bett zurückdrückte und den Gürtel seines Morgenmantels löste. Sein immer noch schwerer Körper lastete auf ihr und nahm ihr die Luft zum Atmen, und sie spürte sehr deutlich, dass er diesmal zu allem bereit war. Als er ihr das Unterkleid hochschob und mit aller Kraft versuchte, ihre Beine auseinander zu zwingen, begann Edeltraud zu schreien und auf ihn einzuschlagen. Doch ihr Schreien und Schlagen schien das Gegenteil zu bewirken, der Onkel ließ nicht ab von ihr, im Gegenteil, er versuchte mit aller Gewalt, in sie einzudringen. Edeltraud fühlte ihre Kräfte schwinden und bäumte sich noch einmal gegen ihn auf. In diesem Moment sauste etwas Schwarzes von oben auf sie zu, und der Onkel sank mit einem letzten Aufschrei über ihr zusammen. Blut strömte aus seiner klaffenden Kopfwunde und besudelte Edeltrauds Gesicht und Schultern. Dann spürte sie deutlich, wie alle Kraft und alles Leben aus ihm wichen, er sackte neben ihr auf das Bett und glotzte sie aus starren Augen an. Hinter ihm stand, die Gartenschaufel noch erhoben, Albrecht.

10

»Jetzt kommt der Ulrich von Wagner, und wir wissen immer noch ned viel«, bedauerte Conni von ihrer Schreibtischkante aus. Ihr rechtes Bein wippte ständig auf und ab, und Korbinian bewunderte wieder einmal ihre schlanken Fesseln.

»Ich hab, wie gsagt, nur sehr unvollständige Unterlagen. Bis jetzt sind keine Geburts- oder Abstammungsurkunden gefunden worden. Ist möglicherweise vieles bei einem Bombenangriff verbrannt. Aus der Münchner Meldebestätigung geht hervor, dass der Ulrich am 27.6.1922 in Nürnberg geboren wurde. Dann taucht noch ein Hinweis auf eine Karoline von Aufseß in der Nähe von Bayreuth auf, bei der er wohl aufgewachsen ist. Dann war er bis 1939 irgendwo im Internat. Dann haben wir wieder eine größere Lücke, jedenfalls wohnt er ab 1947 bei der Frau Dichtlinger in der Schleißheimer Straße. Er arbeitet im Archiv der Staatsbibliothek.«

Connis Bein wippte weiter, mehr habe sie bis jetzt einfach noch nicht herausfinden können.

»Aber i lass ned locker, des versprech i euch ... Aja, fast hätt ich's vergessen, das Haus in der Schleißheimer Straße ist, seits 1885 erbaut worden is, im Besitz der Familie von Wagner. Die Edeltraud hat es von ihren Eltern geerbt und wohnt da seit 1929.«

»Danke, Spotzerl«, lobte Breitner. »Des is doch scho was!«

Er schaute auf seine Uhr. »Eigentlich müsst der jetzt schon da sein. Geb ma ihm noch zehn Minuten, dann schick ma a Streife hin«, dann holte er eine belegte Semmel, die ausgezeichnet duftete, aus seiner Schreibtischschublade und biss kräftig hinein.

»Komm, Korbinian«, meinte Conni, und dieser stellte mit Freude fest, dass sie ihn nun schon duzte, »mir machen auch a kleine Brotzeit«, und sie schenkte zwei Tassen Kaffee ein und legte für Korbinian eine Brezn dazu.

»Hast dich scho a bisserl im Münchner Nachtleben umgschaut?«

Als Korbinian verneinte, begann sie, ihm eine Liste von Kneipen und Klubs aufzuzählen, dass ihm ganz schwindlig wurde. Die *Crazy Alm* in der Lilienstraße, das *Fifth Avenue* in der Neuhauser, die *Rumba Bar* in der Goethe …

»Also i geh am liebsten ins *Studio 15* in der Leopoldstraß. Des hat der Freddie nachm Krieg eröffnet, und da kannst tanzn bis zum Morgengraun. Du tanzt doch?«

Korbinian schüttelte den Kopf.

»Eigentlich nicht«, bedauerte er und dachte an das Hin- und Hergeschiebe auf der Seebrucker Kirchweih. Das konnte man ja wohl nicht tanzen nennen.

»Des lernst«, meinte Conni hoffnungsfroh.

»In die *Crackerbox* kann ma a gut gehen, da gehts aber zwischendurch a bisserl hart zu. Schlägereien und solche Sachen. Da triffst viele GIs aus Hawaii, die sind was ganz Besonderes!«

»Meine Herrschaftn«, rief Breitner, der seine Semmel verspeist hatte. »A Viertelstund is um, und der Ulrich is no immer ned da. Ich schick jetzt a Streife hin.«

»Vielleicht«, meinte Korbinian diensteifrig, da ihm der Ausflug mit Conni ins Nachtleben jetzt etwas peinlich war, »sollten wir doch jetzt mal schnell ins Schwabinger Krankenhaus fahren!«

Er glaubte, kurz ein Zögern bei Breitner wahrzunehmen, dann jedoch stimmte dieser dem Vorschlag zu.

»Da muss der Ulrich von Wagner halt dann warten, bis ma wieder da sind.«

Eine halbe Stunde später betraten sie das Krankenhaus, und Korbinian fiel auf, dass Breitner vor dem Haupteingang seine Krawatte richtete, sich durchs Haar fuhr und versuchte, seinen Bauch einzuziehen. Kaum hatten sie den Eingang passiert, kam vom Blumenstand in der Ecke eine kleine rundliche Frau mit Gärtnerinnenschürze auf sie zu.

»Mei, schön, dass wir uns schon wieder sehen, Sigi«, rief sie, und Breitner – Korbinian wusste gar nicht, wohin er blicken sollte – beugte sich über die Hand der Frau und deutete einen Kuss an.

»Ursula, mein Augenstern«, flötete er und wollte ihre Hand gar nicht mehr loslassen. Dann jedoch wurde er sich der Anwesenheit Korbinians bewusst, richtete sich auf und wurde förmlich.

»Mir san dienstlich da, i hob jetzt leider koa Zeit.«

»Jaja«, rief die Ursula fröhlich und wandte sich ihrem Blumenstand zu, »mir zwei sehn uns ja bald wieder!«

Als sie die Treppe zum Zimmer der von Wagner hochgingen, nahm Breitner Korbinian an der Schulter und sah ihn eindringlich an.

»Des bleibt unter uns, gell!«

Edeltraud von Wagner empfing sie in einem schlichten, aber teuer wirkenden grauen Kleid, in einem Sessel neben ihrem Bett sitzend.

»Ich werde heute Nachmittag entlassen«, erklärte sie und wies auf ihre Stirnwunde, die nur noch mit einem Pflaster versehen war.

Sie richtete sich in ihrem Sessel noch ein wenig auf, und Korbinian bemerkte, dass sie etwas Puder aufgetragen und sich die Lippen dezent geschminkt hatte.

»Sie haben hoffentlich etwas Zeit mitgebracht, meine Herren«, begann sie.

Und so erfuhren die beiden Ermittler im Laufe der nächsten halben Stunde die ganze Geschichte über Edeltraud von Wagner, Albrecht Gruber und Ulrich von Wagner. Edeltraud erzählte ihnen alles über ihre Kindheit im Mittelfränkischen, wie sie Albrecht Gruber kennengelernt und wie sie sich wiedergefunden hatten. Über ihr Leben mit dem Onkel in Roth – und hier beschönigte sie nichts – und über das schreckliche Geschehen im März 1922, als Albrecht den Onkel erschlagen hatte, nachdem dieser wieder einmal besonders zudringlich geworden war.

»Er hat mich gerettet, aber gleichzeitig auch sein und mein Leben zerstört«, meinte Edeltraud von Wagner nachdenklich. Albrecht Gruber war im Gefängnis verschwunden und hatte sie, die sein Kind unter dem Herzen trug, zurückgelassen.

»Als Ulrich im Juni geboren wurde, habe ich ihm eine Nachricht geschickt, doch er hat nicht reagiert. Ich hatte den Eindruck, dass er von mir und dem Kind nichts mehr wissen will, er hat uns allein gelassen«, erzählte Edeltraud von Wagner weiter, und ihre Stimme zitterte nun doch ein wenig. Die nächsten Jahre habe sie zuerst in einer Nervenheilanstalt und dann in verschiedenen Sanatorien verbracht und Ulrich in die Obhut einer Freundin ihrer verstorbenen Mutter bei Bayreuth gegeben. Erst Ende der 20er-Jahre sei es ihr wieder besser gegangen, und sie habe sich entschlossen, nach München zu ziehen. Mit Albrecht Gruber, der mittlerweile aus dem Gefängnis entlassen war, habe sie keinen Kontakt gehabt und mit ihrem Sohn, der bald darauf in ein Internat nach Dinkelsbühl gekommen war, nur sehr spärlichen.

»Das hat sich dann ab 1934 geändert. Plötzlich ist Albrecht wieder aufgetaucht; es war ja nicht schwer, mich zu finden, denn er wusste von dem Haus in der Schleißheimer Straße. Heute denke ich, dass es ihm zu dieser Zeit besonders schlecht ging, er war zwischendurch immer wieder arbeitslos und wenn er dann etwas gefunden hat, hat er es nie lange dort ausgehalten. Außerdem hatte er immer mehr Schwierigkeiten mit seinem Bein. Ich habe ihn unterstützt, so gut es ging, doch seine flammenden Lobreden auf den Führer und seine Hasstiraden auf das Weltjudentum haben mich immer mehr abgestoßen. Obwohl er nie nach unserem Sohn gefragt hat, habe ich mich ihm trotzdem verpflichtet gefühlt, er hat mich ja damals vor dem Onkel gerettet und …«, Edeltraud von Wagner hielt inne, »er war eben der einzige Mann in meinem Leben, es hat nie einen anderen gegeben.«

Korbinian bemerkte, dass er in den letzten Minuten, während er alles stichwortartig in sein schwarzes Büchlein notiert hatte, kaum mehr geatmet hatte. Der Lebensbericht dieser Frau ging ihm gewaltig unter die Haut. Auch Breitner saß wie erstarrt auf dem unbequemen Besucherstuhl und tupfte sich nur ab und zu den Schweiß von der Stirn.

Sie sei erleichtert gewesen, erzählte Edeltraud weiter, als Albrecht in die Siedlung gezogen sei und dort wohl auch mit Unterstützung seiner Parteifreunde Fuß gefasst habe. Man habe sich nur noch selten gesehen, und sie habe angefangen, sich ein neues Leben aufzubauen. Dann jedoch kam 1939 aus dem Internat die Nachricht, dass Ulrich nie und nimmer die Matura schaffen und außerdem durch sein sonderbares auffälliges Verhalten die Gemeinschaft dort enorm stören würde.

»Er hat dann die ganzen Kriegsjahre über bei Otto von Seydlitz und seiner Frau gelebt. Ich hätte nicht die Kraft gehabt, ihn ständig bei mir zu haben«, fuhr Edeltraud fort.

»Von Seydlitz ist ein renommierter Psychiater, und er und seine Frau haben ihn in ihrem Zuhause in einem kleinen Dorf bei Bamberg wie ihr Kind aufgenommen. Ulrich hat es von Seydlitz zu verdanken, dass er nie zur Wehrmacht einberufen wurde.«

Der arme, arme Kerl, dachte Korbinian, was für ein verkorkstes Leben. Sicher, er hat nicht in den Krieg ziehen müssen, aber er hat einen Mörder zum Vater und eine Mutter, die es nie geschafft hat, sich um ihn zu kümmern. Plötzlich wurde er von einer Welle der Sehnsucht nach seiner Mama daheim am Chiemsee überflutet. Ich muss ihr gleich heut Abend noch schreiben, dachte er, sie wartet sicher schon auf ein Lebenszeichen.

Edeltraud von Wagner hatte sich aus ihrem Sessel erhoben und war ans Fenster getreten. Sie wirkte erschöpft. Durch die Bäume im Innenhof des Krankenhauses blitzte der strahlend blaue Münchner Himmel. So blau kann er nur in München sein, sagte Sigi Breitner oft, wohl wissend, dass er das ja gar nicht zu beurteilen in der Lage war, denn in seinem Leben hatte er noch nicht viel anderes als den Himmel über seiner Heimatstadt gesehen.

»Sollen wir eine Pause machen, Frau von Wagner?«, erkundigte er sich. Ganz bewusst war er von der Anrede Fräulein zu Frau gewechselt.

Sie schüttelte den Kopf. »Nein, ich bring das jetzt zu Ende.«

Kurz nach dem Krieg sei von Seydlitz krank geworden, und Ulrich habe nicht mehr länger dort bleiben können. Also habe sie ihm die Untermiete bei Frau Dichtlinger besorgt und über Beziehungen auch die Stelle in der Staatsbibliothek. Ab da hätten sie sich natürlich wesentlich häufiger gesehen.

»Ich habe versucht, ihm noch ein wenig von dem zu geben, was ich ihm jahrelang versagt habe. Aber es war und es ist nicht leicht. Er ist immer höflich, zuvorkommend und hilfsbereit, aber eine Beziehung zwischen Mutter und Sohn werden wir nie erreichen. Es war alles zu schwer für ihn. Nicht leichter wurde das Ganze, als dann Albrecht wieder aufgetaucht ist. Der hat nach dem Krieg sofort sein Fähnlein nach dem Wind gedreht und enge Verbindungen zu den Amerikanern aufgebaut. Wie ihm das bei seiner eindeutigen Vergangenheit gelungen ist, ist mir schleierhaft. Ein paar Jahre hat er wohl sehr gewinnbringend mit Schwarzmarktgeschäften verdient, doch dann ist irgendetwas geschehen, und er war wieder völlig mittellos.«

Es sei wohl ihr Los, fuhr Edeltraud von Wagner mit einem leicht sarkastischen Unterton fort, dass sie immer in Albrecht Grubers schlechten Zeiten dazu ausersehen gewesen sei, ihm wieder auf die Sprünge zu helfen. Sie habe ihn wieder unterstützt, ihm für eine sehr geringe

Miete die Wohnung im Erdgeschoss vermietet und die hohen Arztkosten wegen seines Beins übernommen.

»Wie war denn das Verhältnis zwischen Albrecht Gruber und seinem Sohn? Das stelle ich mir sehr schwierig vor«, fragte Korbinian nach.

»Sie haben beide so getan, als wäre der andere nicht da. Sie haben jedes Zusammentreffen vermieden und sich gegenseitig ignoriert«, antwortete Edeltraud von Wagner. Selbst zwei lange Gespräche, die der Psychiater von Seydlitz mit beiden, natürlich getrennt voneinander, geführt habe, hätten zu keinem Ergebnis geführt.

»Ich muss nun zum Ende kommen. Ich merke, dass meine Kraft bald zu Ende ist«, sagte Edeltraud von Wagner. Ihre Stimme war leiser geworden, kleine Schweißperlen standen auf ihrer Stirn, und ihre gepflegten Hände strichen unruhig und rastlos über den edlen Stoff ihres Kleides.

»Ich bin schuld an allem. Mein Arzt hat mir wegen meines Herzfehlers geraten, besser alles rechtzeitig zu regeln und ein Testament zu machen, und so hat mich Albrecht die letzten Monate stark bedrängt, ihn als Erben des Hauses einzusetzen. Das wäre ich ihm schuldig, hat er immer wieder betont ... und ich habe nachgegeben. Als Ulrich das letzte Woche erfahren hat, ist er so wütend geworden, wie ich ihn noch nie erlebt habe. Wieder einmal habe ich ihn zurückgewiesen.«

»Ja glauben Sie denn, dass Ulrich möglicherweise Albrecht Gruber etwas angetan hat?«

Breitner hatte sich von seinem Stuhl erhoben und stand nun Edeltraud von Wagner direkt gegenüber.

Sie schluchzte auf. »Ich weiß es nicht, ich kann es mir nicht vorstellen ... er ist doch so ein schwacher Mensch ... und gestern war er ja auch noch hier bei mir.«

Genau in diesem Augenblick trat eine Schwester ins Zimmer und blickte streng auf die Uhr.

»Viel zu lang war das, meine Herren. Die Patientin braucht Ruhe!«

Korbinian und Breitner verabschiedeten sich rasch und eilten die breite Treppe zum Ausgang hinunter.

»Hoffentlich sitzt der Ulrich jetzt bei uns im Amt und hat sich ned abgesetzt inzwischen. Ich hab koa guts Gfühl«, stöhnte Breitner.

Als sie die nette Blumenfrau erreichten, ging Korbinian rasch ein paar Schritte vor, um den beiden Gelegenheit zu geben, kurz allein zu sein. Doch Breitner wechselte nur wenige Worte mit seinem Augenstern und war schnell wieder an seiner Seite.

»I sog dir oans, als Polizist a Frau zum Finden, is sakrisch schwer«, meinte er seufzend.

Als sie kurze Zeit später die Ettstraße erreichten, stand Conni schon oben an der Treppe.

»Der hat sich abgesetzt, der Ulrich! Ich hab schon die Fahndung veranlasst«, rief sie.

Hinter ihr tauchte händeringend Ostermeier auf, und an der Tür zu *Mord II* stand feixend der Luger.

11

»Also«, meinte Ostermeier, zupfte an seinem zitronengelben Einstecktuch und verlagerte sein Gewicht derart rasch von einem Bein aufs andere, dass es aussah, als würde er tanzen, »das ist jetzt nicht so gut gelaufen; da hätte man viel rascher zugreifen müssen. Merken Sie sich das gleich mal, junger Mann«, wandte er sich an Korbinian, »überlegt und rasch handeln! Das ist die Maxime!«

Breitner brummelte etwas Unverständliches hinter seiner Kaffeetasse hervor, und Conni inspizierte angelegentlich ihre rosa schillernden Nägel. Korbinian wusste nicht, wie er schauen, geschweige denn, was er sagen sollte.

Gott sei Dank kam in diesem Moment ein Wachtmeister Lidl ins Zimmer und berichtete, dass Ulrich von Wagner wohl seit dem späten Morgen verschwunden sei. Die Zimmerwirtin Dichtlinger habe nicht genau sagen können, wann er das Haus verlassen habe; sie habe Besuch von ihrer Freundin gehabt und nicht so sehr darauf geachtet. Bei der Durchsuchung des Zimmers sei nichts Besonderes festgestellt worden; Ulrich habe wohl kleines Handgepäck mitgenommen.

»Na, wenigstens will er sich ned umbringa«, seufzte Breitner erleichtert. »Handgepäck nimmt ma zum Selbstmord ja ned mit!«

Eine ganz kurze Nachfrage bei Frau von Wagner, die gerade dabei sei, das Krankenhaus zu verlassen, habe ergeben, dass er möglicherweise zu den von Seydlitz' gefahren sein könnte. Die zuständige Polizeidienststelle bei Bamberg sei schon informiert.

»Da könn ma jetzt nur abwarten«, meinte Breitner und rührte in seiner Kaffeetasse. »Wir dürfen ned vergessen, dass es ja noch a paar andere Spuren gibt, die schau mer uns jetzt mal an.«

»Also dann, hopp, hopp«, rief Ostermeier und wedelte mit den Händen, als wären sie Schulkinder, die man zu ihren Hausaufgaben antreiben müsse.

Breitner erhob sich betont gemächlich. »Wir fahren in die *Maikäfersiedlung*.«

Die *Maikäfersiedlung* lag im Münchner Osten zwischen Ramersdorf und Berg am Laim, und wie Conni Korbinian seinerzeit schon aufgeklärt hatte, war diese Siedlung, die aus mehreren Blocks Klein- bis Kleinstwohnungen und einigen Straßenzügen winziger Häuschen mit Garten bestand, Mitte bis Ende der 30er-Jahre gebaut worden. Eine sogenannte »Volkswohlsiedlung« niedrigsten Standards, in die viele kinderreiche BMW-Arbeiter mit ihren Familien und andere Werktätige, bevorzugt wurden NSDAP-Mitglieder, einzogen. Warum die *Maikäfersiedlung* so hieß, wusste mittlerweile niemand mehr. Hatte es dort mal eine Maikäferplage gegeben oder wurde sie so genannt, weil es dort so eng zuging wie bei den Maikäfern? Mittlerweile war die *Maikäfersiedlung* bekannt für den äußerst starken Zusammenhalt der »Maikäfer« und wegen der *Echardinger Einkehr*, einer Wirtschaft in der Mitte der Siedlung, die berühmt war für ihre Musik- und Tanzveranstaltungen und auch deshalb, weil sich dort nach dem Krieg der erste Ortsverein der SPD in München gegründet hatte.

»Da spuit oft der Paul Würges«, erklärte Breitner Korbinian. »Des is a Maikäferkind, der is da aufgwachsn und jetzt a bekannter Hillbilly- und Countrymusiker. Die Conni kennt ihn, glaub ich, persönlich!«

Korbinian hatte zwar von Hillbilly und Country schon mal gehört, doch bis auf die Tanzveranstaltungen im Chiemgau war diese Musik, die die Amerikaner mitgebracht hatten, noch nicht recht vorgedrungen. Wieder fiel ihm der von der Cousine Thea angekündigte Tanzabend ein und ihm schwante, dass er da wahrscheinlich keine besonders gute Figur machen würde. Ich bin halt a Landei, dachte er.

Der Wachtmeister Lidl, der sie rasch zur *Maikäfersiedlung* gefahren hatte, hielt an der Ecke Bad-Schachener-/Sankt-Michael-Straße.

»Do san mer jetzt«, sagte er, ließ sie aussteigen und tippte zum Abschied an seine Mütze.

An beiden Seiten der genannten Straßen zogen sich niedrige eineinhalbstöckige Wohnblöcke dahin, die etwas heruntergekommen wirkten und dringend einmal einen neuen Anstrich gebraucht hätten. Korbinian und Breitner wandten sich denen an der Sankt-Michael-Straße zu und blickten suchend um sich.

»Wo is jetzt die Kainzenbadstraße?«, fragte sich Breitner und steuerte auf zwei Kinder zu, die vor einem der Blocks Ball spielten.

Der Junge, der eine abgewetzte Lederhose trug, musterte sie neugierig.

»Wer seids ihr«, fragte er. »Seids ihr von der GWG wegen der Miete? Mir ham scho zahlt für den Monat.«

Das Mädchen blickte ängstlich und machte den Mund nicht auf.

Der Junge wies hinter sich.

»Kainzenbadstraß? Da müsst ihr d' Bad-Kreuther-Straße nunter, dann die zweite rechts oder links, kommt drauf an, wo ihr hin wollt.«

»Danke, junger Mann«, sagte Breitner. »Nein, koa Angst, mir san nicht von der GWG!«

Der Junge blickte skeptisch, dann wandte er sich wieder dem Mädchen zu.

»Komm, spui ma weida, Gretel«, rief er.

Hinter den geduckten Mietshäusern standen in Reih und Glied winzige Einfamilienhäuschen, umgeben von noch winzigeren Gärten, die aber alle sehr gepflegt wirkten und in denen die Bewohner offensichtlich sehr viel zum eigenen Verbrauch anbauten.

Breitner und Korbinian hatten Glück. In einem der kleinen Gärten der Kainzenbadstraße saß eine Frau auf einem wackligen Küchenstuhl und zupfte Bohnen.

»Kennen Sie einen Albrecht Gruber?«, fragte Korbinian sie. »Der soll bis 1949 hier gewohnt haben.«

Die Frau stand auf und kam zögernd zum Gartenzaun.

»Wer san Sie überhaupts? Da könnt ja a jeder komma.«

Breitner und Korbinian zeigten nun doch ihre Dienstmarken, was die Frau aber nicht viel auskunftsfreudiger machte.

»I bin erst seit vier Jahr da«, erklärte sie knapp. »Aber gehn S' doch mal zur Elfriede Buchner, die wohnt scho ewig da.«

Dann nahm sie wieder auf ihrem Küchenstuhl Platz und widmete sich ihren Buschbohnen.

Es stellte sich heraus, dass die Elfriede Buchner im letzten Häuschen rechts hinten wohnte und Inhaberin einer kleinen privat geführten Leihbücherei war. Gerade verließ eine junge Frau, die einige Bücher in ihrem Einkaufsnetz liegen hatte, das Haus.

»Die Pearl S. Buck kriag i nächste Woch wieder, Frau Pirker«, rief die Buchner zum Abschied.

Dann wandte sie sich Breitner und Korbinian zu und musterte sie durch ihre starke Brille.

»Sie komma ned wegen irgendwelcher Bücher«, stellte sie geradlinig fest.

Zehn Minuten später saßen Breitner und Korbinian im kleinen Vorgarten der Frau Buchner und tranken Apfelsaft.

»Seit 1938 wohn ma da«, erzählte Frau Buchner, die die 70 wohl schon gut überschritten hatte. Herr Buchner, von dem man nur zwischendurch aus dem Inneren des Häuschens heftiges Husten hörte, zeigte sich nicht.

»Er is schwer asthmakrank«, erklärte sie.

Der Albrecht Gruber sei kurz nach den Buchners in die *Maikäfersiedlung* gezogen und hatte das Häusl einer Familie, die ins Ruhrgebiet gezogen sei, übernommen.

»Des is ganz schnell ganga, kaum waren die weg, war er auch schon drin. Ich glaub, der is von der Partei da neigsetzt worn«, mutmaßte Frau Buchner.

»Und dann war er a glei Blockwart, zuständig für d' Sankt-Michael-Straß, einen Block vorn an der Bad-Schachener-Straße und für die Kainzenbad- und Bad-Kissingen-Straße. Der war a richtiger Treppenterrier. Dauernd hat er sich in alles neigschmischt, hat jedem den *Stürmer* aufdrängt, hat d' Kinder ausghorcht, was die Eltern daheim so redn, und an Festtagen hat er in aller Früh scho die Beflaggung kontrolliert. Wer dem ned passt hat, der hats sehr schwer ghabt!«

Sie habe ja damals schon mit der kleinen Leihbücherei angefangen, erzählte Frau Buchner. Da habe der Albrecht Gruber immer streng den Lesestoff kontrolliert, sodass sie manche unliebige Titel hinterm Kohlenkasten versteckt habe.

»Den kloan Stiglmeier hat er einmal mitm Erich Kästner derwischt«, erzählte sie empört. Sie habe gerade noch Schlimmeres verhindern können, und auch den Vater Stiglmaier, der nach einigen Bieren immer etwas ausfällig geworden sei und den Führer einmal »a österreichische Kasperlfigur« genannt habe, habe der Gruber sofort bei der Parteileitung angezeigt.

»A Denunziant erster Klasse war der!«

Als dann die Luftangriffe angefangen hätten, wäre es noch schlimmer mit dem Gruber geworden.

»Die, die ihm passt ham, also die 100-Prozentigen und seine Stiefellecker und die die ihm a Wurst oder Zigarettn bracht ham, die hat er zerst in d' Luftschutzkeller einilassn. Die, die ihm ned passt ham, hat er in den Bunker hint bei der Bad-Schachener-Straß geschickt. Des war für oide Leut oder Mütter mit Kinder vui z' weit weg.«

Korbinian leerte seinen Apfelsaft und dachte bei sich, dass er die patente Frau Buchner gern noch besser kennenlernen würde. Sie war ihm außerordentlich sympathisch, und sehr gerne hätte er noch ein paar Mußestunden in ihrem Garten oder in ihrer kleinen Leihbücherei verbracht. Auch Breitner schien sich wohl zu fühlen, er hatte sich auf seinem Gartenstuhl zurückgelehnt und blickte versonnen in den blauen Himmel über der *Maikäfersiedlung*. Dann jedoch schien ihnen beiden im selben Augenblick wieder einzufallen, warum sie eigentlich da waren. Korbinian zückte sein schwarzes Büchlein, und Breitner setzte wieder sein gestrenges Ermittlergesicht auf.

»Gab es denn Leute außer den Stiglmeiers, die ganz besonders unter dem Gruber gelitten haben?«, fragte er.

Frau Buchner überlegte.

»Ja, da war a ganz blöde Gschicht mit der Giovanna Hitzinger, aber i woaß ned, ob ich des jetzt alles no zamkriag«, meinte sie nachdenklich.

»Die Giovanna is aus Italien kemma, und es ging immer des Gerücht, dass ihre Familie do unten Kommunisten wärn. Ihr Mann, der Max Hitzinger, der is bald gfalln, und die Giovanna war mit ihrm Kind alloa. Der Kloane, der Sandro, der war a ganz a Liaba, der hat immer glacht oder gsunga. Alle ham ihn gern ghabt. Die warn a gfundns Fressn für den Gruber. Die is dann auch bald weg, die Giovanna. I woaß ned, wohi.«

Das Küchenfenster, das ebenerdig zum Gärtchen der Buchners hinausging, öffnete sich, und Herr Buchner, schwer nach Luft ringend, rief zwischen zwei Hustenanfällen, dass es jetzt genug wäre. So lang wolle er die Polizei nicht in seinem Garten sitzen haben, wie sähe das denn aus. Frau Buchner verabschiedete sich rasch, doch zum Schluss meinte sie noch schnell, dass vielleicht die Schwägerin von der Giovanna mehr wisse.

»Die wohnt irgendwo in Schwabing. Aber wie die hoast, woaß i ned.«

Korbinian und Breitner gingen nachdenklich wieder in Richtung Bad-Schachener-Straße, wo die beiden Kinder inzwischen dazu übergegangen waren, *Himmel und Hölle* zu spielen.

»Des is a Fall für d' Conni. Die find raus, wie die Schwägerin hoast und wos genau wohnt«, meinte Breitner zuversichtlich.

In der Straßenbahn zurück in die Münchner Innenstadt war Korbinian wieder sehr damit beschäftigt, das Leben und Treiben draußen zu beobachten.

»Des hättst vor acht Jahrn sehn sollen«, meinte Breitner. »Mehr als 70 Prozent von München waren zerstört; von der Innenstadt no viel mehr. Des war a Trümmerwüste. Nachm Krieg habns echt überlegt, obs nicht alles abreißen und draußen am Starnberger See a neues München bauen sollen. So a Schnapsidee!«

»Und du und deine Familie, wart ihr auch ausgebombt?«, wandte sich Korbinian an Breitner.

»Na, da hab i Glück ghabt«, erwiderte dieser. »Aber dafür hat mir der Scheißkrieg des Liebste auf der Welt gnomma.«

Korbinian wagte nicht, noch weiter nachzufragen, und auch Breitner verstummte und sprach kein Wort mehr, bis sie in der Ettstraße angekommen waren.

»Mir könna ja mal mitnand auf a Bier gehn«, meinte er jedoch dann. »Wos moanst? Am Sonntagvormittag zum Frühschoppen in *Hirschgarten* zum Beispiel?«

»Gern«, erwiderte Korbinian. »Wennst man no sagst, wie i dahin komm.«

»Ganz einfach, vom Stachus mit der Linie 19 bis zum Romanplatz. I gfrei mi.«

Die Schatten, die sich über Breitners kräftiges, rotwangiges Gesicht gelegt hatten, verschwanden.

Conni hatte noch keine neuen Nachrichten, was den abgängigen Ulrich von Wagner betraf, und machte sich sofort auf die Suche nach der Schwägerin in Schwabing.

Breitner schlug vor, gleich am nächsten Tag in einer weiteren Verdächtigungsschiene zu ermitteln, nämlich in den Schwarzmarktaktivitäten des Ermordeten.

»Des wird ned so einfach wie in der *Maikäfersiedlung*«, meinte er. »Do hat a jeder mehr oder weniger Dreck am Stecken und hält sich deswegn lieber bedeckt.«

Der Chef tauchte Gott sei Dank nicht mehr auf, und nachdem Korbinian den Tagesbericht geschrieben hatte, war auch für ihn der Feierabend angebrochen.

Als er die Amtsstube verließ, stand breitbeinig mitten im Korridor der Luger vor ihm.

»Ich wollt mich mal vorstellen«, sagte dieser, wobei er sehr nah an Korbinian heranrückte.

»Sebastian Luger, *Mord II*. Ich bin der Dienstälteste hier unter den Kollegen und«, er warf sich in die Brust, »wohl auch der mit der meisten Erfahrung. Also wenn Sie mal Hilfe und Unterstützung benötigen, ich bin jederzeit für Sie da. Wie geht's denn voran mit den Ermittlungen?«

Korbinian rückte ein wenig von ihm ab. Nur das willst du wissen, du falscher Fuffziger, dachte er bei sich.

»Vielen Dank, Herr Luger«, antwortete er. »Aber wissen S', ich mach ja nur so Handlangerdienste als Neuling; da kann ich Ihnen gar nichts dazu sagen. Einen schönen Feierabend noch.«

Der Luger grummelte etwas in seinen Zwirbelbart und rückte ab.

Jetzt wird's aber wirklich Zeit für a gscheits Abendessen, dachte sich Korbinian und wandte sich endgültig dem Ausgang zu. Doch weit gefehlt. Wie aus dem Nichts tauchte plötzlich der Bullauer neben ihm auf. Er schien wohl in einem edlen Wettstreit mit dem Chef zu stehen, was die Farbe und Qualität der Einstecktüchlein anbelangte. So glänzte seines samtig und wies einen dunklen Rotton auf.

Korbinian blieb stehen, Bullauer auch, wusste aber wohl nicht so recht, wie er den Anfang machen sollte.

»Wie geht es Ihnen, Herr Bullauer«, begann Korbinian, um es diesem ein wenig zu erleichtern. Bullauer druckste weiter ein wenig herum, dann jedoch öffnete er den Mund und sprach einen ganzen Satz.

»Bestellen Sie Ihrer Frau Tante doch beste Grüße, junger Mann.«

»Der Tante Natalie?«, fragte Korbinian erstaunt. »Woher kennen Sie die denn?«

Bullauer zupfte sein Tüchlein zurecht, fand jedoch zu keiner Antwort und verschwand nach einer formvollendeten Verbeugung.

Eine halbe Stunde später saß Korbinian mit seiner Tante, nein, nicht zu Hause in deren Wohnküche, sondern im Restaurant des neuerbauten *Kaufhof*-Warenhauses am Stachus. Vor nahezu zwei Jahren war dieser achtstöckige Riesenbau, ein Inbegriff an moderner sachlicher Architektur, an Münchens belebtestem Platz erbaut worden.

Die Tante hatte Korbinian vor dem Haus abgefangen und einen Besuch des Restaurants bei *Kaufhof* vorgeschlagen.

»A halbe Stund hamms no auf«, rief sie unternehmungslustig. »Ich hab heut koa Lust zum Kochen. Der Lieberer hat mir heut a extra hohes Trinkgeld gebn; i lad di ei, Bua!«

Korbinian wäre lieber zu Hause in der gemütlichen Wohnküche gesessen, doch er konnte der Tante ihren Wunsch natürlich nicht abschlagen. So saßen sie kurze Zeit später im nach neuester Mode eingerichteten Restaurant und aßen eine Gulaschsuppe, die zwar heiß und scharf war, sonst aber nach nicht viel schmeckte. Die zierlichen Restaurantstühlchen mit den geschwungenen Rückenlehnen waren außerdem sehr unbequem, und Korbinian rutschte ständig hin und her, um seine Sitzposition zu verbessern.

Die Tante jedoch war begeistert und bestellte als Dessert für jeden noch ein gemischtes Eis. Die bunten Schirmchen, die die Eisbecher dekorierten, wischte sie sorgfältig ab und steckte sie als Mitbringsel für ihre Enkelinnen in die Handtasche.

»Was, der Bullauer«, rief sie freudig. »Dass der no lebt und no dazu so in meiner Näh!«

Es stellte sich heraus, dass der Bullauer und die Tante während des Krieges Nachbarn auf dem Land draußen gewesen waren. Beide Familien, die Hartl-Pirkners und die Bullauers, waren nämlich als Ausgebombte aufs Land geschickt worden und hatten dort in sehr bescheidenen Verhältnissen außerhalb der Kleinstadt Erding im Austragshäusl eines alten Bauernhofs gewohnt.

»War der Bullauer denn verheiratet?«, fragte Korbinian verwundert.

»Ja, aber unglücklich«, erklärte die Tante kurz und bündig.

Der Bullauer, der sein Studium der Jurisprudenz mit Auszeichnung abgeschlossen hatte, sei vor dem Krieg dabei gewesen, eine Karriere als junger vielversprechender Staatsanwalt zu starten. Dann jedoch habe er die Chrissie Schneider, eine Verkäuferin aus dem *Warenhaus Tietz*, kennengelernt und sehr rasch geheiratet, und das sei der Anfang vom Ende gewesen.

Es habe nicht funktioniert zwischen dem feinsinnigen hochintelligenten jungen Bullauer und der zwar äußerst hübschen, aber immer etwas derben Chrissie, die sehr eindeutig nur an Materiellem und nicht an der großen Liebe interessiert gewesen sei. Als Bullauer dann einmal auf Heimaturlaub gekommen sei, habe er die Chrissie mit einem polnischen Fremdarbeiter erwischt und diesen kurzerhand erschossen.

»Ich glaub, er war nur a paar Jahr im Gefängnis, dann is er wegen guter Führung entlassen worden. Aber sei Leben war natürlich verpfuscht«, schloss die Tante dieses traurige Kapitel.

Korbinian bedankte sich bei der Tante recht herzlich für die Einladung.

»Woaßt, Bua, des verstehst du vielleicht ned«, erklärte sie ihm, als sie den *Kaufhof* verließen, »aber für mi is immer no des Schönste, wenns Essen in Hülle und Fülle gibt und i mi mal bedienen lassen kann. Die Kriegszeitn und vor allem des erste Jahr nachm Krieg werd i nie vergessen. Im Winter – mir warn grad wieder nach München in unser Wohnung zruck kemma – wars derart eisig kalt, dass wir alle mitanand in oam Bett gschlaffa ham, um uns warm zum Halten. Strom hats nur zwoa, drei Stundn gebn, und i hab aus zwoa Rübn und Wasser a Suppn kocht. Mir ham dauernd Hunger ghabt.«

Daheim angekommen, ging Korbinian rasch ins Bett und erst als er die Nachttischlampe ausknipsen wollte, sah er einen kleinen Zettel auf dem Nachtkästchen liegen.

»Am Samstag hätt ich Zeit. Hast Lust zum Tanzen? Thea«

12

Gustav Ott und Bernhard Fleckenstein waren altgediente Buttenheimer Polizeibeamte und so schnell nicht aus der Ruhe zu bringen. Doch nun waren sie mit ihrem Latein doch ein wenig am Ende. Der alte von Seydlitz, der »Seelenklempner«, wie er im Dorf genannt wurde, war zwar schon immer etwas eigen, doch zumeist ein ordentlicher und folgsamer Bürger des kleinen Marktfleckens bei Bamberg gewesen. Jetzt stand er im Vorgarten seines schon etwas in die Jahre gekommenen Fachwerkhauses und tobte. Sein struppiger weißer Bart stand wie auch sein schütteres Haupthaar in alle Richtungen, sein sonst so mildes Gelehrtengesicht war hochrot vor Zorn.

»Meine Herren, wir leben doch wieder in einem freien Land, oder täusche ich mich da etwa?«, schrie von Seydlitz.

In zwei gegenüberliegenden Häusern öffneten sich schon die Fenster, und neugierige Nachbarn schauten, was da denn los sei.

»Ich werde Sie nicht hereinlassen; nicht in meinen Garten, geschweige denn in mein Haus. Ich bin ein freier Mensch in einem freien Land. Ich poche auf meine Grundrechte! Sie haben mir keinerlei Anhaltspunkte dafür genannt, warum ich einem Gesuchten, und wohlgemerkt einem Gesuchten, nicht einem Verdächtigen, Aufnahme in mein Haus gewährt haben sollte.«

Von Seydlitz' Stimme kippte, und er wurde langsam heiser. Mit einem riesigen karierten Taschentuch wischte er sich die Stirn.

»Aber, Herr von Seydlitz«, versuchte Gustav Ott einzulenken. »Regen Sie sich doch bitte nicht so auf. Wir wollten doch nur mit Ihnen über den Gesuchten sprechen, und das hätten wir drinnen sicher besser erledigen können als hier heraußen. Aber es ist natürlich Ihr gutes Recht.«

Gerade als Seydlitz wieder anheben wollte, seinen Unmut laut zu äußern, erschien aus dem Garten hinter dem Haus Frau von Seydlitz. Sie trug eine alte Latzhose über einem noch älteren Hemd und ging stark gekrümmt, trotzdem konnte man noch sehr deutlich sehen, wie schön sie früher einmal gewesen war. In ihrer Rechten hielt sie eine Gartenschaufel und in der Linken eine Gießkanne.

»Meine Herren!«, rief sie. »Mein Mann ist herzkrank. Sie wollen doch nicht, dass er hier vor Ihnen zusammenbricht! Der gesuchte Ulrich von Wagner befindet sich nicht bei uns und wir haben auch nichts von ihm gehört. Und jetzt ist Schluss, Sie gehen jetzt bitte auf der Stelle«, und sie nahm ihren heftig schnaufenden Mann an der Hand und führte ihn zum Haus.

Ott und Fleckenstein standen unverrichteter Dinge vor der Gartentür; die umliegenden Fenster schlossen sich wieder.

»Da ist jetzt nichts zu machen«, meinte Fleckenstein. »Wir können höchstens das Anwesen im Auge behalten, aber dazu fehlen uns die Leut. Also, ich hab keine Lust dazu, am Abend und in der Nacht da Posten zu beziehen.«

»Ich auch nicht«, stimmte ihm Ott zu. »Wir haben jetzt Feierabend, ich muss heim, die Fini hat saure Zipfel gmacht. Aber ich berichte noch schnell nach München, dass uns hier nichts aufgefallen ist.«

Im Hause von Seydlitz schenkte sich der Hausherr zufrieden einen fränkischen Roten ein.

»Das haben wir jetzt aber gut gemacht, Gerlinde«, prostete er seiner Frau zu. »Ist er noch im Gartenhäusl? Warten wir, bis es dämmert, dann kann er ins Haus kommen. Und zieh schon mal die Vorhänge zu.«

Korbinian hatte wieder unruhig geschlafen, und wenn er ehrlich zu sich war, lag das keineswegs am ungelösten Fall, sondern an dem bevorstehenden Tanzabend mit der Thea. Was sollte er anziehen? Sollte er Blumen für sie kaufen? Wie sollte er ihr beibringen, dass er alles andere als ein begnadeter Tänzer war? Sollte er versuchen, ihr näherzukommen und sie vielleicht gar küssen, obwohl sie doch seine Cousine war? All diese Fragen hatten sich in seinem Kopf hin und her gedreht, und als ihm dann noch die Tante Natalie zum Frühstück Neuigkeiten von der Nachbarin mit dem Liebhaber kredenzt hatte, fühlte er sich auf seinem kurzen Weg in die Ettstraße schon wieder müde und erschöpft. Gerade als er an der schon wieder in neuem Glanz erstrahlenden klassizistischen Fassade der Michaelskirche vorbeiging und in die Ettstraße einbiegen wollte, tippte ihm jemand auf die Schulter. Es war der Bullauer, heute mit grasgrünem Einstecktüchlein, der sich wiederum formvollendet verbeugte und ihm eine Bäckertüte entgegenhielt.

»Für mich?«, fragte Korbinian erstaunt, der Bullauer nickte und entfernte sich raschen Schrittes. Die Tüte enthielt eine Breze und einen Rosinenweck; der Bullauer hatte genau Korbinians Geschmack getroffen.

Conni, an diesem Tag in einem körperbetonenden roten Kleid mit einem glänzenden schwarzen Lackgürtel um die schmale Taille, wedelte schon mit ihrem Block, als er zur Türe hereinkam. Breitner jedoch saß gebeugt hinter seinem Schreibtisch und schaute kaum auf.

»Also, ausm Fränkischen is noch gestern die Nachricht kemma, dass der gesuchte Ulrich von Wagner bis jetzt da noch nicht aufgetaucht ist. Es wird aber jetzt bayernweit nach ihm gefahndet«, vermeldete Conni.

»Aber dafür hab ich die Adress von der Schwägerin! Jetzt lobts mi halt auch amal!«

Korbinian tat das umgehend und ganz ehrlich, aber Breitner rührte sich weiter nicht.

»Dem is a Laus über d' Leber glaufn«, flüsterte Conni ihm zu. »I glaub, der hat gestern an Korb kriagt.«

Breitner stellte seine Kaffeetasse scheppernd auf den Unterteller.

»Jetz ruck scho aussi mit der Adress«, belferte er, »und mach ned so a Gschiss!«

»Du oida Grantler, du depperter!«, gab Conni zurück. »Was kann i dafür, wenn du bei irgendeinem Weibsbild ned hast landen können.«

Die Schwägerin der Giovanna Hitzinger aus der *Mai-käfersiedlung* hieß Marlies Loichinger und wohnte in der Zentnerstraße 18 in Schwabing.

»Soll ich sie herbstellen?«, fragte Conni.

Nein, meinte Breitner, es sei immer besser, Zeugen in ihrem gewohnten Umfeld zu befragen; dann wurde er plötzlich auf seinem Schreibtischstuhl um einiges größer und gab souverän die weitere Vorgehensweise bekannt.

»Ich kümmer mich mal um die Möhlstraßengschicht und mach mich auf die Suche nach dem Simon Kowalczyk, und du, Korbinian, schnappst dir wieder den Lucki Waldleitner und fahrst mit ihm nach Schwabing zur Schwägerin.«

Nachdem es noch etwas Gerangel mit *Mord II* gegeben hatte, weil diese den Lucki wegen angeblich äußerst dringender Ermittlungsarbeiten nicht herausrücken wollten, sich der Breitner aber mit ein paar nicht ganz stubenreinen Flüchen dort durchgesetzt hatte, gingen alle bis auf Conni ihrer Wege. Diese setzte sich auf ihre geliebte Schreibtischkante, baumelte mit den Beinen und überlegte, wem sie am heutigen Samstagabend wohl den Vorzug geben sollte: dem Egon oder dem Jerry? Schmuser in der *Palomabar* oder heißen Boogie im *Club 15*?

So saßen Korbinian und Lucki wieder in der Straßenbahn Richtung Schwabing, wieder stiegen sie am Nordbad aus, wandten sich aber diesmal in Richtung Elisabethstraße, bogen in die Agnesstraße ein und erreichten nach wenigen Schritten die Zentnerstraße 18. Es war ein schlichtes, etwas gesichtsloses, aber neu erbautes Haus, in dem die Marlies Loichinger im dritten Stock wohnte.

»Hat uns die Conni angekündigt?«, fragte Lucki.

»Ich glaub nicht, wie denn auch«, meinte Korbinian.

Es stellte sich heraus, dass sie sehr wohl angekündigt waren, denn die Familie Loichinger hatte Telefon.

»Des brauch ma; mei Mann is nämlich bei der Berufsfeuerwehr von der Stadt«, klärte Frau Loichinger die beiden auf.

Marlies Loichinger war um die 50, trug ein silbergraues Kostüm und hatte frische Dauerwellen.

Sie wird sich doch nicht für uns so hergerichtet haben, überlegte Korbinian, und im Laufe des Gesprächs stellte sich heraus, dass sie am Mittag zu einem Betriebsjubiläum eines Kollegen ihres Mannes eingeladen war.

»Da gibts Weißwürscht und Leberkäs«, berichtete Frau Loichinger strahlend. »I hab extra heut no kaum was gessen.«

Sie nahmen im Wohnzimmer in der Essecke Platz; eine weiße Leinendecke war über den Tisch gebreitet, und sie bekamen aus zierlichen, ebenfalls weißen Porzellantässchen Kaffee angeboten. Es schien Geld da zu sein im Hause Loichinger.

»I bin fast gleichzeitig mit meim Bruder von daheim weg und nach München zogn«, berichtete sie. »Die Eltern waren untröstlich; nur noch unser kloana Bruder is aufm Hof in Deisenhofen bliebn.«

Ja, zu ihrem Bruder, zu Giovanna und dem kleinen Sandro habe sie regelmäßig Kontakt gehabt.

»Der kloane Sandro war auch oft bei uns zu Bsuch. Der war a so a fröhliches Kind, der hat nie gwoant, und singen hat der könna! Der hat was oamoi im Radio ghört und scho hat ers nachsinga könna. Die Giovanna hats ja nicht leicht ghabt, nachdem der Max im Feld bliem is.«

Und obwohl Weißwürste und Leberkäs auf sie warteten, erzählte Marlies Loichinger nun ausführlich die Geschichte der jungen Familie. Sie war bestens informiert und konnte auch mit so einigen Details aufwarten.

Es war die Tante Rosi, die Schwester des Vaters, die Max und Giovanna zusammenbrachte. Die Rosi, die mit ihrer exzentrischen Art zu leben schon immer gegen das eintönige Bauerndasein rebelliert hatte, war das schwarze Schaf der Familie. Anfang des Jahrhunderts folgte sie einem italienischen Wanderzirkus, insbesondere einem glutäugigen italienischen Akrobaten nach Colle Val d'Elsa in der Toskana. Ganz Deisenhofen und Umgebung stand Kopf. Die Sache mit dem Akrobaten war schnell vorbei, doch Rosi blieb im Land der Oliven, des Weins und der Zitronen und heiratete nach ein paar Jahren ganz bodenständig den Bürgermeister der kleinen Gemeinde Rosia in der Nähe von Siena. Sie gebar fünf Kinder und wurde eine typische italienische Mama, die nur zwischendurch noch auf Bayrisch fluchte. Niemand aus der Deisenhofener Familie kam je auf die Idee, die Rosi in Rosia zu besuchen.

»Wos soin ma denn da? Nudeln fressen?«

Doch Max tat es, als er 20 war. Sofort fühlte er sich in der Großfamilie mit seinen fünf Cousins und Cousinen und mit der wunderbaren Küche Rosis äußerst wohl und genoss es, abends in der kleinen Weinlaube des Bürgermeisters zu sitzen und dem lautstarken Palaver der Familie zu lauschen. Schon nach zwei Wochen konnte er das eine oder andere verstehen.

In der engen Hauptstraße von Rosia, in der sich ein mehrstöckiges Haus an das nächste drängte, die Frauen am Abend auf Küchenstühlen strickend und plaudernd vor ihren Wohnungen saßen, sodass nichts ihren gestrengen Augen entging, wohnte die Familie Pirodi. Salvatore Pirodi war Angestellter im Bürgermeisteramt, seine Frau Lucia war Hausfrau wie Tante Rosi, und auch sie hatten fünf Kinder. Giovanna war die älteste der fünf. Mit ihrem schmalen Gesicht, der elfenbeinschimmernden Haut und den großen dunklen Augen ähnelte sie sehr ihrer Mutter, die in früheren Zeiten einmal die Schönheit des Ortes gewesen war. Doch im Gegensatz zu dieser, die in ihrer Rolle als Hausfrau und Mutter ihre Bestimmung gefunden hatte, wollte Giovanna mehr. Sie wollte die Welt sehen, sie wollte hinaus aus der Enge Rosias und sie schaffte es als eine der wenigen Frauen aus dem Dorf, eine Ausbildung zu machen. Im eleganten und weit über die Grenzen Sienas hinaus bekannten Modeatelier von Eleonora La Ponte lernte Giovanna Schneiderin und war gerade dabei, ihren Meistertitel zu erwerben, als sie Max kennenlernte.

Ferragosto, der 15. August, einer der größten Feiertage des Landes, an dem auch der Himmelfahrt Mariens gedacht wird und der in ganz Italien als der heißeste Tag des Jahres und der Wendepunkt des Sommers gilt, wurde auch in Rosia kräftig gefeiert. Durch fast die ganze Hauptstraße zog sich ein endlos langer mit weißem Leinen gedeckter Tisch, an dem sich alle Hausfrauen Rosias in der Verköstigung der Gäste mit heimischen Spezialitäten gegenseitig übertrafen. Die Deisenhofener Kirchweih konnte da nicht mithalten, fand Max. Seine Cousins und die jungen Männer der Famiglia Pirodi waren tagelang mit der Vorbereitung eines glanzvollen Feuerwerks beschäftigt, das am Ende des Fests stattfinden sollte. Max half kräftig mit, und so lernte er nicht nur die ragazzi Pirodi, sondern auch deren ältere Schwester Giovanna kennen. Mit einem Korb voller pannini con prosciutto tauchte sie eines Abends auf, um die Mannschaft zu verköstigen. Sie trug ein schlichtes grünes Sommerkleid, das ihre Elfenbeinhaut leuchten ließ, und klappernde Holzpantoletten.

»Mangia, mangia«, rief sie, klatschte lachend in die Hände und warf ihre schwarzen Locken zurück.

Sie gefiel Max auf Anhieb, und wäre er daheim in Deisenhofen gewesen, hätte er gleich versucht, ihr ein wenig näherzukommen. Doch dazu fehlten ihm noch eine

Menge italienische Worte, und außerdem war sie ständig von ihren Brüdern umgeben, die mit Argusaugen über sie wachten.

Marlies Loichinger schaute auf die Uhr. »Naja, die wern mir scho was übriglassen vom Essen«, meinte sie. »Die Gschicht vom Brunino muss i Ihnen jetzt aber a no erzähln. Hamms no Zeit?«

Es war Brunino, der jüngste der Pirodi-Brüder, der Max und Giovanna einander näherbrachte. Bruno Pirodi, von allen wegen seiner Kleinwüchsigkeit Brunino gerufen, war ein wenig debole nella testa, ein wenig schwach im Kopf, und außer seinen Eltern und seinen Geschwistern wusste niemand so recht, wie alt er eigentlich war. Er hätte fünf genauso gut wie 13 Jahre alt sein können. Am liebsten spielte er mit einem alten ausgedienten Kreisel, den er immer wieder aufzog und bei dessen raschen Drehungen er immer wieder spitze Schreie ausstieß. Nur selten wurde er von der Mutter zu kleinen Hilfsdiensten angehalten; wenn er sie zu ihrer Zufriedenheit erledigt hatte, strich sie ihm zärtlich über den Kopf und nannte ihn »mio piccolo stupido«.

Als an Ferragosto zu späterer Stunde schon große Ausgelassenheit herrschte, kamen ein paar Burschen aus der Nachbarschaft auf die Idee, ihre Späße mit Brunino zu treiben.

»Brunino, die Witwe Lamarro hat Cantuccini für dich, schnell lauf und hol sie dir«, riefen sie. Für Cantuccini, die in der Gegend um Siena äußerst beliebten und bekannten Mandelplätzchen, die er am liebsten in Milch getunkt aß, hätte Brunino alles getan, und so machte er sich auf, die

Lamarro zu besuchen. Durch die Dunkelheit der kleinen Gässchen von Rosia lief er zur Witwe, seinen Kreisel fest unter dem Arm. Die Lamarro, die vor 15 Jahren ihren Mann in den Steinbrüchen verloren hatte, lebte mit manchmal bis zu 20 Katzen allein und ließ niemanden mehr herein. Es ging das Gerücht, dass sie im Haus immer nackt umherliefe.

Als Brunino an die Tür der Lamarro klopfte und ihm niemand öffnete, drückte er gegen die Tür, und als diese sich öffnete, rief er mit seiner hellen, ein wenig krähenden Kinderstimme:

»Signora, Signora! Dove sono i miei cantuccini?«

Nach einiger Zeit des Wartens im dunklen Flur, wagte sich Brunino in den salotto der Witwe vor.

Was er dort sah, würde sein kleines Gehirn, das sonst so gnädig vieles rasch wieder in Dunkelheit hüllte, so schnell nicht wieder vergessen. Auf einem Sofa lag die Witwe Lamarro, ein unförmiger weißer Fleischberg, und auf ihrem riesigen Bauch, ihren noch größeren Brüsten und Schenkeln saßen die Katzen und leckten ihr Fleisch. Niemand hörte Bruninos Schrei, der seinen Kreisel fallen ließ und, so schnell seine kurzen Beine ihn trugen, aus dem Haus rannte.

Eine halbe Stunde später fanden ihn Max, Giovanna und die Brüder. Zusammengekauert, nach Urin und Kot stinkend, saß er unter einer alten Steintreppe, und es kostete sie große Mühe, ihn darunter hervorzuziehen.

»Il mio top, il mio top«, weinte Brunino verzweifelt, und weil Giovanna mit ihm nach Hause gehen musste, um ihn zu säubern, und ihre Brüder sich als Feiglinge erwiesen, betrat Max kurze Zeit später das Haus der Witwe Lamarro. Der Kreisel lag mitten im salotto, von der Witwe war nichts sehen, nur ein paar Katzen beäugten ihn misstrauisch. Natürlich wurden die Brüder Giovannas später zu Helden erklärt, weil sie den Anstiftern dieser Bösartigkeit eine gehörige Abreibung verpassten, doch für Giovanna und Brunino war Max der wahre Held. Es wurde zur Gewohnheit, dass Max und Brunino jeden Abend an der Bushaltestelle standen und auf den Autobus aus Siena warteten, mit dem Giovanna von der Arbeit kam. Langsam schlenderten sie dann oft auf Umwegen, um länger Zeit füreinander zu haben, nach Rosia hinein, der kleine Brunino glücklich seinen Kreisel treibend und immer mit ein paar zerbröselten Cantuccini in der Tasche, sprang fröhlich neben ihnen her. In der letzten Woche von Max' Aufenthalt in Rosia küssten sie sich hinter der Weinlaube des Bürgermeisters das erste Mal und von da an so oft es nur irgend möglich war. Brunino saß dann am Tisch im Schatten der Weinreben und tunkte seine Cantuccini in eine Tasse Milch. Am letzten Abend vor Max' Abreise bekam Brunino Bauchschmerzen – möglicherweise hatten sie ihre Bestechungsversuche ein wenig übertrieben – doch Giovanna, sonst immer die besorgte Schwester, schickte ihn allein nach Hause und blieb bei Max in der Laube, und sie versicherten sich gegenseitig ihrer Liebe und beschlossen, für immer zusammenzubleiben.

»Mei«, seufzte Marlies Loichinger, »des kommt jetzt ois wieder hoch. Wissen S', der Max und i waren immer recht eng, und mir ham uns alles erzählt.«

An Weihnachten fuhr Max dann in seinem ersten Opel Kadett über den Brenner und hielt am ersten Weihnachtsfeiertag bei Signore Pirodi um Giovannas Hand an. Tante Rosi hatte schon ein wenig Vorarbeit geleistet, denn verständlicherweise hatte Pirodi Bedenken. Er hätte es gerne gehabt, seine geliebte Giovanna mit einem Mann aus dem Ort oder wenigstens der Umgebung verheiratet zu sehen, und wollte sie nicht so einfach nach Germania ziehen lassen. Bei einigen bicchiere vino della casa, die Giovannas Mutter immer genau zur rechten Zeit servierte, versuchte er, Max dazu zu überreden, in der großen auto officina in Siena anzufangen oder gar eine eigene Autowerkstatt in Rosia zu eröffnen, nur um seine Tochter in der Heimat zu halten. Doch letztlich war es Giovanna, die ihren Willen durchsetzte. Sie wollte mit ihrem Max nach Deutschland und dort in München, das bekannt für seine eleganten Modeateliers war, als Schneiderin arbeiten.

»Ja, die Giovanna hat scho immer gwusst, was sie wui.« Marlies Loichinger nahm einen nachdenklichen Schluck aus ihrer Kaffeetasse.

Natürlich waren die Anfänge für das junge Paar wesentlich schwerer als gedacht. Zuerst einmal zogen sie nach Deisenhofen auf den Bauernhof, und während Max untertags zur Arbeit ging, versuchte sich Giovanna mit den Schwiegereltern zu arrangieren, die es ihr nicht leicht machten. Zudem, so stellte sie fest, war Deutsch eine sehr schwere Sprache, und obwohl sie jeden Abend mit Max übte, machte sie nur sehr langsam Fortschritte. Eine erschwingliche Wohnung in München zu bekommen, erwies sich als nahezu unmöglich, und die Tage in Deisenhofen wurden zu Wochen, Monaten und einem

Jahr. Ein Leben in München, eine Anstellung bei einem renommierten Schneider- oder Modeatelier dort, rückten in immer weitere Ferne. Giovanna begann, für sehr kargen Lohn die Alltagskleidung der Deisenhofener umzunähen und auszubessern; an ihre kostbaren Trachten ließen sie diese jedoch nicht heran, dafür hatten sie Schneiderinnen ihres Vertrauens. Nachdem sie für die nicht unkomplizierte Figur der Schwiegermutter einige wirklich gut sitzende Kostüme und Kleider angefertigt hatte, stieg Giovannas Ansehen wenigstens innerhalb der Familie ein wenig.

Als Max 1933 mit seinem Chef, Willi Löffelmann, in die NSDAP eintrat, kam es zum ersten wirklichen Zerwürfnis zwischen den Eheleuten. Giovannas Vater war bis Mitte der 20er-Jahre Mitglied der PSI, der Sozialistischen Partei Italiens, gewesen, hatte sich dann als angehender Beamter nach außen hin natürlich davon distanzieren müssen, doch tief im Herzen war er immer ein Socialista geblieben und hatte seine Kinder auch in diesem Sinne erzogen. Großartigen Auftritten des Duce in Siena oder Florenz, zu denen viele der Einwohner Rosias mit Begeisterung hinfuhren, ging die Familie Pirodi jedenfalls immer aus dem Weg.

Giovanna und Max versöhnten sich langsam wieder und versuchten, ihren Alltagskummer in heißen Liebesnächten zu vergessen. So stellte Giovanna im Herbst 1933 fest, dass sie schwanger war, und sie wäre keine Italienerin gewesen, wenn sie dieser Umstand nicht mit Glückseligkeit erfüllt hätte. Was gab es Schöneres, als Mutter zu werden! Die Berufspläne wurden jedenfalls für einige Zeit auf Eis gelegt.

Sandro, im Sommer darauf geboren, ein »Prachtbua« wie der Schwiegervater sagte, wurde mit seinen schwarzen Locken und mit den noch schwärzeren Augen sofort der Liebling der Familie, obwohl er in keiner Weise dem arischen Typus entsprach. Jedenfalls gewann er im Nu das Herz der sonst so sparsam ihre Gefühle zeigenden Großeltern und der restlichen Familie. Schon als noch nicht einmal Zweijähriger durfte er mit dem Opa aufs Feld, auf dem Traktor sitzen und beim Kühemelken zuschauen. Schon bald fiel auf, wie gerne der kleine Sandro sang. Sprechen konnte er noch nicht so richtig, doch ständig trällerte er mit einer ungewöhnlich hellen, klaren Kinderstimme kleine Melodien vor sich hin, und bald konnte er auch zum größten Erstaunen seiner Umgebung Lieder aus dem Volksempfänger nachsingen. An Geburtstagen oder anderen Feierlichkeiten in der Familie wurde er auf einen Stuhl gestellt, trug ohne jegliche Schüchternheit und mit strahlenden Augen die entsprechenden Lieder vor und trieb den anwesenden Tanten Tränen der Rührung in die Augen.

»Der wird amoi berühmt, a zwoata Caruso!«, prophezeite die Schwiegermutter voller Stolz.

Für den kleinen Sandro gab es nur von ihm begeisterte und ihn mit Komplimenten und Liebe überschüttende Menschen; Boshaftigkeit, Lüge oder Betrug waren in seiner Welt lange Zeit nicht vorhanden. Auch als Heranwachsender glaubte er dies noch lange, und erst sehr viel später wurde ihm klar, dass das nicht zutraf.

»Ja und dann habens endlich in München in der *Maikäfersiedlung* draußen a Wohnung gfunden«, berichtete Frau Loichinger weiter. »Es war aber auch höchste Zeit.«

So waren Max, Giovanna und der dreijährige Sandro Hitzinger unter den Ersten, die in die 1937 fer-
tiggestellten Häuser der *Maikäfersiedlung* an der
Bad-Schachener-Straße einzogen. Mit ihren 38 Quadrat-
metern war die Wohnung winzig für die kleine Familie, doch sie waren glücklich, endlich ein eigenes Heim
gefunden zu haben. Die Architekten der Siedlung hatten
Vorschläge erarbeitet, wie man solch kleine Wohnungen
platzsparend und funktional einrichten konnte, und Giovanna und Max hielten sich daran. Für fast zwei Monats-
löhne von Max kauften sie eine Küchenkommode, einen
Küchentisch aus Buchenholz, zwei Thonetstühle und
ein Doppelbett. Die Anschaffung eines Kleiderschranks
musste noch warten; Sandros Kinderbettchen hatten sie
gebraucht erworben, und Giovanna hatte neue bunte
Bezüge dazu genäht.

Giovanna, die von zu Hause die engen Wohnverhält-
nisse einer italienischen Großfamilie kannte, kam mit der
Enge gut zurecht; Max hingegen, der die Weitläufigkeit
des elterlichen Bauernhofes bei Deisenhofen gewohnt
war, hatte zuweilen Schwierigkeiten damit. Doch auch er
fand es viel besser, nun eigene vier Wände zu haben und
nicht mehr unter dem Dach der Eltern in Deisenhofen
zu hausen und nicht mehr deren ständige Enttäuschung
vor Augen zu haben, dass er kein Bauer geworden war
und seiner Leidenschaft, den Autos, den Vorzug gegeben hatte. Seit acht Jahren war er nun in der *Autowerkstatt Löffelmann* in Ismaning als Mechaniker tätig, und
der Chef versicherte ihm immer wieder, dass ohne ihn
der Laden lang nicht so gut laufen würde. So waren Max
und Giovanna dann auch unter den Ersten in der neuen
Maikäfersiedlung, die ein eigenes Auto hatten, und sie

wurden bewundert, aber auch heftig beneidet. Der kleine Sandro aber wurde sofort zum Liebling des Wohnblocks. Die Nachbarinnen übertrafen sich darin, ihn zu verwöhnen, und ernteten dafür immer sein strahlendes Lächeln und ein Lied.

Marlies Loichinger schien Weißwürste und Leberkäse vergessen zu haben. Auch Korbinian und Lucki achteten nicht mehr auf die Zeit und hingen an ihren Lippen. Da könnte man ja einen Roman drüber schreiben, dachte Korbinian bei sich.

»Was jetzt kommt, is fast nur no traurig«, meinte Frau Loichinger, und ihre Augen wurden feucht.

Im Sommer 1942 fiel Max, Giovanna war nun Kriegerwitwe und der kleine Sandro Halbwaise. Er wurde stiller und lächelte nicht mehr so häufig, doch sein Gesang verstummte nicht. Giovanna nahm wie eine Besessene Näharbeiten an, um sich und den Buben über Wasser zu halten. Etwa ab dieser Zeit gerieten die beiden ins Visier von Albrecht Gruber ,und es gab mehrere Gründe für seine wiederholten Schikanen.

Vom kleinen Reihenhäuschen des Albrecht Gruber konnte man direkt zu den beiden Fenstern der Hitzingerwohnung hochsehen. So sah Gruber nahezu jeden Morgen, wie Giovanna, noch im Unterrock, ihre Fenster öffnete und die Betten ausschüttelte. Nie hätte Giovanna so fadenscheinige verblichene Unterröcke wie die Nachbarinnen getragen, irgendwo sah man immer ein Stück weiße Spitze oder einen von ihrer schmalen Elfenbeinschulter herabgerutschten Satinträger. Unter dem zarten Stoff des Unterrocks zeichneten sich ihre Brüste deutlich ab, und Gruber vergaß für einen Moment die Schmerzen im Bein und schämte sich für die heftige Erektion, gegen die er aber vollkommen machtlos war. So ein schamloses Weib, diese Italienerin, dachte er, während er nicht anders konnte, als sich selbst zu befriedigen, der muss das Handwerk gelegt werden.

Wenn dann etwas später noch das dunkellockige Kind der Italienerin im Hof auftauchte, den bunten Ball Dutzende Male gegen die Hauswand warf und dabei irgendwelche fragwürdigen Schlager oder gar vor Lebenslust strotzende italienische Liedchen sang, dann bebte Gruber vor Wut. Mehrfach stürmte er hinaus und beschimpfte Sandro unter irgendeinem Vorwand, doch dieser lachte, rief: »Tu nicht schreien, Onkel Gruber, tu lachen!«, und sang froher Dinge weiter seine Lieder.

»Dieser Blockwart hats ihnen so schwer gmacht«, berichtete Marlies Loichinger weiter.

»Die Giovanna war ganz verzweifelt. Fast täglich is er mit irgendwelchen Beschwerden und Schikanen gekommen ... sie würd die Waschküch blockieren ... ihr Wäsch würd ned richtig im Hof hängen ... sie hätt die Beflaggung wieder vergessn ... der Sandro würd mit seim Ball die Hauswand kaputt machen und mit seim Gesinge das deutsche Liedgut verhöhnen ... und so weiter und so fort.«

Des einzig Schöne in der Zeit war, dass die Lehrerin vom Sandro meinte, dass so eine Stimme unbedingt gefördert werden müsse. Also legte die ganze Familie zusammen, und Sandro bekam von einem früheren Operntenor Unterricht. Dieser war begeistert von der Begabung des Buben und machte ihm und der Familie sogar Hoffnungen auf die *Regensburger Domspatzen*. Oft lag Sandro abends im Bett und träumte, dass er in einer hellen, lichtdurchfluteten Kirche mit goldenen Engeln auf den Altären vor dem Chor stand und ein Solo sang.

Dann kam die Zeit der vermehrten Bombenangriffe, und auch die *Maikäfersiedlung* wurde wegen ihrer Nähe zum Ostbahnhof das Ziel von Luftangriffen. Die Waschküchen wurden zu Luftschutzkellern umfunktioniert, und da ja nichts in der *Maikäfersiedlung* geräumig war, ging es auch dort recht eng zu. Ordentliche Parteigenossen und alle die, die sich mit Gruber gut stellten, fanden ohne Weiteres Einlass in die Keller; die anderen, die ihm suspekten Bewohner der Siedlung, bekamen Schwierigkeiten und wurden eiskalt zu dem viel weiter entfernten kleinen Bunker nördlich der Bad-Schachener-Straße geschickt. Giovanna wusste genau, wie sie Gruber rasch hätte mild stimmen können, vielleicht hätten nur ein Lächeln oder eine kleine Zärtlichkeit genügt; doch dazu war sie viel zu stolz. So kam es, dass sie und Sandro sowie die alte Frau Stiglmeier, die sehr schlecht zu Fuß war, bei dem verheerenden Luftangriff Ende Juli 1944 keinen Platz mehr im Luftschutzkeller bekamen und um ihr Leben rennen mussten.

Sandro war bereits zur Bad-Kissingen-Straße in Richtung des kleinen Bunkers vorausgelaufen, während Giovanna an der Seite der alten Frau Stiglmeier blieb, die heftig schnaufte und kaum mehr vorwärtskam. Das Dröhnen der ersten Geschwader der 8th Air Force kam immer näher, und bevor Sandro den Bunker erreichte, fiel eine erste Bombe in eines der Felder vor der nicht weit entfernten Sankt Michael Kirche. Die Druckwelle, die von der Detonation ausging, ließ alle Fensterscheiben der letzten Häuser in der Straße zerbersten und schleuderte Sandro gegen eine Steinmauer. Als Giovanna, die die alte Frau Stiglmeier zurückgelassen hatte, ihren Sohn erreichte, hatten herabfallende Steine, eine Unzahl von Glassplittern und eine dichte Staubwolke Sandro unter sich begraben. Während der Angriff noch immer über ihnen tobte, grub Giovanna mit ihren bloßen Händen, in kürzester Zeit ebenfalls von grauem Staub überzogen, ihren Sohn aus den Trümmern. In seinem Gesicht steckten eine Unzahl von Glassplittern und scharfen kleinen Steinen, und nach dem ersten Schrecken stellte Giovanna fest, dass alle seine Gliedmaßen heil geblieben waren. Darüber hätte sie eigentlich erleichtert sein müssen, doch nur ein Blick in seine Augen zeigte ihr sofort, dass seine Verletzungen tiefer lagen. Die alte Frau Stiglmeier hatte im Eingang eines der Häuser Schutz gesucht und dort den Angriff vollkommen unbeschadet überstanden.

»Der Sandro, der arme Kerl«, berichtete Frau Loichinger weiter, »hat ganz vui Narben in seinem hübschn Gsicht zurückbehaltn ... aber was no vui schlimmer is, sei Stimm is weg seit damals. Obs die Verletzungen am Hals warn oder der Schock, des woaß ma ned genau! Jedenfalls hat er seitdem koan Ton mehr gsunga! Der is nimmer derselbe wie zuvor, den hots aus der Bahn gworfn!«

Die Giovanna, so berichtete Frau Loichinger weiter, sei zwei Jahre nach Kriegsende mit dem Sandro wieder in ihre Heimat gezogen. Seitdem hätten sie natürlich weniger Kontakt, doch ihr Mann und sie seien fest entschlossen, im nächsten Jahr einmal nach Italien zu fahren und die beiden zu besuchen.

»Der Sandro war vor am halbn Jahr oamoi da, zam mit dem kleinen Brunino, weil der eine Augenoperation braucht hat, die es in Italien noch ned gibt, bei uns aber scho«, erzählte Frau Loichinger abschließend. Seitdem habe sie nichts mehr von ihm gesehen oder gehört.

Korbinian und Lucki bedankten sich für das ausführliche Gespräch und fühlten sich beide ein wenig erschöpft von der Menge der Informationen, als sie die Zentnerstraße 18 verließen.

Marlies Loichinger saß noch einige Zeit an ihrem Wohnzimmertisch und spürte nur leichtes Bedauern, dass sie die Feier jetzt verpasst hatte. In ihren Gedanken war sie immer noch bei ihrem Bruder und dessen Familie und sie erinnerte sich noch gut daran, was Sandro eines Abends während seines letzten Besuches zu ihr gesagt hatte.

»Eigentlich«, hatte er gesagt und wie so häufig an der besonders wulstigen Narbe auf seiner Stirn gerieben, »bin ich gar nichts. Ich bin kein richtiger Deutscher und auch kein richtiger Italiener. Ich bin nirgendwo richtig daheim. Jetzt in Rosia schauen sie mich mitleidig an, weil ich kein besonders gutes Italienisch spreche und wegen meinem hässlichen Gesicht. Hier schauen sie mich auch deswegen an, dann aber gleich wieder weg, weil sie nicht recht wissen, was sie mit mir anfangen oder wie sie sich verhalten sollen.

Am glücklichsten war ich eigentlich als Kind in der Siedlung draußen, da haben mich alle geliebt, weil ich hübsch und lustig war, und mich bewundert und gelobt, weil ich so schön singen konnte. Hätte uns der Gruber damals in den Luftschutzkeller gelassen, wär es vielleicht immer noch so. Vielleicht wär ich jetzt ein berühmter Tenor und könnte der Mama ein schönes Haus bauen.«

Und Marlies Loichinger erinnerte sich auch noch gut daran, dass Sandro sie mehrmals gefragt hatte, ob sie denn wisse, wo dieser Gruber jetzt wohne. Doch sie hatte es ihm nicht sagen können.

13

Sigi Breitner hatte diesmal glücklicherweise eines der wenigen Dienstautos ergattert und fuhr nun in Richtung Wiener Platz, wo der Simon Kowalczyk sein Spirituosengeschäft hatte.

Ich kauf mir einen Sliwowitz bei dem und besauf mich heut Abend, dachte Breitner bei sich. Wieder war es mit einer Bekanntschaft nichts geworden; die Blumenfrau Ursula hatte ihm am gestrigen Abend einen eindeutigen Korb gegeben. Er sei ja sehr nett und charmant, hatte sie gemeint, doch bei einem Polizisten wisse man ja von vornherein, dass der nie Zeit habe und der Dienst immer vorginge. Ihre Freundin Bärbel sei acht Jahre mit einem Polizisten verheiratet gewesen und das sei nicht gut ausgegangen.

Ein alter einsamer Krauterer werd ich, dachte sich Breitner. Nein, ich bin ja schon längst einer! Ich muss mich einfach damit abfinden, dass ich bis an mein Lebensende allein bleibe.

Er parkte direkt vor dem Laden »Kowalczyk – Weinhandel und feine Spirituosen« und betrachtete nur kurz das Schaufenster, das eine reiche Auswahl bester Weine aus verschiedensten Ländern, edle Liköre und Schnäpse anpries. Er beschloss, seiner Niedergeschlagenheit nicht weiter nachzugeben und sich nur einen feinen Roten aus einer bekannten Würzburger Lage mit nach Hause zu nehmen. Zum Genießen und nicht zum Besaufen!

Ein kleiner, etwas gebeugter Mann mit ergrautem Haar, aber hellwachen, im Gegensatz zu seinem sonstigen Äußeren noch sehr jung wirkenden dunkelbraunen Augen empfing ihn.

Als Breitner jedoch seine Dienstmarke zeigte, verschlossen sich die Züge Kowalczyks sofort, und er wich so weit es ging hinter seinen Verkaufstresen zurück.

»Albrecht Gruber? Ich kenne nicht«, antwortete er äußerst kurz angebunden auf Breitners Frage, und bereits in diesen wenigen Worten konnte man unverkennbar einen osteuropäischen Zungenschlag erkennen.

Das hab ich jetzt falsch angepackt, dachte sich Breitner. Ich hätte zuerst nach den Rotweinen fragen sollen.

»Ich bin in keinster Weise an Ihren Schwarzmarktaktivitäten interessiert, Herr Kowalzcyk«, meinte Breitner besänftigend. »Es geht mir nur um die Person Albrecht Gruber, der übrigens einem Gewaltverbrechen zum Opfer gefallen ist. Sie hatten doch seinerzeit mit ihm zu tun?«

Kowalzcyk zuckte die Achseln.

»Hatte mit vielen Menschen Geschäfte«, knurrte er. »Kann sein auch mit Gruber.«

Dann wandte er sich einer Holzkiste zu und begann, Flaschen auszupacken.

»Hab jetzt zu tun, kann nicht mehr sagen. Gehen Sie jetzt.«

Gerade als Gruber sich der Ladentür zuwandte, erschien aus dem Hinterzimmer eine noch ziemlich junge Frau mit schwarzen Locken. Kowalzcyk wollte sie wieder nach hinten verscheuchen.

»Der Mann will gerade gehen, Teofila«, brummte er.

Doch sie ließ sich nicht abweisen und fragte Breitner nach seinem Ansinnen. Dieser trug seine Frage nach Albrecht Gruber, diesmal geschickt verbunden mit großem persönlichem Interesse an fränkischem Roten, vor. Ohne auf die Frage nach Gruber einzugehen, empfahl ihm Teofila einige Sorten, von denen sich Breitner schließlich für zwei Flaschen mittlerer Preisklasse entschied.

Beim Bezahlen und Einpacken der Ware machte Teofila ein eindeutiges Zeichen nach draußen und flüsterte Breitner fast unhörbar zu, dass sie in zehn Minuten nachkommen würde. Breitner wandte sich noch einmal an Kowalczyk.

»Wir wissen, dass Sie mit Albrecht Gruber von etwa 1946 bis 1949 in engem geschäftlichen Kontakt standen und auch durch ihn schwer geschädigt wurden, Herr Kowalczyk. Auch Sie gehören demnach zu unseren Verdächtigen.«

»Ich war vier Tage auf Geschäftsreise. Ich war nicht in München«, knurrte Kowalczyk und wandte sich ab.

»Das werden wir überprüfen«, sagte Breitner knapp, verabschiedete sich höflich und war draußen für eine Bank, etwa 100 Meter vom Laden entfernt, sehr dankbar.

Eine knappe Viertelstunde später erschien Teofila. Ihr Gang war aufrecht und stolz, ihre dichten schwarzen Locken wippten bei jedem Schritt, und das rot-schwarzgemusterte Kleid, das sie unter ihrem geöffneten Ladenkittel trug, offenbarte sehr vorteilhaft ihre zierliche und dennoch äußerst weibliche Figur.

Nicht nur das Geschäft verbinde sie mit Simon, berichtete sie; seit zwei Jahren würden sie auch zusammenleben. Sie seien beide Polen mit einer ziemlich bitteren Vergangenheit, und das sei ein sehr starkes Band zwischen ihnen.

»Aber wenn Sie etwas über seine Zeit in der Möhlstraße erfahren wollen, müssen Sie zu Ragna Antschel gehen. Das war seine Gefährtin in diesen Zeiten, und sie hat viel für Simon getan. Sie war es, die Gold und fast ihren gesamten Schmuck für das Geschäft mit diesem Gruber gegeben hat, und der hat sie nach Strich und Faden betrogen.«

Was genau damals vorgefallen sei, wisse sie aber auch nicht, Simon wolle nicht darüber reden. Jedenfalls würde die Ragna noch irgendwo in München wohnen.

»Bitte verzeihen Sie Simon seine Unfreundlichkeit und sein Misstrauen«, meinte Teofila. »Er hat noch keinen Frieden gefunden mit seiner Vergangenheit. Er hadert noch immer. Er war übrigens wirklich die letzten Tage im Badischen unterwegs.«

Simon Kowalczyk stammte aus Jedwabne, einer Kleinstadt etwa 150 Kilometer nördlich von Warschau. Sein Vater besaß dort am Marktplatz ein kleines Lebensmittelgeschäft, das von allen Einwohnern des Städtchens, nicht nur von den jüdischen Glaubensgenossen der Familie Kowalczyk, sehr gut angenommen wurde. Simon war das jüngste Kind von vier Geschwistern, und die ersten zehn Jahre seines Lebens verliefen relativ sorglos. Sie waren Juden, hielten, wie so viele andere Glaubensgenossen im Ort, die Sabbatruhe ein und beteten das Kaddisch. Doch draußen auf der Straße spielte Simon mit allen gleichaltrigen Buben des Ortes, und nicht die Glaubenszugehörigkeit zählte, sondern wer sich die besten Streiche ausdachte, die Mädchen an den Zöpfen zog und Regenwürmer bei lebendigem Leibe verspeisen konnte. Schon sehr frühzeitig begann Simon, nach der Schule seinem Vater im Laden zu helfen. Er liebte es, die Regale einzuräumen, das Geld nach Münzen und Scheinen zu sortieren und hatte, wie der Vater sagte »ein Händchen« fürs Geschäft. Als der um einiges ältere Bruder nach Warschau auf die Universität ging, und die beiden größeren Schwestern sich anschickten, gute Hausfrauen und Ehefrauen zu werden, stand fest, dass Simon im Geschäft bleiben und es später auch einmal übernehmen würde. Simon war sehr zufrieden mit diesen Plänen, er konnte sich nichts Schöneres vorstellen, als Waren einzukaufen, diese mit gutem Gewinn wieder zu verkaufen und täglich seine Schwätzchen mit den Kunden zu halten.

Doch dann durchkreuzte die Weltpolitik seine Pläne. 1939, Simon war gerade 19 geworden, griffen die Deutschen Polen an, und infolgedessen kam es im Zuge des deutsch-sowjetischen Nichtangriffspakts, dem Hitler-Stalin-Pakt, zur Teilung Polens. Es war die vierte in der Geschichte dieses gebeutelten Landes, und fast alles änderte sich. Jedwabne und Umgebung, im Osten des Landes gelegen, wurde den Russen zugeteilt, und diese eigentlich so friedliche Gegend wurde von den neuen Herren aufs Schlimmste drangsaliert. Die polnischen Eliten und ganz viele, die etwas zu sagen gehabt hatten, wurden verhaftet, zwangsumgesiedelt oder schlichtweg liquidiert. Die neue sowjetische Ordnung, die des Kollektivs und des gemeinschaftlichen Eigentums, sollte verwirklicht werden. Die jüdische Bevölkerung kam bei dem Ganzen noch einigermaßen glimpflich davon, was aber dazu führte, dass sich die eh schon bestehenden Vorurteile gegen sie bei den strenggläubigen katholischen Polen rasch in heftigen Hass wandelten. Die Juden seien die Spitzel der Sowjets, hieß es nun, und außerdem seien sie ja eh diejenigen, die schuld seien am Tod Jesu und am bethlehemitischen Kindermord. Mehr und mehr blieben den Kowalczyks viele ihrer polnischen Kunden weg; das Schaufenster wurde mehrfach beschmiert oder beschädigt, und einmal lag eine tote Ratte vor der Ladentür. Die Zeiten wurden hart, und wenn Simon durch den Ort ging, wechselten seine früheren Spielgefährten und Mitschüler die Straßenseite.

Im Juni 1941 überfielen die Deutschen die Sowjetunion. Von vielen Polen wurden die Deutschen nun als Befreier begrüßt, und so war es auch in Jedwabne, als dieses am 23. Juni 1941 von der deutschen Wehrmacht besetzt wurde. Von diesem Tag an gab es in den Ortschaften um Jedwabne antisemitische Ausschreitungen, an denen sowohl die polnische Bevölkerung als auch die deutschen Besatzer beteiligt waren. Viele Juden aus diesen Orten flohen zuerst einmal nach Jedwabne und versteckten sich dort bei ihren Glaubensgenossen.

»Wir müssen fliehen«, beschwor Esther, die älteste Schwester Simons, die ganze Familie. Doch die Kowalczyks blieben; sie konnten sich einfach nicht vorstellen, dass es zum Schlimmsten kommen würde, und außerdem wussten sie schlichtweg nicht, wohin sie hätten gehen sollen.

»Es werd sich schon wieder beruhigen«, meinte Vater Kowalczyk, der immer an das Gute im Menschen geglaubt hatte und an dieser Haltung unerschütterlich festhielt.

Am 10. Juni 1941 wurde die gesamte jüdische Bevölkerung von Jedwabne auf dem Marktplatz zusammengetrieben, darunter, bis auf den ältesten Sohn, der sich in Warschau aufhielt, auch die Familie Kowalczyk. Es hieß, dass die Deutschen den Befehl dazu gegeben hätten, doch die

Schrecklichkeiten, die nun folgten, wurden ganz offensichtlich von den einheimischen Polen ausgeführt. Als sich die Juden eingekesselt auf dem Marktplatz zusammendrängten, waren es zum Teil die früheren polnischen Kunden der Kowalczyks, die nun begannen, sie zu misshandeln und zu schikanieren. Esther Kowalczyk, die ihre Familie bis zuletzt angefleht hatte zu fliehen, wurde vor den Augen ihrer Angehörigen ihrer Kleider beraubt und musste vor ihren Peinigern auf den Knien umherkriechen. Dann griff Feliks Tarnacki, dessen Werben sie immer belächelt und klar zurückgewiesen hatte, nach ihr und zog sie in eine kleine Seitenstraße. Es war das letzte Mal, dass Simon seine Schwester sah, und noch Jahrzehnte später hörte er ihre gellenden Schreie nachts in seinen Träumen.

Dann trieben die Polen die nahezu 400 Juden zu einer Scheune außerhalb des Ortes. Wie Vieh wurden sie mit Schlägen und Tritten von allen Seiten drangsaliert, und dem Vater Kowalczyk lief ein stetiger Strom Blutes, der von einer tiefen Kopfwunde, die ihm der alte Tarnacki beigebracht hatte, herrührte, über Gesicht und Brust. Die Mutter und die jüngere Schwester Hannah hielten sich eng umschlungen, und ihr mühsames Vorwärtskommen glich einem makabren Tanz. Als die alte Frau Rothbaum einige Meter vor ihnen zusammenbrach, konzentrierte sich die Aufmerksamkeit ihrer Peiniger für kurze Zeit auf sie. Da versetzte Vater Kowalzcyk seinem Sohn einen kräftigen Schlag in die Seite und rief: »Lauf, lauf weg, Simon, schnell!«, und Simon gehorchte, ließ sich in den Straßengraben fallen und verbarg sich hinter einigen Büschen. In seinem Versteck musste er mit ansehen, wie die Scheune, in die alle seine Glaubensgenossen und auch seine Familie getrieben worden waren, in Flammen aufging. Er hörte ihre verzweifelten Schreie, sah das Feuer zum Himmel lodern und roch ihr verbrennendes Fleisch. Tränen der Hilflosigkeit und der Verzweiflung liefen über sein Gesicht, und um nicht laut zu schreien, biss er so fest auf einen Ast des Busches, hinter dem er sich verborgen hatte, dass seine Zunge und seine Lippen bluteten. Das Feuer brannte nieder, nur noch einige Glutnester leuchteten in die beginnende Dämmerung, und die Peiniger hatten den Ort des Grauens verlassen. Drei SS-Männer machten Aufnahmen von der Brandstelle, so als würden sie irgendwelche Sehenswürdigkeiten oder Naturschönheiten fotografieren.

Als es dunkel wurde, schleppte sich Simon weiter. Sein erster Plan war es, sich bis Warschau durchzuschlagen, um dort den großen Bruder zu suchen. Doch bald wurde ihm klar, dass es viel zu gefährlich war, sich auch nur in das Umfeld der Großstadt zu wagen, denn die Gefahr, durch die deutschen Besatzer entdeckt zu werden, wuchs, je näher er stärker bevölkertem Gebiet kam. So verging über eine Woche, in der Simon sich ohne Ziel weiter durchschlug. Nachts über lief er, den glänzenden polnischen Sternenhimmel über sich; untertags versteckte er sich und schlief in Wäldern oder einer Scheune. Er lebte hauptsächlich von Beeren und Wiesenkräutern, ab und an konnte er aus einem Bauernhof ein paar Eier, altes Brot und einmal sogar einen Kanten Speck entwenden, das erste Mal in seinem Leben, dass er Schweinefleisch aß. Nach acht oder neun Tagen Wanderung stolperte er in einem Waldgebiet südlich von Lodz so unglücklich, dass sein rechter Knöchel innerhalb kürzester Zeit stark anschwoll und er kaum noch auftreten konnte. Verzweifelt und unter starken Schmerzen humpelte er noch ein paar 100 Meter weiter, dann brach er am Rande eines Feldweges zusammen und beschloss, ganz einfach zu sterben und sich im Jenseits wieder glücklich mit seiner Familie zu vereinen. Was hielt ihn denn noch in diesem schrecklichen, sinnlosen Leben?

Als Simon einige Stunden später wieder zu sich kam, lag er auf einer Strohmatratze, über ihm baumelten dichte Kränze aus Knoblauch und Zwiebeln, und es roch durchdringend nach Essig. Eine alte Frau mit Kopftuch beugte sich über sein Bein.

»Nicht gebrochen, nicht gebrochen«, murmelte sie, und als sie zu Simon aufsah, war dieser erstaunt über ihre klaren blauen, noch ganz jung wirkenden Augen.

»Liegen, ein paar Tage, dann ists wieder gut«, meinte die Alte und wickelte energisch einen großen, mit Essigsud getränkten Lappen um seinen Knöchel, und Simon fiel in einen dankbaren tiefen Schlaf der Erschöpfung, aus dem er nur zwischendurch aufwachte, wenn die alte Frau ihm den Verband wechselte oder einen Teller Suppe brachte.

Fast drei Jahre blieb Simon bei der alten Lydia, die seit Langem Witwe und sehr froh um seine Arbeitskraft war. Ihr Hof lag einsam, und wenn wirklich einmal jemand kam, versteckte sich Simon oder er gab sich als ein entfernter Verwandter aus. Niemand schöpfte Verdacht.

Im Frühsommer 1944 fand Simon die alte Lydia tot auf der Bank vor dem Haus sitzend, in der Hand noch ein Messer und vor sich Kartoffeln, die sie fürs Abendbrot zubereiten wollte. Er begrub sie zwischen den Fliederbüschen im Garten, melkte noch einmal die Ziege und machte sich am nächsten Tag auf den Weg. Er wusste beim besten Willen nicht, wohin er denn nun eigentlich gehen sollte.

Während Korbinian und Lucki Kaffee bei der Frau Loichinger tranken und Sigi Breitner Rotwein am Wiener Platz kaufte, saß das Ehepaar von Seydlitz in Buttenheim bei einem sehr späten Frühstück.

Er löste ein Aspirin in einem Glas Wasser auf, und sie rieb sich in kreisenden Bewegungen die Schläfen.

»Dazu sind wir langsam zu alt, mein Lieber«, seufzte sie. »Wir können uns diese ganze Geschichte nicht mehr ans Bein binden.«

»Was sollen wir denn machen«, seufzte Otto von Seydlitz zurück. »Er ist wie ein Sohn für uns. Wir können ihn doch nicht einfach aussetzen.«

»Aussetzen ist da ein zu hartes Wort«, korrigierte ihn seine Frau. »Er muss einfach lernen, mit dem Leben zurechtzukommen. Schließlich ist er über 30.«

Bis weit nach Mitternacht waren die beiden mit Ulrich von Wagner im nur spärlich erhellten Wohnzimmer bei fest zugezogenen Vorhängen zusammengesessen. Am frühen Morgen des vergangenen Tages war er, ein zitterndes schluchzendes Bündel Mensch, bei ihnen aufgetaucht und, nachdem er seine missliche Lage geschildert hatte, von Frau von Seydlitz gleich im Gartenhäuschen, das versteckt hinter dem Haus lag, untergebracht worden. In der Abenddämmerung, als sie sicher waren, dass weder Ott noch Fleckenstein noch ums Haus strichen, hatten sie ihn ins Haus bugsiert und ihm zuerst einmal ordentlich zu essen und zu trinken gegeben.

Als er den zitternden verzweifelten Ulrich da vor sich sitzen sah, kamen in von Seydlitz viele Erinnerungen an die Zeiten hoch, als dieser, nachdem er das Internat hatte verlassen müssen, bei ihnen eingezogen war.

In jenem August 1939, jeder klagte über die Hitze und wollte die sich deutlich am Horizont abzeichnenden Anzeichen eines Krieges nicht recht wahrhaben, hatten sie sich mit Edeltraud von Wagner bei den *Salzburger Festspielen* getroffen. Otto von Seydlitz liebte seine Frau, doch für Edeltraud von Wagner, die er schon seit Langem kannte und um deren Schicksal er wusste, hatte er immer eine leichte Schwäche gehegt. Hinter ihrer nüchternen, sachlichen Ausstrahlung und ihrer kühlen Eleganz bemerkte von Seydlitz ganz deutlich eine starke Bereitschaft zu Hingabe und Leidenschaft, die er gerne einmal ausgetestet hätte. Doch es blieb selbstverständlich bei diesem Wunsch.

Vor dem *Rosenkavalier* von Strauß, der die Festspiele eröffnen sollte, saßen sie auf der Terrasse von Edeltrauds Hotel und tranken leichten Weißwein.

»Er braucht deine einfühlsame und doch klare Sicht der Dinge, Otto«, sagte Edeltraud, und die samtblaue Stola glitt nur ganz kurz von ihrer rechten Schulter.

»Er muss sich mit seiner Herkunft abfinden. Er muss damit leben lernen.«

Von Seydlitz erinnerte sich auch noch sehr deutlich an die äußerst sachlichen Worte, die seine Frau, als sie nach der so berauschenden Aufführung zu ihrem Hotel zurückgingen, gesprochen hatte.

»Es wäre eigentlich ihre Aufgabe, ihn mit seiner Vergangenheit und seiner Herkunft zu versöhnen. Natürlich mit professioneller Hilfe. Aber sie ist die Mutter! Sie macht es sich zu einfach, sie schiebt ihn ab.«

Otto von Seydlitz verteidigte Edeltraud halbherzig; er sprach von Missbrauch und Trauma und von der einmaligen Gelegenheit, die sich ihm als Psychiater mit Ulrichs

Aufnahme bot; in der Tiefe seines Herzens musste er sich jedoch eingestehen, dass seine Frau recht hatte. Diese lächelte fein zu seinen Worten und nahm Ulrich, als er eine Woche später vor ihrer Tür stand, äußerst herzlich und unvoreingenommen auf.

Die ersten Monate waren schwierig. Ulrich zeigte sich meist sehr verschlossen; zwischendurch brachen Aggression und Zorn, oft wegen Kleinigkeiten, aus ihm heraus.

Die schlimmsten Momente waren die der Gewalt gegen sich selbst, wenn er seinen Kopf immer wieder verzweifelt gegen die Wand schlug und »Ich bin ein Mörderkind, ein Mörderkind« schrie.

In seinen Augen hatte sich die ganze Welt gegen ihn verschworen, und er, Ulrich, war das unschuldige arme Opfer. Es dauerte lange, bis von Seydlitz an ihn herankam und ihn ein wenig aus seiner Selbstmitleidsrolle herausholen konnte. Er zeigte Ulrich die Fähigkeiten, die in ihm steckten und führte ihn vorsichtig hinaus in die Welt, die ihm doch gar nicht so ablehnend gegenüberstand, wie er immer geglaubt hatte. Mit Frau von Seydlitz arbeitete Ulrich oft im Garten, und sie brachte ihm das Klavierspiel bei. Mehr als ein halbes Dutzend Gutachten schrieb von Seydlitz in dieser Zeit, um Ulrich vom Militärdienst zu befreien, und er war heute noch stolz darauf, dass er das geschafft hatte.

In der reichhaltigen Bibliothek des Hauses Seydlitz entdeckte Ulrich das Lesen; er, der während seiner Schulzeit nur wenn es unbedingt sein musste in ein Buch geschaut hatte, verschlang nun die Klassiker, verehrte Fontane und liebte Hesse. Immer und immer wieder las er dessen Erzählung *Unterm Rad*, was Otto von Seydlitz mit einigen Bedenken sah; schließlich plant der

Protagonist dort seinen Suizid und führt ihn letztend-
lich auch aus.

Gegen Kriegsende erkrankte von Seydlitz schwer,
eine Herzoperation scheiterte und hätte ihm fast das
Leben gekostet, eine weitere gelang nur teilweise, und
er musste fast ein ganzes Jahr in Sanatorien verbringen.
Gerlinde, die ihrem Mann kaum von der Seite wich,
ergriff die Initiative und setzte sich mit Edeltraud von
Wagner in Verbindung. So verließ Ulrich, zwar um einiges gestärkt, doch immer noch hochsensibel und zu
Depressionen neigend, den kleinen Marktflecken Buttenheim und übersiedelte in die Großstadt München.
Dass seine Mutter ihn nicht bei sich in ihrer geräumi-
gen Wohnung aufnahm und ihn zu Frau Dichtlinger in
Untermiete schickte, traf Ulrich schwer. Sie schämt sich
für mich, dachte er; sie will nicht ständig das Mörderkind vor Augen haben.

Von Seydlitz leerte sein Glas Aspirin und blickte weh-
mütig hinaus in den spätsommerlichen Garten.

»Ja, du hast recht, Gerlinde«, sagte er zu seiner Frau.
»Wir können ihm da nicht mehr helfen; er muss selbst für
sich einstehen. Ich rede noch einmal mit ihm, und dann
rufe ich Ott und Fleckenstein auf der Dienststelle an.«

Währenddessen saßen Korbinian und Lucki wieder auf
der Bank vor dem Nordbad und aßen Leberkässemmeln.

»Mir schwirrt der Kopf«, meinte Lucki kauend. »Was
für eine Geschichte!«

Korbinian nickte. »Wir müssen sehen, dass wir diese
Giovanna und den Sandro irgendwie erreichen. Aber die
sind in Italien, das wird nicht leicht.«

»Ach«, seufzte Lucki, »nach Italien möcht ich gern mal. Immer Sonne und Meer, und die Mädchen da sollen einfach klasse sein.«

»Jetzt fahrn wir zuerst mal wieder ins Amt«, ernüchterte ihn Korbinian. »Die Conni hat doch immer a Idee.«

Sigi Breitner saß im *Weißen Bräuhaus* im Tal und ließ sich ein Lüngerl mit Semmelknödel schmecken. Die ganze Geschichte des Simon Kowalczyk und der Ragna Antschel ging ihm schwer im Kopf herum. Der Fall zerfleddert sich immer mehr, dachte er und nahm einen kräftigen Schluck Weißbier.

Da ist jetzt mal als Erstes der entschwundene Ulrich von Wagner, im Moment wohl unser Hauptverdächtiger. Dann gibts noch diese Geschichte mit der *Maikäfersiedlung*, mal schauen, was der Korbinian da zu berichten hat.

Ja, und jetzt auch noch diese Schwarzmarktleute, die der Gruber derart betrogen hat. Diese Antschel muss man unbedingt auftreiben. Was war das nur für ein schrecklicher Mensch, dieser Gruber ... dass sich die von Wagner in so einen hat verlieben können?!

Breitner tunkte mit dem letzten Stück Semmelknödel die restliche Lüngerlsoße aus seinem Teller und stellte fest, dass ihm die Abfuhr, die ihm die Blumen-Ursula am gestrigen Abend erteilt hatte, keineswegs seinen Appetit verdorben hatte.

Otto von Seydlitz war direkt nach dem Frühstück, als er sich dank Koffein und Aspirin etwas lebhafter fühlte, zu Ulrich ins Gartenhaus gegangen. Gerlinde hatte ihm Kaffee und eine Semmel mitgegeben, und das stellte er nun neben der nicht sehr bequemen Gartenliege ab, auf der Ulrich lag und ihm aus leeren Augen entgegenblickte.

»Wir müssen noch einmal reden, Ulrich«, begann von Seydlitz.

Ulrich, der weder den Kaffee noch die Semmel anrührte, richtete sich ein wenig auf.

»Ich weiß, du willst mich ausliefern, Otto, mich, das Mörderkind?«, rief er und seine Stimme klang heiser.

»Versteh mich doch, Ulrich«, bat von Seydlitz flehend. »Es gibt keinen anderen Weg. Ich werde dich begleiten und dir beistehen. Du machst dich jetzt bitte fertig. Wir können dich hier nicht länger verstecken; wir machen uns strafbar, verstehst du das? Gerlinde und ich haben viel für dich getan, aber das hat jetzt ein Ende. Du musst endlich für dich selbst sorgen.«

Am frühen Nachmittag trafen Breitner, Korbinian und Conni alle wieder in der Ettstraße zusammen. Conni war etwas nervös, denn der Chef hatte für 15 Uhr zu einer Besprechung gebeten, und die Uhr über der Tür zeigte bereits eine Minute davor. Auch Korbinian fühlte etwas Unruhe und Unsicherheit in sich aufsteigen. Wie sollte er sich präsentieren, wie viel sollte er sagen? Der Einzige, der vollkommen gelassen blieb, war Breitner.

»Koa Hektik, Leut«, beschwichtigte er seine Mitarbeiter. »Mir san a gute Truppe, mir müssen uns ned verstecken!«

Ostermeier empfing sie in seinem dunkel getäfelten Büro, das mit den teilweise geschlossenen schweren Vorhängen ein wenig einer Höhle glich, und bat sie in die ebenfalls sehr gedeckt gehaltene Sitzgruppe in der Ecke.

»Fräulein Rammelberger, Kaffee«, rief er, hüpfte ein paarmal auf und ab und rieb sich die Hände.

Hab ich dieses Einstecktücherl schon mal an ihm gesehen oder nicht, wie viele hat er denn nun davon, überlegte Korbinian, während die Rammelbergerin Kaffee einschenkte.

Breitner betrachtete den dünnen Kaffee in den zierlichen winzigen Tässchen und konnte sich nicht enthalten anzumerken, dass es in Berlin seinerzeit einen Polizeichef gegeben habe, der zu jeder Besprechung Tortenstückchen und Teilchen angeboten habe.

»Ja, des stimmt, des hab ich auch schon mal ghört«, rief Conni. »War des ned der dicke Gennat? Der is eine Legende inzwischen!«

Ostermeier hüstelte und wollte oder konnte den Wink mit dem Zaunpfahl nicht verstehen.

»Zum Rapport, meine Herren«, rief er mit aufgesetzter Fröhlichkeit, so als wolle er sie zu einem gemütlichen Biergartenabend einladen.

Conni schlug ihre schlanken Beine übereinander und entblößte ein gutes Stück ihres reizvollen Oberschenkels.

»Ich bin zwar nicht angesprochen«, bemerkte sie spitz, »aber ich fang trotzdem mit der wichtigsten Nachricht an. Eben erst, ich konnte noch niemandem hier Bescheid sagen, hat mich die Polizeidienststelle Buttenheim in Oberfranken, ein gewisser Ott, angerufen. Ein Herr Otto von Seydlitz hat sich auf der Wache gemeldet und ausgesagt, dass sich der gesuchte Ulrich von Wagner in seinem Haus befinde. Man werde sich noch heute mit ihm in Begleitung einer der beiden Beamten auf den Weg nach München machen.«

»Hat er gestanden, der Ulrich?«, wollte Breitner wissen.

Nein, davon sei keine Rede gewesen, erwiderte Conni.

»Na also, sind wir doch schon ein gutes Stück weiter, meine Herren«, rief Ostermeier frohgemut und fing sich einen vernichtenden Seitenblick von Conni ein.

Ostermeier wandte sich nun an Korbinian.

»Na, wie haben Sie sich denn eingelebt, junger Mann?«, fragte er. Offensichtlich war ihm schon wieder Korbinians Nachname entfallen.

Statt Korbinian antwortete Breitner.

»Des habn S' ihn jetzt mindestens schon dreimal gfragt, Chef. Ich kann nur sagen, dass der Herr Hilpert in der kurzen Zeit, die er jetzt da ist, zu einem äußerst wertvollen Mitarbeiter geworden ist. Er ist absolut zuverlässig und rasch, und vor allem, er denkt selbstständig! Er ist der geborene Ermittler! Und jetzt wird er uns kurz, aber prägnant darlegen, was er über die Giovanna Hitzinger und ihren Sohn herausgefunden hat.«

Korbinian spürte, wie sich seine Wangen röteten, Conni zwinkerte ihm aufmunternd zu, und Ostermeier hüpfte aufgeregt auf seinem Sessel hin und her.

»Nur zu, nur zu«, rief er und lehnte sich dann zurück, als wollte er einem Klavierstück lauschen.

Während der ersten zwei, drei Sätze kämpfte Korbinian noch mit den Worten, dann wurde er zunehmend sicherer und berichtete, was er von der Schwägerin Loichinger erfahren hatte.

»Danke sehr, Herr Gilbert, sehr gut, sehr gut«, rief Ostermeier. »Da haben wir ja eine neue heiße Spur. Fräulein Pringerl, versuchen Sie doch sofort, die Anschrift dieser beiden in Italien herauszubekommen. Notfalls muss da jemand vor Ort befragen.«

Er stockte einen Moment, »Naja, das könnte ja ich übernehmen.«

Nachtigall, ich hör dir trapsen, dachte Breitner. Nach Bella Italia willst und vielleicht auch noch deine Frau mitnehmen!

»Sie haben uns doch schon im Juli so gut beim Empfang unserer siegreichen deutschen Fußballmannschaft im Rathaus vertreten, Chef«, konnte er sich nicht bremsen einzuwerfen, »während mir an dem blöden Gattenmord gsessen sind und unabkömmlich waren. Da is doch klar, dass Sie jetzt auch nach Italien fahren müssen. Wer sonst?«

Korbinian war sich nicht sicher, ob Ostermeier einfach so beschränkt war oder ob er solche Spitzen einfach gekonnt an sich abperlen ließ. Jedenfalls zeigte dieser keinerlei besondere Reaktion auf Breitners doch so eindeutige Worte.

Dann berichtete Breitner von seinem Besuch bei Kowalczyk, und Conni wurde weiterhin damit beauftragt, auch nach der Adresse dieser Ragna Antschel zu forschen.

»Noch eine Spur! Wie überaus interessant«, jubelte Ostermeier, dann waren sie entlassen.

»So, meine Herren«, meinte Conni draußen auf dem Gang. »Jetzt setzen wir uns noch gemeinsam hin und schreiben einen Zwischenbericht. Ich seh nicht ein, warum immer ich den ganzen Schreibkram übernehmen muss.«

Korbinian nickte, Breitner murmelte etwas Unverständliches vor sich hin.

Als Korbinian gute zwei Stunden später wieder einmal ziemlich erschöpft das Amt verließ, hatte sich der blaue Münchner Spätsommerhimmel verabschiedet. Es nieselte leicht, und ein nasskalter Wind fegte durch die Straßen. Am Wochenende schau ich mir mal die Stadt genau an, ich hab ja bis jetzt noch kaum was gesehen, überlegte sich Korbinian. Als er in die Sophienstraße einbog, traten ihm fast wie aus dem Nichts zwei Gestalten entgegen. Er dachte an das, was er in der Polizeiausbildung für so einen Fall gelernt hatte. Aufrechte Körperhaltung einnehmen, das Gegenüber fixieren, keine Furcht zeigen. Dann jedoch erkannte er, dass der linke der beiden Männer sein Vetter, der Theo Pirkner war.

»Griasdi, Korbinian, wie geht's«, begrüßte ihn dieser leutselig und keineswegs mehr so arrogant wie bei ihrem letzten Zusammentreffen. »Das ist mein bester Freund, der Ernstl.«

Der Ernstl machte eine kleine, wohl eher ironisch gemeinte Verbeugung und lüpfte seine graue Schirmmütze.

»Wir haben da was mit dir zu besprechen«, sagte Theo. »Aber besser nicht daheim bei der Mama. I schlag vor, wir gehen zum *Atzinger*, du bist eingladen.«

Korbinian war doch sehr erstaunt über die Freundlichkeit, die der Theo da an den Tag legte. Als sie eine halbe Stunde später im *Atzinger*, einer alteingesessenen Wirtschaft im Universitätsviertel, die hauptsächlich von Studenten besucht wurde, saßen, wurde ihm auch schnell klar, warum. Der Theo und der Ernstl hatten eine Anzeige wegen Beamtenbeleidigung bekommen.

Seit mehreren Jahren gaben Theo, Ernst und andere Kommilitonen eine Zeitschrift heraus, die einst *Ende und Anfang* und neuerdings *Hier und Heute* hieß. Hauptsächlich linke Studenten, aber auch Gewerkschafter, Antimilitaristen und linksstehende Katholiken hatten sich da in den ersten Nachkriegsjahren zusammengefunden und unter jeweils großen Schwierigkeiten Nummer um Nummer veröffentlicht, wobei ihnen die Besatzungsbehörden und später natürlich auch die bayerische Regierung so einige Steine in den Weg legten. So hatten die Herausgeber mit einer großen Anzahl von Freunden das Erscheinen der immerhin zehnten Ausgabe von *Hier und Heute* gehörig gefeiert. Alles fand in der kleinen Studentenbude in der Hiltenspergerstraße statt und lief natürlich im Laufe des Abends ein wenig aus dem Ruder. Alkohol floss in Strömen, Kommilitoninnen entkleideten sich, und die Internationale wurde gesungen. Gegen Mitternacht riefen aufgebrachte Nachbarn die Polizei, was aber bei den Festgästen auf wenig Verständnis stieß. Die Beamten wurden verlacht und verhöhnt, und zwei von ihnen wurde die Dienstmütze vom Kopf gerissen.

»Mei, wir waren halt sternhagelvoll«, erklärte Theo »und die waren so was von humorlos.«

Als eine spärlich bekleidete Studentin dann noch dazu überging, Sekt in die Dienstmützen der Beamten zu gießen, wurden die Wohnungsinhaber Theo und Ernst und die sektgießende Dame kurzzeitig festgenommen und das Fest kurzerhand aufgelöst.

»Ja und jetzt haben wir eine Anzeige wegen nächtlicher Ruhestörung und Beamtenbeleidigung am Hals«, erläuterte Ernst, »und wir wollten dich fragen, ob du da nicht was machen kannst?«

»Ich?«, fragte Korbinian, »was soll denn *ich* da machen? Ich bin noch nicht mal eine Woche da; ich bin ein ganz kleines Licht und außerdem bei der Mordkommission.«

»Naja«, meinte Theo und rückte zutraulich ein wenig näher, »vielleicht kannst halt einfach mal mit jemandem reden, der die vom Revier in der Giselastraß kennt. Ein gutes Wort einlegen vielleicht? Magst noch a Bier? Oder an Schnaps?«

Korbinian schaute skeptisch. Dass bei derartigen Feiern natürlich gern über die Stränge geschlagen wurde, wusste er allerdings auch aus eigener Erfahrung. Nie würde er den 20. Geburtstag seines Freundes Berni vergessen, in dessen Verlauf sämtliche Geranienkästen des Bichlerbauern demoliert wurden und eine Schar nahezu volltrunkener Mädchen und Jünglinge bei eisigen Temperaturen lautstark und natürlich splitternackt nachts im Chiemsee gebadet hatte. Die Dorfeinwohner und vor allem der Pfarrer waren entsetzt gewesen, und Korbinian als angehender junger Polizist hatte einige Zeit ziemlich Angst vor einer Abmahnung gehabt.

»Schau«, rief Theo, »da kommt ja grad die Gertrud; des is die, die den Sekt einigossen hat!«

Eine junge schlanke Frau mit praktischem Kurzhaarschnitt und einer Nickelbrille winkte ihnen zu. Sie trug ein schlichtes hochgeschlossenes Kleid und derbe Schuhe und hatte eine große Aktentasche unter dem Arm. Korbinian tat sich schwer mit der Vorstellung, dass diese Person halbnackt vor den Polizisten aus der Giselastraße herumgesprungen war.

Die Gertrud war mittlerweile an den Tisch getreten und begrüßte Theo und Ernst mit einem dicken Kuss auf die Wange. Als ihr Korbinian vorgestellt wurde, errötete sie und rang um Worte.

»Mei, des tut mir so leid«, sagte sie. »Ich hätt den Schnaps zum Schluss einfach nimmer trinken solln.«

»Also ich schau mal, ob ich was machen kann«, meinte Korbinian, dem es gefiel, dass die Gertrud ihren Ausrutscher so deutlich bedauerte, und der es, wenn er ganz ehrlich zu sich war, auch nicht ganz so schlimm fand, etwas Sekt in eine Dienstmütze zu gießen.

Theo und Ernst übertrafen sich weiterhin mit Einladungen auf noch ein Bier und noch einen Schnaps, und Korbinian hatte alle Mühe, sie abzuwehren. Es wurde dann noch ein recht gemütlicher Abend; die Politik, an der sich ja die Geister sicher wieder entzündet hätten, wurde ausgespart, und die Gertrud, die Romanistik und Geschichte studierte, trug mit einer erstaunlich tiefen Stimme einige französische Chansons vor.

14

Es war Samstag, doch, wie Sigi Breitner nie müde wurde zu betonen, gibt es für anständige Polizisten sowieso kein Wochenende. Korbinian war etwas schwer aus dem Bett gekommen, und auch Conni versuchte immer wieder, ein herzhaftes Gähnen zu unterdrücken. Doch ganz offensichtlich war sie schon tätig geworden; auf dem Schreibtisch lagen zwei Zettel, auf denen fein säuberlich die italienische Adresse der Hitzingers und die der Antschel, die als Letztes bei einem Löwer in Allach gemeldet war, vermerkt waren. Breitner hatte wohl als Einziger gut und lange genug geschlafen und schien seine Enttäuschung mit der Blumenfrau schon wieder verwunden zu haben.

»So, jetzt ists gut halb neune vorbei, und die sind immer noch nicht da«, beschwerte er sich. »Was glauben die eigentlich!«

Genau in diesem Moment klingelte das Telefon. Conni sprang auf und hob ab. Während sie zuerst noch lässig an ihrer Schreibtischkante lehnte, zog sie sich im Laufe des Anrufs ihren Bürostuhl heran und ließ sich darauf fallen.

»Das ist ja schrecklich«, stammelte sie, und Korbinian sah, wie unter der dezent aufgetragenen rosafarbenen Puderschicht ihre Wangen blass wurden.

Sie legte den Hörer auf und wandte sich Breitner und Korbinian zu.

»Das waren die Kollegen aus Ingolstadt. Der Ulrich von Wagner hat sich gestern Abend kurz hinter Ingolstadt aus dem fahrenden Wagen gestürzt. Er wurde von einem dahinterfahrenden Motorrad erfasst und war auf der Stelle tot. Der Otto von Seydlitz ist schwer verletzt, der Gustav Ott, der begleitende Beamte, nur leicht. Beide liegen in Ingolstadt im Krankenhaus.«

Breitner sprang auf.

»Ja, Kruzitürkn, was sind denn des ständig für Scherereien mit diesem Ulrich von Wagner! Jetzt bringt si der einfach um! Des is ja jetzt eigentlich a Schuldeingeständnis, oder?«

Conni, die noch immer ein wenig zusammengesunken auf ihrem Stuhl saß, zuckte hilflos die Achseln.

»Das kann auch einfach nur pure Verzweiflung gewesen sein. Eh schon ein verpfuschtes Leben und jetzt auch noch ein Mordverdacht! Da kann man schon durchdrehen.«

Korbinian, der sich ans Fenster gestellt hatte und in den grauen Münchner Morgen hinausblickte, fühlte sich einfach nur miserabel, und das erste Mal, seit er in München war, wünschte er sich zurück an seinen Chiemsee, zurück in die warme Küche seines Elternhauses, in der seine Mutter und die Großmutter einträchtig nebeneinander umherwirtschafteten. Ich sag der Thea ab für heute Abend, dachte er, ich bin einfach nicht in der Stimmung.

Conni war mittlerweile aus ihrer Schockstarre erwacht und telefonierte bereits mit dem Ingolstädter Krankenhaus. Dem Gustav Ott ging es mittlerweile wieder einigermaßen, durch den Schreck bei dem plötzlichen Ausbruch Ulrichs hatte er das Lenkrad verrissen und war in einem relativ tiefen Straßengraben gelandet. Er hatte nur zahlreiche schwere Prellungen und eine Gehirnerschütterung. Otto von Seydlitz war inzwischen nach Nürnberg ins Krankenhaus verlegt worden. Es war noch nicht klar, ob er mittlerweile schon über den Berg war.

»Weiß denn die Frau von Wagner schon Bescheid?«, überlegte Breitner. »Oder müssen wir ihr das jetzt beibringen?«

Korbinian lehnte sich gegen das Fensterbrett und spürte deutlich, wie sein Magen rebellierte und ihm schlecht wurde. Das werd ich nicht schaffen, der armen Frau das mitzuteilen, dachte er. Ich hab mich übernommen mit dieser ganzen Kriminalpolizeigeschichte; besser, ich mach jetzt gleich Schluss damit.

Conni war hinter ihn getreten und legte ihm ihre Hand auf die Schulter.

»Komm, setz di hi und trink an Kaffee«, meinte sie fürsorglich.

»Die ganze Woch war schon arg anstrengend genug für dich, schließlich bist ja voll ins kalte Wasser gschmissn worn!«

Schon wieder klingelte das Telefon. Diesmal war es Breitner, der abnahm. Korbinian stellte fest, dass dessen sonst so gesunde Gesichtsfarbe auch etwas gelitten hatte und dass dicke Schweißtropfen auf seiner Stirn standen.

»Ach, Sie sinds, Frau Silberschneider ... Ja, wir haben es gerade erfahren ... Ach, Sie sind bei ihr ... Ja, das ist gut ... Vielen Dank ... Auf Wiederhörn.«

»Wie ihr wohl mitbekommen habt, ist die Fanny Silberschneider bei der Edeltraud von Wagner, die gestern Abend schon alles erfahren hat. Sie war über Nacht bei ihr und bleibt auch noch«, teilte Gruber mit.

»Das nenn ich mir doch eine anständige Zugehfrau!«

Korbinian fiel ein Stein vom Herzen, und augenblicklich, auch mit einigen großen Schlucken von Connis gutem Kaffee im Magen, fühlte er sich wieder besser und zuversichtlicher.

»Jetzt is es am wichtigsten, dass wir schnell an den Gustav Ott herankommen«, überlegte Breitner. »Der kann sicher noch einiges zur Aufhellung beitragen. Weißt was, Korbinian, für unser Biergartentreffen is des Wetter morgen wahrscheinlich eh nicht schön genug. Fahr ma doch nach Ingolstadt! Ich organisier ein Fahrzeug und hol dich um 9 Uhr ab.«

Wenige Minuten zuvor hätte Korbinian das noch abgelehnt und gleich auch noch seinen Abschied von der Ausbildung zum Kriminaler verkündet; jetzt jedoch nickte er schon wieder eifrig und stimmte zu.

»Die Antschel mach ma gleich am Montag früh und der Chef soll sich dann um die Italiener kümmern. Die laufen uns ja alle nicht weg«, ergänzte Breitner. »Für heut machen wir Schluss!«

Später hätte Korbinian nicht genau sagen können, wie er in die Sophienstraße und dann in sein Bett gekommen war. Wieder hatte er kein Auge für die Münchner Stadt gehabt und sich nur nach seiner warmen tröstenden Bettdecke gesehnt. Doch, kurz hatte er auf seinem Heimweg an der Sankt Michaelkirche angehalten und war dann nach kurzem Zögern eingetreten. Obwohl alle Frauen seiner Familie sehr gläubig und auch eifrige Kirchgängerinnen waren, war diese Frömmigkeit nie besonders auf Korbinian übergegangen. Vielleicht, so vermutete er zuweilen, steckte da noch ein Erbteil seines Vaters in ihm, der natürlich an Weihnachten und Ostern, bei

Hochzeiten, Taufen und Beerdigungen in die Kirche gegangen war, doch mit gesunder Skepsis nie hinter dem Berg gehalten hatte.

»I hab schon mein Herrgott«, hatte der des Öfteren gesagt, »aber a Kirch brauch i da ned unbedingt dazu.«

Die Michaelskirche unterschied sich in ihrer beeindruckenden, aber zugleich etwas abweisenden klassizistischen Strenge und vor allem in ihrer Größe sehr von den wesentlich kleineren, meist fröhlich barocken Kirchen in Korbinians Heimat.

Korbinian war zuerst zu einem kleinen Seitenaltar gegangen und hatte dort eine Kerze angezündet. Erst war ihm nicht ganz klar, für wen oder was er dies tat, dann beschloss er einfach, alles, den schwierigen Fall, seine Familie daheim am Chiemsee, die Evi und auch die ganze Familie Pirkner in seine Fürbitte mit einzubeziehen. Und vielleicht noch, dachte er abschließend, bevor er sich wieder auf den Weg machte, für den Breitner und dass der wieder eine Frau findet.

Dann ging er rasch heim und fiel unverzüglich in einen tiefen Schlaf der Erschöpfung. Einige Stunden später schreckte er verwirrt und schlaftrunken hoch, als die Tante Natalie, wieder einmal ohne zu klopfen, in sein Zimmer gestürmt kam.

»D'Thea hat Bescheid gsagt, dass sie um siebene kommt und di abholt«, rief sie und wuselte um ihn herum.

»Soll ich dir no was aufbügln?«

Da muss ich jetzt durch, dachte sich Korbinian. Jetzt ists zu spät, um abzusagen, und so saß er eine halbe Stunde später in einem von der Tante Natalie frisch gebügelten Hemd in der Wohnküche und harrte der Dinge. Thea erschien pünktlich um 19 Uhr, sie duftete wunderbar nach etwas Herbblumigen und ein wenig nach Zitrone und trug unter ihrem knallroten Mantel ein schwarz-weiß gepunktetes Kleid mit schwingendem Rock.

»D' Susi is bei die Kinder«, erklärte sie.

Die beste Freundin Susi war bei den Mädchen sehr beliebt, weil sie es erstens mit der Zubettgehzeit nie so genau nahm, ganz lange spannende Geschichten erzählte und immer ganz großzügig eine Riesentüte Bonbons dabeihatte.

»Der Bua hat no nix gessn«, teilte Natalie ihrer Tochter besorgt mit. »Vielleicht könnt ihr vorm Tanzn no wo einkehrn.«

»Mach ma, Mama«, antwortete Thea folgsam, und Korbinian kam sich ein wenig vor wie ein Firmling, der das erste Mal ausgeführt wird.

Eine gute halbe Stunde später saßen sie in einer Wirtsstube irgendwo im Münchner Stadtteil Haidhausen, in der es aussah, als wäre die gesamte Inneneinrichtung seit mehr als 50 Jahren nicht mehr verändert worden, und aßen hervorragende Fleischpflanzl mit Kartoffelsalat.

»Die schmecken hier himmlisch«, erklärte Thea, »und man kanns ohne Bedenken essen. Das Fleisch is garantiert frisch!«

Zum Essen tranken sie dunkles Bier, das Korbinian ausgezeichnet schmeckte, und er spürte, wie ganz allmählich die Anspannung des Tages von ihm wich.

Thea erzählte von ihren beiden Mädchen und ihrem ständigen Spagat zwischen Mutterpflichten und ihrer Arbeit als Änderungsschneiderin beim *Kaufhaus Konen*.

»Sie sind halt Hortkinder«, sagte sie seufzend. »D' Mama unterstützt mich eh, wos nur geht, aber sie hat ja auch ihre Arbeit und ihr eigenes Leben.«

Korbinian erzählte ein wenig von den neuen Kollegen in der Ettstraße und von den seltsamen Allüren des Chefs; was den Fall betraf, hielt er sich jedoch zurück, denn schließlich unterlag er bei Fällen in Aufklärung der absoluten Schweigepflicht. Als er dann noch von seinem Treffen mit Theo und Ernstl erzählte, konnte Thea nur den Kopf schütteln.

»Häng dich da nicht zu weit ausm Fenster«, bat sie Korbinian. »Die zwei sind alt gnug, um des allein zu regeln. Der Theo, der is halt immer no des verzogene Nesthäkchen, das es gwöhnt is, dass ihm die Schwierigkeiten ausm Weg gräumt werden.«

Nach noch einem Dunklen schlug Thea vor aufzubrechen. »Ich schlag vor, dass wir ins *Birdland* gehen; des is ned weit von hier, und die spielen da zwischendurch auch an schönen Swing.«

Korbinian druckste ein wenig herum, dann jedoch gestand er ganz offen, dass er kein guter Tänzer sei und mit den modernen Rhythmen schon gleich gar nicht zurechtkäme.

Thea lachte. »Des hab i mir fast gedacht. Aber i sag dir, da kommst irgendwie nei. Des geht irgendwann wie von selba!«

Korbinian hatte da seine Zweifel, doch als Thea sich ganz selbstverständlich bei ihm unterhakte und ihm wieder dieser verführerisch herbe Zitronenduft in die Nase stieg, schob er seine Bedenken einfach zur Seite. Was sollte schon passieren?

Vor dem *Birdland* standen dichte Menschentrauben. Eine Menge GIs in ihren Uniformen, viele schwarze Gesichter mit blitzend weißen Zähnen darunter, etliche junge Männer mit stark pomadisierten Haaren und Lederjacken und sehr viele ausnehmend hübsche Mädchen mit echtem oder künstlichem blonden Haar.

»Hallo, Lisa«, rief Thea plötzlich und steuerte auf eine junge Frau zu, die etwas abseitsstand und nun freudig herüberwinkte.

»Des is d' Lisa, a ganz gute Freundin von mir«, stellte Thea die grazile und natürlich ebenfalls blonde junge Frau vor, die, da sie keinen Mantel trug, die Arme fröstelnd um sich geschlungen hatte.

Ein wenig Enttäuschung machte sich in Korbinian breit; er war auf einen Abend allein mit Thea eingestellt gewesen. Doch erst als sich Thea einem nicht mehr ganz jungen Mann ebenfalls in Lederjacke zuwandte und diesen mit einem langen Kuss begrüßte, wurde es ihm vollends klar. Er war ganz einfach von der älteren Cousine mitgenommen worden, um ein wenig das Münchner Nachtleben kennenzulernen, und sogar an eine Begleitung in Form dieser Lisa war gedacht worden. Thea wollte gar nichts von ihm, und die kleinen kaum nennenswerten Zärtlichkeiten, die sie ihm zukommen hatte lassen, waren rein schwesterlicher oder gar mütterlicher Natur gewesen. Am liebsten hätte er auf der Stelle kehrtgemacht und sich wieder unter sein wärmendes Federbett in der Sophienstraße verkrochen, doch ziemlich schnell und mit nur noch einem leicht bitteren Geschmack im Mund entschied er, sich auf diesen Abend einzulassen und das Beste daraus zu machen.

»Gemma eini, i derfrier glei da heraußen«, drängelte Lisa und packte Korbinian energisch am Arm.

Im Innern des *Birdland* war es nicht nur nahezu tropisch heiß, sondern auch derart stickig und zigarettengeschwängert, dass es einem die Luft raubte. Die kleinen

Ventilatoren, die überall verteilt waren, konnten da so gut wie nichts ausrichten. Erst nach einiger Zeit konnte Korbinian erkennen, dass die Einrichtung aus zumeist alten wackligen Tischen und Stühlen und einer langen Bar an der Längsseite des Raumes bestand. Ganz im Hintergrund spielte die Band, die sich aus vier Schwarzen und einer weißen Sängerin mit selbstverständlich blondem Haar zusammensetzte. Die Sängerin, die ein silbrig glänzendes Abendkleid trug, das sich wie eine zweite Haut an sie schmiegte und ihre äußerst weiblichen Formen mehr zeigte denn verhüllte, hauchte mit erstaunlich tiefer heiserer Stimme etwas von »love and moon« ins Mikrofon, doch kaum jemand schien ihr gerade richtig zuzuhören. Die wenigen meist eng umschlungenen Paare auf der Tanzfläche schienen sehr mit sich selbst beschäftigt zu sein, ansonsten drängte sich eine Traube von Besuchern an der Bar, um dort etwas zu trinken zu ergattern, und der Rest saß dicht gedrängt an den Tischen. Der Begleiter Theas, der sich als Rudi vorgestellt hatte, drängelte sich vor ihnen durch das Menschengewirr und lotste sie zu einem der noch wenigen freien Tische. Sie nahmen Platz, und Thea und Lisa zogen nahezu synchron Puderdöschen aus den Handtaschen und trugen frischen Lippenstift auf. Korbinian musste plötzlich an die Evi daheim denken, die einen furchtbaren Krach mit ihrem Vater bekommen hatte, weil sie sich vor einem Tanzabend auch einmal die Lippen angemalt hatte. Rudi, der sich inzwischen in die Menschenmenge an der Bar gedrängt hatte, kam erstaunlich rasch mit einem Tablett mit Cola für die Damen und Bier für die Herren zurück. Kaum hatten sie sich zugeprostet und einmal getrunken, als Rudi aus der Innentasche seiner Lederjacke eine Flasche mit goldbraunem Inhalt zog und diese unauffällig unter dem Tisch weiterreichte.

»Obacht, dass der Staff des ned mitkriagt«, warnte er, und so nahm jeder am Tisch sehr rasch einen tiefen Schluck des goldbraunen Gebräus, bevor Rudi das Ganze schnell wieder in der Lederjacke verschwinden ließ.

Korbinian hatte noch nie Whisky getrunken, doch er schmeckte ihm sofort; er spürte, wie sich wohlige Wärme in ihm ausbreitete und seine Stimmung sich schlagartig verbesserte.

»Und du bist Trambahnschaffner?«, schrie ihm Lisa ins Ohr. »Welche Linien fahrstn da?«

Korbinian musste lachen, Thea hatte ihn wohl bewusst nicht als Polizisten einführen wollen.

»Manchmal die Zwanziger, manchmal die Siebzehner, was grad so kommt«, schrie er zurück, und Lisa erzählte ihm lautstark, dass sie Stenotypistin bei der *Bayerischen Versicherungskammer* sei. Zweimal sei sie Zweite bei den bayerischen Meisterschaften in Schnellschrift gewesen, fügte sie noch stolz hinzu, dann verschluckte die einsetzende Musik ihre weiteren Worte. Die silberne Sängerin war verschwunden, stattdessen stand ein ziemlich schwergewichtiger Schwarzer in einem geblümten Hemd am Mikrofon.

Korbinian verstand kein Wort des Gesangs, nur die immer wiederkehrenden Worte:

»Schäik...reddl...änd roul«

Thea und Rudi und ganz viele andere waren wie elektrisiert aufgesprungen und zur Tanzfläche gestürzt. Korbinian staunte, denn die Musik erfasste die Körper der Tanzenden wirklich vom Scheitel bis zur Sohle, Pferdeschwänze wippten, Röcke flogen und zeigten Petticoats,

Beine und manchmal mehr; die Männer wirbelten die Frauen durch die Luft und ließen sie formvollendet wieder auf der Tanzfläche landen. Rudi schien federnde Gummibeine bekommen zu haben, und Theas ganzer Körper vibrierte im Takt dieser so verrückten Musik.

»Des is a Boogie! Auf geht's«, rief Lisa und stieß Korbinian an.

»I sags dir ehrlich«, schrie Korbinian zurück, »i hab so was no nie tanzt! Ich komm vom Land!«

Lisa lachte. »Komm mit, des lernst schnell!«

Korbinian griff rasch noch einmal zur Whiskyflasche, die in Rudis Lederjacke über der Stuhllehne steckte, und nahm einen kräftigen Schluck.

»Rock a bieting buggi«, sang der Schwarze nun am Mikrofon, und sein Blumenhemd wies mittlerweile große Schweißflecken auf.

Lisa nahm Korbinian an den Händen und vollführte kleine rhythmische Vor- und Zurückschritte.

»Machs einfach nach!«

Nach einigen anfänglichen Stolperern gelang es Korbinian, sich an die Schrittfolge anzupassen, und schon nach kurzer Zeit wagte er es, Lisa kurz an sich zu ziehen und dann schnell wieder freizugeben, wobei ihm immer wieder ihr lieblicher Maiglöckchenduft in die Nase stieg. Nach kurzer Zeit stellte er erstaunt fest, dass es richtig Spaß machte.

»Ju täik a rock! Ju täik a biet! Ju täik a buggi! Ju mäik it swiet!«

Nach zwei Tänzen waren sie schweißgebadet, und Korbinian hätte gern einen großen Schluck kühlen Biers getrunken. Doch Lisa hielt ihn fest.

»Jetzt wird's wieder ruhiger. Dolores is wieder da!«

Die silberne Sängerin war wieder aufgetaucht und begann, mit ihrer tiefen erotischen Stimme zu singen.

»Cry me a river! Ah! Toll«, raunte Lisa Korbinian ins Ohr, schlang die Arme um seinen Hals, zog ihn an sich und legte ihren blondgelockten Kopf an seine Schulter. Ganz kurz dachte Korbinian an die Evi, doch dann begann er einfach die langsamen Tanzbewegungen und den weichen Frauenkörper an dem seinen zu genießen.

Sie machten nur noch wenige Tanzpausen an diesem Abend und nahmen zwischendurch etwas goldbraunen Zaubersaft zu sich. Korbinian driftete langsam ab in eine andere Welt, und Lisa war eine zauberhafte maiglöckchenduftende Begleitung durch diese erstaunliche Nacht. Ihre Lippen waren weich und schmeckten süß, und ihre kleine Zunge umkreiste sehr geschickt die seine und brachte ihn damit schier zum Wahnsinn.

15

D' Rimstinger Glockn klingt heut aber nah, dachte sich Korbinian, und gleichzeitig spürte er einen hartnäckigen dumpfen Schmerz hinter seinen Lidern. Es fiel ihm schwer, die Augen zu öffnen, und als er es endlich geschafft hatte, wurde ihm schlagartig klar, dass er nicht daheim war.

»Des is d' Siebenuhrmess in der Altn Haidhauser Kirch«, murmelte Lisa neben ihm. »Es is Sonntag. Mir können no weiterschlafn!«

Korbinian fuhr hoch. 9 Uhr, Breitner, schoss es ihm durch den Kopf.

Er sprang aus dem Bett. »I hab Dienst«, rief er panisch.

Lisa hob mühsam ihren verstrubbelten Kopf. »Ach je, welche Linie fahrstn heut? Kannst mei Radl ham, steht unten links im Hof.«

Dann zog sie sich die Decke über den Kopf und schien schon wieder eingeschlafen zu sein. Korbinian schlüpfte rasch in seine Kleider, die, bunt vermischt mit denen Lisas, um das Bett herum verstreut lagen. In der kleinen Küche – er hatte eine vage Erinnerung daran, dass sie dort noch ein paar Gläser quer durch Lisas Spirituosenvorrat zu sich genommen hatten – trank er rasch ein paar Schlucke kalten Wassers und wusch sich das Gesicht. Während er in seine Jacke schlüpfte, überlegte er, wie er sich nun verabschieden sollte. Sollte er sie küssen und ihr danken für diese Nacht, die ja wirklich eine sehr lustvolle und leidenschaftliche gewesen war, in der er zudem eine Menge gelernt hatte. Ach was, sie schlief ja schon wieder fest, und er musste ihr ja eh das Fahrrad wieder zurückbringen! Also kein süßer Abschied wie häufig in den Liebesfilmen, die er mit Evi gesehen hatte, und leise zog er die Tür ins Schloss.

Draußen auf der nahezu menschenleeren sonntäglichen Straße blickte er zunächst ratlos um sich. Wo eigentlich in der großen Stadt München befand er sich denn nun? Gott sei Dank kam in diesem Moment ein Mann im Trachtenanzug mit einem Gebetbuch unter dem Arm daher.

»Können Sie mir bitte sagen, wie ich zur Sophienstraße, also zum Stachus, komm?«, fragte Korbinian.

Der Mann, der noch rote Spuren von der wohl eben erst erfolgten Morgenrasur im Gesicht hatte, blickte ihn etwas verwundert an. Dann deutete er hinter sich.

»Da fahrst jetzt grod obi zum Max-Weber-Platz, dann links aufd Rosenheimerstraß, über d' Ludwigsbruckn drüba zum Isartorplatz, dann durchs Tal und d' Neuhauserstraß und dann siegstn scho an Stachus!«

Korbinian dankte verwirrt, und der Mann strebte weiter zur Siebenuhrmesse. Doch wie durch ein Wunder fand sich Korbinian gleich zurecht, spürte, wie durch das Radfahren sein Kopf klarer wurde, und war schon nach einer knappen Viertelstunde in der Sophienstraße.

Tante Natalie empfing ihn mit schelmisch erhobenem Zeigefinger.

»Bist versumpft, Bua«, lachte sie. »I hab dir scho a Frühstück hingstellt.«

Eine gute Stunde später war Korbinian, frisch gewaschen und mit einigem Kaffee im Magen, mit Breitner auf dem Weg nach Ingolstadt. Die Sonne biss sich langsam durch die Wolken, und es versprach, doch noch ein schöner Spätsommertag zu werden.

»Schau ma, dass ma schnell fertig werden mitm Ott, dann könn ma hinterher doch no einkehrn«, meinte Breitner, der einen sehr aufgeräumten Eindruck machte.

Sie sprachen wenig auf der Fahrt, und jeder hing seinen Gedanken nach. Korbinian fühlte ein wenig Stolz in sich, hatte er gestern Abend und heute Nacht doch bewiesen, dass er ein ganz passabler Tänzer und ein offensichtlich recht zufriedenstellender Liebhaber war. Sigi Breitner hatte am gestrigen Abend allein mit sich eine halbe Flasche österreichischen Rotwein aus der *Spirituosenhandlung Kowalczyk* getrunken, ohne Melancholie in alten Fotoalben geblättert, und sich gesagt, wie schön es doch sei, sein eigener Herr zu sein und sich nicht ständig mit einem Weibsbild herumärgern zu müssen.

Gustav Ott empfing sie im Bett sitzend, seine linke Gesichtshälfte war geschwollen und leuchtete deutlich grün und blau, seine Stirn zierte ein großes Pflaster, und sein linker Arm war eingegipst. Um ihn herum scharwenzelte eine korpulente Endvierzigerin, die ihm ständig die Bettdecke glattstrich, ihm Tee einflößte und besorgt seine Stirn fühlte, ganz offensichtlich seine Frau.

»Fini, geh a bisserl spaziern. Des sind die Kollegen aus München, da brauchn mir jetzt eine Ruh!«, schickte Ott seine Frau nach draußen und atmete sichtlich erleichtert auf, als sie das Krankenzimmer verlassen hatte.

Es stellte sich heraus, dass Ott über Ulrichs Vorgeschichte bestens informiert war.

»Eine ganz schlimme Geschichte mit dem von Wagner«, begann er.

»Ich kenn ihn ja schon aus den Zeiten, als er beim von Seydlitz gewohnt hat. Bei dem Ulrich wusste man nie, wie man dran war. Einen Tag freundlich und zugewandt, am nächsten bitterbös und aggressiv. In einem Herbst hat er uns tagelang bei der Apfelernte geholfen und war sehr tüchtig, und vier Wochen später hat er uns auf der Straß nicht mal mehr gegrüßt!«

Dann berichtete Ott von den Vorkommnissen der letzten beiden Tage. Er und sein Kollege Fleckenstein hätten sofort auf die Nachricht aus München reagiert und die von Seydlitzs aufgesucht.

»Ein angesehener Bürger unseres Ortes, der Herr von Seydlitz. Manchmal etwas kompliziert«, merkte er an. Als sich dann von Seydlitz derart erregt habe, als sie ihn nach Ulrich von Wagner fragten, sei ihm insgeheim schon der Verdacht gekommen, dass dieser sich womöglich doch dort aufhalten könnte.

»Aber wir hatten keine Handhabe, das Haus zu durchsuchen. Dazu hätten wir einen richterlichen Beschluss gebraucht.«

Am nächsten Tag sei dann eh von Seydlitz, den Ulrich von Wagner im Schlepptau, in der Polizeiwache aufgetaucht. Ulrich habe so gut wie nichts gesagt und einen geradezu apathischen Eindruck gemacht. Von Seydlitz habe darum gebeten, Ulrich und ihn als Beistand nach München zu überstellen, dort würde dieser dann eine Aussage im Fall Gruber machen.

»Bei uns wollten sie nichts zu Protokoll geben. Also

haben wir in München angerufen und durchgegeben, dass wir uns schnellstens auf den Weg dorthin machen werden.«

Im Auto sei nicht viel gesprochen worden; von Seydlitz, der vorne neben Ott im Wagen saß, habe sich häufig mit besorgtem Gesichtsausdruck nach Ulrich auf der Rückbank umgedreht.

»Ich hab ihn zwischendurch im Rückspiegel gesehen«, berichtete Ott. »Er war sehr blass, und sein Gesicht war starr wie eine Maske. Ich hab angenommen, dass von Seydlitz ihm etwas zur Beruhigung gegeben hat.«

Ott wischte sich den Schweiß von der Stirn.

»Dann ist alles ganz schnell gegangen. Plötzlich hat der Ulrich aufgeschrien. Ich kann das nicht oder so ähnlich. Dann hat er auch schon die Wagentür aufgerissen und war draußen. Das Motorrad war vielleicht 40 Meter hinter uns, konnte nicht mehr so schnell bremsen und hat ihn frontal erfasst. Wie eine Stoffpuppe ist er durch die Luft gewirbelt und dann auf der Straße aufgeschlagen.«

Er mache sich große Vorwürfe, sagte Ott. Er hätte von Seydlitz nach hinten setzen sollen und Ulrich auf den Beifahrersitz, dann hätte er ihn immer im Auge gehabt. Oder er hätte einen zweiten Kollegen mitnehmen sollen, um den offensichtlich stark niedergeschlagenen Ulrich zu bewachen.

»Des wird mir mein Lebtag nachgehen«, seufzte er und ließ sich schwer in sein Kissen zurückfallen.

»Machen Sie sich keine Vorwürfe«, meinte Breitner begütigend.

»Wenn einer sein Leben beenden will, findet er immer einen Weg. Da kann er noch so gut bewacht sein. Aber wie denken Sie denn in der Angelegenheit? Könnte der Ulrich von Wagner ein Mörder sein?«

Ott schwieg eine ganze Weile.

»Ja, ganz ausschließen will ich das nicht. Er war eine absolut unberechenbare Persönlichkeit, und der Hass auf seinen ›Mördervater‹, wie er ihn immer nannte, brach immer wieder durch. Doch ich hoffe sehr, dass es dem Herrn von Seydlitz bald wieder besser geht und er uns die Wahrheit sagen kann. Denn wenn es einer weiß, dann er.«

In diesem Moment rauschte Fini Ott wieder ins Krankenzimmer.

»Denk an deine Tabletten, Gustav«, rief sie ermahnend und bedachte Breitner und Korbinian mit einem äußerst missbilligenden Blick.

Kurze Zeit später waren sie dann auch schon wieder auf dem Rückweg nach München. Korbinian nahm Breitners Einladung in dessen geliebten *Hirschgarten* sehr gerne an, und eine Stunde später saßen sie bei nahezu sommerlichen Temperaturen unter leise im Wind rauschenden Kastanien und prosteten sich zu.

»Hoffentlich wird der von Seydlitz wieder«, meinte Breitner und nahm einen weiteren kräftigen Schluck aus seinem Maßkrug. »Dann hamma endlich Klarheit.«

Nach dem Verzehr von zwei knusprigen Steckerlfischen hatte jeder von ihnen noch eine weitere Maß vor sich stehen, und Korbinian erzählte von seinem Abend im *Birdland*, deutete die Nacht mit Lisa jedoch nur vage an. Doch Breitner schien sehr schnell alles verstanden zu haben und grinste.

»Des is recht«, sagte er, »genieß des Leben, solangst no jung und ohne Anhang bist! Ihr jungen Leut heutzutag könnts des machen; mir warn zerst in der Hitlerjugend, dann beim Arbeitsdienst und schließlich im Feld.«

Dann wagte es Korbinian noch, die Angelegenheit Theo Pirkner anzusprechen. Breitner, schon etwas beschwingt von der zweiten Maß, grinste wieder.

»Ich werd den Alfons dort im Revier mal anrufen«, versprach er. »Aber so ganz ohne solltn die dann doch ned davonkomma. Vielleicht geht a Tag gemeinnützige Arbeit statt einer Geldstraf.«

Es war schon später Nachmittag, als sie aufbrachen. Breitner winkte jeder Bedienung freundschaftlich zu und nahm auch von seiner Lieblingshirschkuh im weitläufigen Wildgehege Abschied.

Korbinian nahm die Trambahn nach Hause und wäre über ihrem Geruckel und Geschaukel fast eingeschlafen. Schließlich lagen eine anstrengende Nacht und ein nicht minder aufreibender Tag hinter ihm.

Helmut Ostermeier hatte kein einfaches Wochenende. Er hatte, und das war einfach unverzeihlich, den Geburtstag der Schwiegermutter vergessen und am Freitag beim Geburtstagsessen als Einziger gefehlt. Seine Frau Therese war tief verletzt, und wieder einmal kam alles hoch.

»Immer zuerst das Amt, das Amt und noch mal das Amt! Dann lange nichts, und dann kommt erst die Familie«, beklagte sie sich, knallte ihm lieblos sein Essen auf den Tisch und rückte nachts an die äußerste Seite ihres Platzes im Ehebett.

Durch nichts war sie zu erweichen, bis Ostermeier dann endlich die zündende Idee hatte.

»Wie wärs, Hasili«, fragte er beim Abendessen, »wenn wir beide mal nach Italien fahren?«

Natürlich hütete er sich, von den näheren Umständen – der Durchführung einer Zeugenbefragung in einer verschlafenen italienischen Kleinstadt, die zudem ziemlich weit vom Meer entfernt lag – zu erzählen. Und so kam es, dass Hasili Ostermeier sich am Abend, von Meeresrauschen und Palmen träumend, wieder verliebt an ihren Helmutbärli schmiegte.

Und so kam es auch, dass am Montagmorgen ganz kurz nach Dienstbeginn, die Abteilung *Mord I* zum Chef zitiert wurde. Conni, Korbinian und auch Breitner saßen noch etwas verschlafen vor Ostermeier, der so elektrisiert umherhüpfte, dass ihnen schier schwindlig davon wurde.

»Ich habe mich am Wochenende intensiv mit unserem Fall beschäftigt«, berichtete Ostermeier, rieb sich die Hände und zupfte an seinem hellblauen Einstecktüchlein, »und ich bin nach langem Überlegen zu der Auffassung gekommen, dass wir strategisch vorgehen müssen und dass ich selbst dabei einen Teil der Aufgaben übernehmen werde. Ich möchte Sie bei dieser schwierigen Ermittlung nach Kräften unterstützen.«

Breitner bekam einen Hustenanfall, Connis Bein wippte nervös auf und ab, und Korbinian spürte, wie ihm leicht der Schweiß auf die Stirn trat.

»Ich werde den Ermittlungsstrang Italien bearbeiten«, fuhr Ostermeier fort und schien Breitners Ringen um Luft gar nicht wahrzunehmen.

»Ich habe vor, morgen aufzubrechen, um die Zeugin Giovanna Hitzinger und ihren Sohn Sandro zu befragen. Das ist meiner Meinung nach ein zentraler, überaus wichtiger Teil der Ermittlung, den ich hiermit zur Chefsache mache.«

Breitner keuchte nur noch leise vor sich hin, Conni kritzelte irgendetwas ungemein Wichtiges auf ihren Block, und Korbinian suchte nach einem Taschentuch, um seine Schweißtropfen zu entfernen.

Ostermeier klatschte in die Hände, fast so als wolle er sich selbst applaudieren.

»Obwohl ich hier ja eigentlich unabkömmlich bin, werde ich mich morgen auf den Weg in dieses italienische Städtchen ... ähem, Name ist mir gerade entfallen ... machen. Meine Vertretung in der Zwischenzeit übernimmt Adolf Luger vom *Mord II*.«

»Na, des is zvui«, schrie Breitner auf. Ostermeier schien auch das nicht gehört zu haben, klatschte noch mal in die Hände und rief leutselig: »An die Arbeit, meine Herren.«

»Jetzt brauch i erst mal an Kaffee und a gscheide Butterbrezn«, stöhnte Breitner, als sie wieder im Büro waren.

»Conni, schick den Bullauer um sechs Brezn, aber fix!«

Als sie sich wieder gestärkt und alle Neuigkeiten bezüglich des Falls ausgetauscht hatten, schien Breitner auf seinem Bürostuhl zu ungeahnter Größe anzuwachsen.

»Mir lassn uns ned unterkriagn, habts as ghört! Dem Lugner sind wir keinerlei Rechenschaft schuldig, der soll bleibn, wo der Pfeffer wächst! Also, folgende Vorgehensweise«, und sein Ton wurde streng und amtlich, »du, Conni, erkundigst dich, wie es dem Otto von Seydlitz geht und schreibst an aktualisierten Bericht bezüglich der ganzen Sache von Wagner. Der Korbinian und ich machen uns auf die Suche nach dieser Antschel. Wo in Allach wohnt die gleich noch mal, Conni?«

Conni schob ihm den Zettel über den Tisch und fragte nachdenklich: »Kann denn der Chef eigentlich Italienisch?«

»Freilich«, feixte Breitner. »Der hat doch bei der letzten Weihnachtsfeier nach fünf Punsch ›O sole mio‹ gsungen!«

16

Korbinian und Breitner waren gerade am Aufbruch, als die Tür aufgerissen wurde.

Breitschädelig, die Schnurrbartenden akkurat aufgezwirbelt und seinen dicken Bauch selbstbewusst vor sich herschiebend, stapfte der Luger herein.

Breitners Atem wurde schneller.

»Schau, dassd aussi kommst«, schrie er. »Dei Gfries kann i heid überhaupts ned verkraftn!«

Der Luger verschränkte die Arme über dem Bauch und lächelte dünnlippig.

»Nicht aufregn, Herr Kollege, ganz ruhig! Es is halt immer wieder des Gleiche da herin bei euch. A einzige Schlamperei!«

Dann winkte er nach draußen.

»Kommen S' rein, gute Frau. Sehen S', nur ein Wink von mir und die Kollegen stehn parat!«

Es war Fanny Silberschneider, die sich nun vorsichtig an Luger vorbeidrückte. Als sie Korbinian und Breitner erblickte, hellten sich ihre Züge auf.

»I hob wos gfundn«, berichtete sie und deutete auf ihre große Handtasche, die sie wie immer fest umklammert hielt.

Conni bot ihr sofort einen Stuhl an und stellte ungefragt eine Tasse Kaffee vor sie. Da Breitner noch immer so schwer schnaufte wie ein Boxer nach der zwölften Runde, ging Korbinian auf Luger zu, dankte ihm mit ausgesucht kühler Höflichkeit und schob ihn aus dem Raum. Dieser setzte noch einmal an, etwas zu sagen, wobei sein säuerlicher Atem Korbinian unangenehm in die Nase stieg, dann verschwand er.

»I hab gestern im Hof sauber gmacht, des mach i nur alle zwei Wochen und dann putz i a no immer die Treppn zum Kohlenkeller nunter«, berichtete Fanny Silberschneider, »und da hab i zwischn die bröckligen Stoana von der Kellermauer des gfundn.«

Sie kramte umständlich in ihrer Handtasche, zog dann eine große Bäckertüte aus der Tasche und überreichte diese Breitner.

Dieser öffnete die Tüte vorsichtig und schielte hinein. »Sakrament aber a«, rief er.

Es war ein Messer und soweit Korbinian es in Erinnerung hatte, war es genau das fehlende aus Albrecht Grubers Küchenschrankschublade.

»Spurensicherung, sofort, die hamm beim Ortstermin direkt nach der Tat offensichtlich gschlampt!«, rief Breitner, und er hatte seine Kurzansage noch nicht ganz beendet, da hing Conni schon am Telefon. Bereits zwei Minuten später erschien Lucki mit einem flachen Behältnis, in das Breitner das Messer behutsam hineinlegte, wobei er sein nicht mehr ganz frisches Taschentuch zur Hilfe nahm.

»I brings glei nunter«, rief Lucki diensteifrig, und schon war er wieder verschwunden.

Fanny Silberschneider, sichtlich stolz, dass sie derart zum Fortgang der Ermittlungen hatte beitragen können, verabschiedete sich dann ebenfalls.

»Wer hod jetzt des Messer do versteckt?« Breitner sprach mehr zu sich selbst. »Des deutet doch wieder sehr auf den Ulrich hin. Der hat sich do auskennt.«

Nach einem weiteren tiefen Schluck aus seiner Kaffeetasse erhob er sich leicht stöhnend.

»Hilft alles nix, mir müssn jetzt in alle Richtungen weiter ermitteln. Der Fall wird immer schwieriger. Da bin i langsam z' oid für so was!«

»Ach was«, meinte Conni. »Du hast no über zehn Jahr bis zu deiner Rente. Du bist doch no taufrisch!«, und Ostermeiers Tonfall imitierend, rief sie, in die Hände klatschend: »Auf gehts, meine Herren!«

Der Münchner Vorort Allach, schon seit geraumer Zeit eingemeindet, spiegelte in seinem Ortskern doch noch ein wenig dörflichen Charakter wider. Doch die meisten Häuser hatten graue heruntergekommene Fassaden, wirkten ärmlich und wiesen auch noch wesentlich mehr Kriegsspuren auf als die Häuser der Münchner Innenstadt. Es dauerte einige Zeit, bis Breitner und Korbinian die Adresse gefunden hatten. Ein kleines Häuschen hinter einem größeren zweistöckigen Haus, das ein wenig so wirkte, als sei es früher das Gartenhaus oder ein Schuppen gewesen.

»Löwer, Benno«, stand am Klingelschild; der Name Antschel war nirgends zu finden.

Korbinian klingelte, doch es blieb still im Haus. Breitner klopfte etwas kräftiger an die Tür.

»Frau Antschel, Herr Löwer, ist jemand daheim?«

In diesem Moment öffnete sich ein Fenster des Vorderhauses, und eine junge Frau schaute heraus.

»Er is bei der Arbeit. Sie geht ned an die Tür«, rief sie.

»Aber probiern S' es mal hinten am Fenster, vielleicht schauts naus.«

Breitner und Korbinian umrundeten das Häuschen und klopften an das einzige Fenster an der Rückseite, das so wirkte, als sei es noch nie geputzt worden. Auf ihr Klopfen rührte sich nichts. Korbinian spähte durch die schmutzige Fensterscheibe ins Innere der Wohnung und schrak zurück. In der kleinen Stube, die er verschwommen ausmachen konnte, stand genau gegenüber dem Fenster ein Schrank und in die schmale Ecke zwischen Wand und Schrank drückte sich eindeutig eine menschliche Gestalt.

Er klopfte noch einmal. »Frau Antschel, machen Sie doch bitte auf, ich sehe Sie doch!«

Die schemenhafte Gestalt begann sich langsam mit schleppenden Schritten zu bewegen. Nach geraumer Zeit wurde das Fenster einen Spalt geöffnet. Ein schmales, blasses Gesicht mit Augen, die in tiefen Höhlen lagen, blickte sie an. Wirre, fettige Haare klebten an der Stirn, der Mund wirkte eingefallen und faltig wie der einer alten Frau. Die Hände am Fensterknauf zitterten heftig.

Das kann doch nicht die Ragna Antschel sein, dachte Breitner. Nach den polizeilichen Unterlagen ist die 34 Jahre alt; die hier sieht aus, als wäre sie 50 oder älter. Doch sie war es.

»Ich bin krank«, sagte Ragna mit zittriger Stimme, und nachdem Breitner sein Anliegen vorgetragen hatte und den Namen Albrecht Gruber erwähnte, zuckte sie zusammen, ihre Hände begannen noch mehr zu zittern und ihre Augen flackerten.

»Ich kann nichts sagen.«

»Nur kurz«, insistierte Breitner. »Es ist doch besser,

wenn wir hier reden, Frau Antschel. Sie wollen doch sicher nicht zu uns ins Amt kommen.«

Doch Ragna schüttelte den Kopf und schloss unter Mühen das Fenster. Breitner und Korbinian wandten sich zum Gehen.

»Die Frau ist sehr krank. Von der können wir nicht mehr viel erfahren«, meinte Korbinian erschüttert und musste seltsamerweise an seine Nacht mit Lisa denken, die so voller Leben und Lust gewesen war. Alles lag so nah beieinander, die Liebe, die Lust, die Krankheit und der Tod. Vor nur wenigen Jahren war die Ragna Antschel sicherlich auch noch eine lebendige junge Frau gewesen, mitten im Leben stehend und die Liebe und die Lust genießend.

Als sie wieder hinaus auf die Straße traten, kam ihnen ein bärtiger schmaler Mann in Arbeitskleidung entgegen, der in Richtung des Hinterhauses abbog. Korbinian wagte es einfach.

»Entschuldigung, sind Sie der Herr Löwer?«

Der Gefragte nickte. Benno Löwer kam gerade von seiner Schicht bei *Krauss-Maffei*, einem großen Maschinenbaubetrieb ganz in der Nähe.

»Die Ragna ist krank«, erklärte er. »Ihre Seele ist zerbrochen und nichts kann ihr mehr helfen.« Und plötzlich standen Tränen in seinen Augen.

Breitner und Korbinian einigten sich mit Löwer darauf, dass er sie, nachdem er kurz nach der Ragna geschaut und ihr vielleicht zwei, drei Löffel Suppe eingeflößt hatte, in der Wirtschaft *Bayernblick* um die Ecke treffen würde.

»Oh mei«, stöhnte Breitner, als sie sich an einem Ecktisch der fast leeren Wirtschaft niedergelassen hatten, »des hat mir jetzt den Appetit verdorben. So a junge Frau und schon so am End! Aber mir solltn sie ned zu schnell ausm Kreis unserer Verdächtigen ausschließen, Hass kann ungeahnte Stärke verleihen. Hast gsehn, wie die bei dem Namen Gruber zittert hat?«

Auch Korbinian verspürte keinen Hunger, und so bestellten sie kurzerhand nur zwei Radler und saßen äußerst schweigsam beisammen, bis Benno Löwer auftauchte.

Dieser bekam vom Wirt ungefragt einen Leberkäs und ein kleines Helles hingestellt; offenbar war er Stammgast im *Bayernblick*.

Ragna Antschel und Benno Löwer hatten sich im Sommer vor drei Jahren an der Isar kennengelernt. Ihm war die dunkelhaarige, sehr schlanke Frau mit den melancholischen Augen, die ganz allein unter all den fröhlichen Sonnenanbetern am Ufer des Flusses saß, sofort aufgefallen. Er sprach sie an und bat sie, sich doch zu ihm und seinen Freunden zu setzen. Sie sprach wenig, lächelte selten, aß aber so hastig und schnell, als hätte sie sehr großen Hunger und schon länger nichts mehr zu sich genommen. Er nahm sie mit nach Hause, weil es ganz offensichtlich war, dass sie nicht wusste wohin, und so erfuhr er im Lauf der Zeit ihre ganze Geschichte.

»So ein richtiges Liebespaar waren wir nie, das ging nicht mehr«, meinte Benno Löwer.

»Aber wir hatten es am Anfang sehr gut miteinander. Am Wochenende haben wir Fahrradtouren in die Umgebung gemacht, sie wurde ein wenig fröhlicher und lachte wieder etwas mehr. Aber dann wurde es immer schlimmer mit ihr. Sie hat nichts mehr gegessen, ist apathisch im Bett gelegen und hat an nichts mehr Interesse gezeigt.

Wir waren bei verschiedenen Ärzten; ich kann nicht mehr sagen, wie viel verschiedene Pillen sie bekommen hat, aber nichts hilft. Ein paar Tage war sie sogar draußen in Eglfing, aber da ists fast nur noch schlimmer geworden. Ich weiß mir bald nicht mehr zu helfen.«

Ragna Antschel stammte aus Arad, einer Kleinstadt ganz im Westen Rumäniens, nicht weit von der ungarischen Grenze. Ihr Vater war ein jüdischer Sägewerksbesitzer, der 1942 wie die meisten jüdischen Geschäftsleute vom Regime enteignet wurde. Die Familie, bis zu diesem Zeitpunkt an Wohlstand und Anerkennung gewöhnt, fristete von da an ein ärmliches und verbittertes Dasein, das durch die ständige Angst vor weiteren Repressalien noch weiter verschlimmert wurde. Ragna und ihre Schwester, beide junge Frauen um die 20, entschieden sich deshalb nach einem Jahr, ihrer Heimat den Rücken zu kehren und sich in die Schweiz, wo ein Geschäftspartner des Vaters lebte, durchzuschlagen. Entbehrungsreich und ständig in der Furcht, aufgegriffen zu werden, gelangten sie über Ungarn zuerst einmal nach Graz. Dort kamen sie bei Bekannten der Mutter unter und arbeiteten fast ein Jahr schwarz als Spülerinnen und Putzfrauen, bis Ragnas Schwester entdeckte, dass es doch eine viel leichtere Möglichkeit gab, Geld zu verdienen. In kürzester Zeit wurde aus ihr die ein wenig zur Üppigkeit neigende, aber bildhübsche schwarzlockige Isabella, eine der begehrtesten Damen im renommierten Grazer Edeletablissement *Paradies der Lust*. Ragna weigerte sich von Anfang an, es ihrer Schwester gleichzutun; natürlich sah sie die Annehmlichkeiten, die dieser aus ihrer Betätigung erwuchsen, doch sie sah auch, wie die Augen ihrer Schwester immer stumpfer wurden und dass das so lebhafte, oft schallende Lachen, das ihre Schwester ausgezeichnet hatte, langsam verstummte.

Und so machte sich Ragna, die Schwester in der paradiesischen Lust schweren Herzens zurücklassend, weiter auf den Weg. Sie versteckte ihren Schmuck und die Goldmünzen im doppelten Boden ihres Rucksacks und durchquerte langsam, Etappe für Etappe, Österreich. Ihr Ziel war immer noch die neutrale Schweiz und die Adresse des Geschäftspartners in Bern. Ihr Vorwärtskommen wurde immer wieder unterbrochen von Aufenthalten auf Bauernhöfen, wo sie sich als Magd verdingte, und in Gasthöfen, wo sie als Küchenhilfe oder Spülerin arbeitete. Ein Dienstbuch, ausgestellt auf eine Kreszentia Niedermeier, das sie einer Kollegin in Graz gestohlen hatte, leistete ihr dabei gute Dienste. Sie blieb nirgendwo lange; bevor sich ein Dienstherr oder eine andere Magd über ihren seltsamen Dialekt und ihr zeitweiliges Suchen nach alltäglichen Begriffen wundern konnte, war sie auch schon wieder verschwunden.

In Tux nördlich von Innsbruck wurde Ragna dann sehr krank. Schon längere Zeit hatte sie einen bösen Husten mit sich herumgeschleppt, der sich schließlich zu einer heftigen Lungenentzündung entwickelte. Ihre Dienstherrin wollte mit einer kranken Magd nichts zu tun haben, sorgte aber dafür, dass Ragna auf die Tuxer Alm zur Sennerin Lisl Moser hinaufgeschafft wurde. Dort lag sie, wunderbar umsorgt von der Lisl, zwei Wochen mit hohem Fieber und röchelndem Atem, bis sie plötzlich eines Tages aufstehen und vor die Tür treten konnte und sofort überwältigt war von den frischen grünen Wiesen und Matten und den weiß bestäubten Gipfeln der Berge. Wenn Ragna zurückdachte, war die Zeit auf der Alm die schönste Zeit ihres Lebens. Um sie herum tobte der Krieg, und immer wieder überflogen Kriegsgeschwader die so erstaunlich friedliche Welt, in der sie mit Lisl, die mittlerweile ihre Vertraute geworden war, lebte. Sie arbeiteten hart, molken die Kühe, machten auf unglaublich steilen Berghängen Heu, butterten und stellten Käse her. Wenn einmal Wanderer oder jemand aus dem Ort vorbeikam, machte sich Ragna unsichtbar, oder Lisl stellte sie als kurzfristige Hilfskraft vor. Niemand schöpfte Verdacht.

Ragna fand bald heraus, dass Lisl keine schlichte Sennerin war. Im Sommer lebte sie ihr hartes, aber freies Leben auf der Alm, im Herbst und Winter jedoch war sie unten im Dorf als Mitglied der Kommunistischen Partei Österreichs eine von wenigen bewunderte, von vielen jedoch stark angefeindete Frau. Es war ein ständiger Seiltanz zwischen drohender Verhaftung, womöglicher Verschleppung in ein Konzentrationslager und dem im Untergrund äußerst aktiv stattfindenden Widerstand gegen die Nationalsozialisten. So gewährten Lisl und einige ihrer Freunde verfolgten politisch Andersdenkenden und Juden Unterkunft in Berghütten oder zerfallenen alten Bauernhöfen und betätigten sich als Fluchtbegleiter über einsame Bergwege, durch Felsschluchten und über steile Gipfel.

So kam es, dass Ragna Antschel und Simon Kowalczyk sich kennenlernten. Simon war auf endlosen Irrwegen vom südlichen Polen durch die Tschechoslowakei nach Österreich gelangt, wo er sich einer Gruppe von Wanderarbeitern angeschlossen hatte, einfach in dem Glauben, dass er in einer Gruppe weniger auffiel. Für einige Zeit, in der er froh war um menschliche Gesellschaft, meistens ein Dach über dem Kopf und um tägliches Essen, ging es gut. Dann fiel einem Förster, der die Gruppe für Waldarbeiten angeheuert hatte, Simons starker Akzent und seine angeblich eindeutig jüdische Nase auf. Eines Nachts, als er fest schlief, zogen ihm die anderen die Hose herunter und stellten fest, dass er beschnitten war. Er konnte in letzter Sekunde entkommen und streunte wieder einmal – der Winter stand vor der Tür – verdreckt und hungrig durch das Land, bis er durch Zufall auf Lisl und ihre Genossen traf. Die brachten ihn hinauf auf die entlegene Alm, wo auch Ragna überwintern sollte.

Am Anfang sprachen sie wenig. Simon schlief die meiste Zeit, und Ragna kochte Hafersuppe und Steckrübengemüse. Nur abends bei Einbruch der Dunkelheit durften sie für kurze Zeit Feuer machen, untertags war es zu gefährlich, da man vom Tal aus den Rauch gesehen hätte. Als Simon sich wieder besser fühlte, begannen sie, in einem seltsamen Kauderwelsch aus Polnisch, Rumänisch und Deutsch miteinander zu reden. Sie erzählten sich ihre Geschichten und rückten vor dem kleinen Feuer in der Hütte immer enger zusammen. Simon gefiel diese ein wenig scheue, dunkellockige Frau mit den großen, immer etwas ängstlich blickenden Augen, und Ragna gefielen sein kluges schmales Gesicht und seine Hände, die trotz der harten Arbeit der letzten Jahre zart und feingliedrig geblieben waren. Und so kam es, wie es kommen musste.

Benno Löwer drehte sich mit zitternden Händen eine Zigarette.

»Dass dieser Gruber tot ist, bedaure ich nicht eine Sekunde«, sagte er. »Der hat die Ragna auf dem Gewissen. Nicht nur ihr Gold und ihren Schmuck hat er ihr gestohlen, nein, auch das letzte Stückchen Ehre hat er ihr genommen. Er hat sie besudelt.« Und eine Ader an seinem Hals schwoll an und pochte.

»Aber sie hat ihn bestimmt nicht umgebracht. Dazu hat sie doch nicht mehr die Kraft«, doch ein wenig schwang in seiner Stimme so etwas wie ein leichter Zweifel.

»Und Sie, Herr Löwer?«, fragte Breitner sehr direkt. »Sie hätten auch genug Grund gehabt, den Gruber umzubringen!«

Löwer nahm einen Schluck von seinem Hellen.

»Da haben Sie recht«, antwortete er ruhig. »Aber ich habs leider nicht fertiggebracht. Stimmen Sie es halt einfach mit meinem Schichtplan ab, dann wird man sehen. Guten Abend.«

Sehr nachdenklich kehrten Korbinian und Breitner ins Amt zurück und hätten hinter ihren Schreibtischen gerne noch ein wenig stille Zeit zum Verdauen des Erlebten gehabt, doch Conni wartete bereits mit zwei Botschaften auf sie.

»Nix Erfreuliches, ihr Lieben«, sagte sie und setzte sich die Katzenaugenbrille auf die hübsche Nase.

»Erstens, der Rolfi von der Spurensicherung lässt ausrichten, dass sich auf dem Messer einige, aber leider alles sehr verwischte Fingerabdrücke ausmachen lassen. Der Täter hat es wohl nach Gebrauch ziemlich gut gereinigt. Da ist nix damit anzufangen!«

Sie räusperte sich, und ihre Miene wurde noch ernster.

»Zweitens, der Herr von Seydlitz liegt in Nürnberg im Sterben, und wir werden wohl keine Auskunft mehr von ihm bekommen.«

Breitner stützte den Kopf in die Hände und Korbinian fand, dass er in diesem Moment wirklich schon ziemlich alt und wie kurz vor der Pensionierung aussah. Über seiner Nasenwurzel hatten sich ein paar tiefe Sorgenfalten gebildet.

»Ich hab ja schon viel erlebt«, meinte Breitner, und die Verzweiflung stand ihm ins Gesicht geschrieben. »Aber des is a starkes Stück«, und sich an Korbinian wendend sagte er, »und du armer Mensch kriegst so an sauschwierigen Fall sozusagen zum Einstand.«

Es herrschte ein wenig Stille im Raum, Breitner kratzte sich am nachlässig rasierten Kinn, und Conni putzte gedankenverloren ihre Brille.

»Apropos Einstand«, unterbrach Korbinian diese belastende Stille, »ich hab noch gar keinen ausgegeben. Darf ich euch zum Weißwurstessen einladen? Zeit und Ort könnt ihr bestimmen.«

Die Stimmung verbesserte sich schlagartig, und Breitner und Conni tauschten sich sofort über Zeitpunkt und mögliche Lokalitäten aus, und man einigte sich auf den kommenden Sonntag im *Weißen Bräuhaus*, Uhrzeit 11 Uhr vormittags, denn Weißwürste durften ja das Zwölfuhrläuten nicht mehr erleben. Das wäre ein »sakrisches Sakrileg«, fügte Breitner hinzu und sah bereits wieder um zehn Jahre jünger aus.

»Ui, wissts was, da is ja Wiesnbeginn an dem Wochenend«, rief Conni, »da können mir vielleicht auch den Trachtenzug miteinander anschaun!«

Breitner holte seine Mitarbeiter wieder zurück in die raue Wirklichkeit.

»Also, weiter gehts, Herrschaften«, rief er und schien sich damit auch ein wenig selbst zu ermutigen.

»Ich schlag vor, dass wir die Schwarzmarktsache doch noch genauestens weiterverfolgen. Wir dürfen diese Ragna

Antschel noch nicht ganz ausschließen, und da ist dann immer noch dieser Simon Kowalczyk. Den müssen wir noch mal genauer anschauen. Schließlich hats der Gruber gschafft, ihm die Frau und des Geld wegzunehmen. Außerdem muss überprüft werden, wie die Schicht von diesem Löwer war. Ja, und der von Seydlitz hat doch auch noch a Frau … die könnt doch auch was wissen.«

Conni machte sich daran, bei *Krauss-Maffei* die Schichten von Benno Löwer zu überprüfen.

»Aber die Frau von Seydlitz kann ich jetzt unmöglich befragen. Ihr Mann stirbt gerade oder ist vielleicht eben gestorben!«

Dann berichtete sie noch kurz, dass der Chef sie am Mittag schnell losgeschickt habe, um ein deutsch-italienisches Wörterbuch zu besorgen. »Dann ist er gleich heim, um zu packen. Morgen in der Früh um 6 Uhr will er losfahren.«

Hoffentlich geht alles gut, dachte sich Korbinian, unterstützte Conni noch beim Schreiben des Berichts, während Breitner, ständig vor sich hinmurmelnd, irgendetwas auf einen Zettel schrieb. Der Schichtleiter von Benno Löwer gab abschließend durch, dass Benno Löwer zur fraglichen Zeit Nachtschicht gehabt habe, woraufhin Breitner seufzend auf einem seiner Zettelchen wieder etwas durchstrich.

17

Ein sanfter noch recht kühler Morgenwind ließ die Wäschestücke, die Giovanna auf dem flachen Dach ihres Elternhauses aufgehängt hatte, leicht flattern. Das ideale Wetter zum Wäschetrocknen, zuerst ein wenig Wind, dann noch wenige Stunden kräftige Sonne, und sie konnte die Wäsche dann vor dem Pranzo schon wieder abnehmen. Sie lehnte sich an das wacklige Geländer des Daches und blickte hinüber zum Glockenturm der Abbazia di Torri, wo sie und Max geheiratet hatten. Das war die Bedingung ihres Vaters gewesen.

»Wenn du schon unbedingt mit ihm nach Germania gehen willst, muss wenigstens die Hochzeit hier stattfinden.«

Wochenlang hatte sie mit ihrer Kollegin Maria am Brautkleid genäht; die Mama hatte im Zuge der Vorbereitungen kaum mehr geschlafen und der kleine Brunino hatte plötzlich nachts wieder das Bett eingenässt, weil ihm das alles Angst machte. Es wurde eine große Hochzeit, die Kinder der älteren Schwester streuten Blumen, der Papa fühlte sich in seinem feinen, ein wenig zu engen Anzug sichtlich unwohl, und die Tante Rosi trug einen riesigen, wagenradgroßen violetten Hut.

Max' Familie jedoch war von vornherein der große Fremdkörper bei dieser Feier. Wie ein großer unverrückbarer Felsklotz standen sie in der ihnen offensichtlich ebenfalls ungewohnten Feiertagskleidung starr und unbeweglich inmitten der quirligen italienischen Hochzeitsgäste. Ihre Blicke waren misstrauisch, verächtlich und abweisend.

»Du wirst sie bezaubern«, hatte Max zuversichtlich noch ein paar Tage zuvor gesagt, doch da war sich Giovanna nun nicht mehr so sicher. Als ihre Schwiegermutter dann mit verkniffener Miene und mit deutlich großem Widerwillen in die köstlichen crostini biss, die vor dem großen Festmahl gereicht wurden, schwand Giovannas Hoffnung noch weiter.

Die ersten Jahre in der niederbayerischen Einöde waren schwer, und oft konnte nicht einmal mehr Max' große Liebe Giovanna über ihre Verzweiflung hinweghelfen. So schien es ihr wie ein Wunder, als durch Sandros Geburt die verhärteten Mienen der ganzen Familie sich auf einmal in sanftmütig lächelnde verwandelten und alle plötzlich in der Lage waren, wenn auch etwas unbeholfen, ihre Gefühle zu zeigen.

Sandro war schon als Säugling in der Wiege ein ausgesprochen hübsches und immer freundliches Kind, das eigentlich nur dann kurz schrie, wenn es Hunger hatte. Die Schwiegermutter fuhr stolz mit dem Kinderwagen durch Deisenhofen und führte jedem, ob er wollte oder nicht, ihr Enkelkind vor. Der Schwiegervater bat sogar seine Schafkopffreunde vor die Wiege, um den Enkel mit den schwarzen Locken zu bewundern. Plötzlich wurde alles leichter, und oft dachte Giovanna, dass es nur Sandro gewesen war, der ihr den Zugang zu der hartherzigen niederbayerischen Sippe geöffnet hatte. Ihre Liebe zu ihm war so stark, dass sie manchmal darüber erschrak und ein schlechtes Gewissen Max gegenüber bekam, weil sie ihm womöglich nicht mehr so viel Zuneigung geben konnte wie vor Sandros Geburt.

Trotzdem war der Umzug nach München in die Siedlung eine Befreiung für Giovanna. Endlich waren sie eine kleine Familie, und sie richtete voller Eifer die winzige Wohnung ein. Doch dann stellte sich heraus, dass Max ein Kind des offenen Landes und der Weite war und sich schwer tat mit der Enge einer Siedlung. Er freute sich zwar, mit Sandro abends durch die Wohnung zu tollen und mit Giovanna endlich ohne Einschränkung, lustvoll und lautstark Liebe machen zu können, doch die kleinen Siedlungshäuser und die äußerst neugierigen Nachbarn störten ihn gewaltig. So war er froh, wenn er in der Autowerkstatt in Ismaning draußen eigenständig und als sein eigener Herr umherwerkeln und in der Mittagspause auf dem Feld hinter der Werkstatt spazieren gehen konnte. In all diesen Schwierigkeiten war es wieder Sandro, der Licht in seine oft trüben Gedanken und Gefühle brachte.

Sehr bald war Sandro zum Liebling der Nachbarn geworden, der auf einer der kleinen Bänke in den noch kleineren Gärten hinter den Siedlungshäusern stand und mit seiner hellen, klaren Kinderstimme jedes ihm einmal vorgespielte oder vorgesungene Lied ohne Schwierigkeiten nachsang. Die Nachbarinnen überhäuften ihn mit Zärtlichkeiten, selbstgemachtem Apfelstrudel und gezuckerten Schmalznudeln, und Sandro kannte nichts anderes als diese ständige liebevolle Zuwendung von allen Seiten. Für ihn gab es nur Liebe und Freundlichkeit auf dieser Welt.

Als Sandro fünf Jahre alt war, fuhr er irgendwann im Herbst zusammen mit seinen Eltern nach München zum großen Bahnhof, und was zuerst wie ein Abenteuer begonnen hatte, endete traurig, denn plötzlich stand er allein mit seiner Mama winkend auf dem Bahnsteig. Er verstand die Welt nicht mehr, wo war der Papa denn hingefahren mit all den anderen Männern? Warum weinte die Mama? Das erste Mal in seinem Leben spürte Sandro, dass das Leben wohl doch nicht immer nur voller Glück war. Doch schon ein paar Tage später spielte er wieder fröhlich Ball im Hof und sang für die Nachbarin Wittmann zwar nicht sehr textsicher, aber umso inniger *Am Brunnen vor dem Tore.*

Giovanna legte die restlichen unbenutzten Wäscheklammern zurück in das kleine bunte Säckchen, das sie aus einem alten Kinderhemd Sandros genäht hatte. Wie lange war das schon alles her. Seit mehr als zwölf Jahren lag ihr Max schon auf einem fernen Soldatenfriedhof in Frankreich, und Sandro, ihr einst strahlender Augenstern, hatte nun ein vernarbtes Gesicht, keine Singstimme mehr und verbitterte Augen. Morgen würde dieser Polizist aus München kommen, der sie und Sandro zu einem Fall dort befragen wollte. Leonardo von der Polizia in Rosia, der ihr diese Nachricht überbracht hatte, hatte keine Ahnung gehabt, um was es eigentlich ging. Er hatte auch nicht alles verstanden. Doch in ihrem tiefsten Inneren hatte Giovanna schon eine Ahnung, um was es ging, und sie konnte sich der Angst, die in ihr aufstieg, nicht erwehren.

Seufzend stieg sie die steile Treppe in die Wohnung hinunter, wo ihre Mutter seit dem Schlaganfall vor zwei Jahren teilnahmslos im Bett lag und Brunino sich unsicher von Möbelstück zu Möbelstück tastete, weil er alles nur noch in schemenhaften Umrissen, die ihm mehr und mehr

Angst machten, wahrnehmen konnte. Die teure Augen-operation in München vor einem halben Jahr war nahezu vergeblich gewesen.

Während seine Mama in Rosia die Wäsche abnahm, lag Sandro Hitzinger auf einem muffig riechenden Bett, das schon lange nicht mehr gelüftet worden war, und starrte an die Decke. Seine Stirnnarbe brannte und juckte wieder einmal unerträglich, und wie so oft rieb und kratzte er daran, bis sie anfing zu nässen. Plötzlich sah er Wilhelm Kaiser, seinen ersten richtigen Gesangslehrer, überdeutlich vor sich; dessen voluminösen, schwabbelnden Bauch unter der Weste, die er immer wieder vergeblich versuchte zuzuknöpfen; seine rot geäderte Nase, die sehr deutlich darauf hinwies, dass er dem Rotwein äußerst gern zusprach, und seinen nicht sehr gepflegten angegrauten Bart. Doch Kaiser war es gewesen, der Sandro gezeigt hatte, wie man die Luft aus den Lungen holt und in wundervolle Töne verwandelt und wie man während des Gesangs immer aufrecht stehend mit den Tönen schier über sich hinauswachsen konnte. Die richtigen Töne zu treffen, hatte Kaiser Sandro nie lernen müssen, das kam einfach wie von selbst.

»Du hast das absolute Gehör, mein Schatzerl«, hatte Kaiser gejubelt. »Und dein junges Herz schwingt mit in deinem Gesang, dass es eine Freud ist!«

Wilhelm Kaiser hatte, obwohl seine Glanzzeiten schon lange vorbei waren, beste Beziehungen in die gesamte Musikwelt. So kannte er auch den Leiter der *Regensburger Domspatzen*, und er stellte Sandro und Giovanna in Aussicht, dass vielleicht schon in einem oder spätestens zwei Jahren diese den Sandro mit Handkuss nehmen würden. Er zeigte Sandro Fotos von diesem weltberühmten Bubenchor, auf denen dieser in glanzvollen riesigen Kirchen, Konzertsälen und auf einem Bild gar vor dem Schloss Schönbrunn in Wien stand und mit seinem Gesang die Herzen der Zuhörer verzauberte. Inmitten dieser Schar von Buben zu stehen und mit ihnen zu singen, dafür war Sandro sogar bereit, seine geliebte Mama verlassen.

Doch dann kam der Krieg, der Gruber und die Trümmer, die ihn begruben, sein Herz war tot und auch sein Gesang. Sandro spürte, wie ihm die Tränen über die Wangen liefen; verzweifelt versuchte er, sie wegzuwischen, doch schon reizte die heiße Tränenflüssigkeit seine Narben, und er begann, mit den Fingernägeln sein Gesicht blutig zu kratzen.

Es war dann doch 7.30 Uhr morgens, als Therese und Helmut Ostermeier endlich aufbrechen konnten. Therese hatte zuerst einmal eine halbe Stunde Helmuts Badehose gesucht, dann die Nachbarin wegen des Blumengießens aus dem Bett geklingelt, und als sie schon im Auto saßen, fiel ihr ein, dass sie die Sonnencreme vergessen hatte. Das hätte sie doch alles gestern noch erledigen können, dachte Helmut Ostermeier bei sich, hütete sich aber, etwas Derartiges zu sagen. Schließlich lag noch die schwere Aufgabe vor ihm, seiner Frau klarzumachen, dass sie zuerst einmal gar nicht ans Meer fahren würden, sondern nach Rosia, einem kleinen Ort inmitten der Toskana, den er vergeblich in den Reiseführern gesucht hatte. Vielleicht würde es ihm gelingen, ihr zuerst einmal die so typische italienische Lebensart schmackhaft zu machen, die in solchen Städtchen doch sicher ganz unverfälscht vorzufinden war. Er hoffte sehr, die Befragung der Hitzingers in kürzester Zeit abschließen zu können, um dann, bevor wieder Thereses Quengeln einsetzte, ganz schnell in Richtung Mare zu fahren, wo er in der Pension *Sole mio* in Follonica ein Doppelzimmer mit Meerblick reserviert hatte.

Das Wetter war nicht verheißungsvoll. Bei grauem Himmel waren sie in München losgefahren, und ab Kufstein begann es zudem zu nieseln. Die Berge waren von dichten grauen Wolken verhüllt, und Thereses Gesicht verdüsterte sich zusehends. Als sie Innsbruck erreichten, war es schon Mittag vorbei, ihre Mägen knurrten, und Frau Ostermeier kam auf die grandiose Idee, wo sie nun doch schon mal da seien, das *Goldene Dachl* zu besichtigen. Sie erreichten die Innenstadt Innsbrucks, in der alle irgendwie ganz anders Auto fuhren, als Helmut Ostermeier es gewohnt war, standen schließlich bei kaltem Wind und Regen vor dem gesuchten *Dachl* und kehrten dann der Einfachheit halber in der Gaststätte direkt daneben ein. Beim Studium der Speisekarte und der dort aufgelisteten Preise verschlug es Ostermeier zuerst einmal die Sprache.

Die Reise stand weiß Gott unter keinem guten Stern, und es war schon Nachmittag, als sie endlich die italienische Grenze erreichten. Die Benzinanzeige blinkte schon heftig, und als sie mit den letzten Tropfen endlich eine Tankstelle erreichten, hing dort ein Schild »chiuso«. Bis 17 Uhr nachmittags mussten sie warten, bis schließlich ein mürrischer Tankwart erschien, sie bediente und ihnen eine derartige Menge Lira abverlangte, dass Ostermeier der Kopf schwirrte und er mit dem Umrechnen nicht mehr nachkam. Es kam, wie es kommen musste, gegen 20 Uhr abends saßen sie in einem gesichtslosen, etwas verschlampten Hotel bei Trient, aßen auf ihren Hotelbetten die restlichen Käsesemmeln aus ihrem Proviant und konnten dann wegen des starken Verkehrs draußen auf der Schnellstraße nicht schlafen. Die Stimmung war im Keller.

Während es in den Bergen immer regnerischer wurde, schien am Nachmittag in München schon wieder die Sonne. Conni und Korbinian hatten noch einige Stunden damit verbracht, die ganzen Unterlagen zur Schwarzmarktgeschichte, in der Hoffnung, doch noch auf irgendeinen Hinweis zu stoßen, noch einmal durchzuarbeiten. Doch wie sie es auch drehten und wendeten, die Papiere gaben einfach nichts her. Breitner hatte noch mehr Zettel vor sich ausgebreitet, brütete vor sich hin und kritzelte ab und zu etwas darauf.

»Seine Art, tief in den Fall einzutauchen«, hatte Conni Korbinian zugeflüstert.

Dann plötzlich erhob sich Breitner so schnell, dass sein Stuhl fast umgefallen wäre.

»Mir machen Schluss für heut«, verkündete er. »Mir brauchn Abstand zum Fall und andere Gedanken in unsere Köpf. Sonst verrenna mir uns!«

Ganz rasch verabschiedeten sie sich voneinander, und nicht einmal zehn Minuten später war Korbinian auf dem Weg in die Sophienstraße. Kurz überlegte er noch, ob er Lisa ihr Fahrrad zurückbringen sollte, doch aus irgendeinem Grund, der ihm selbst nicht klar war, ließ er es bleiben.

In der Sophienstraße saßen Tante Natalie, Thea und die Mädchen um den Tisch und spielten *Mensch ärgere dich nicht.*

»Komm, Cousin, setz die her und spiel mit«, rief Thea einladend, und es war, als hätte der gemeinsam begonnene Abend im *Birdland* nie stattgefunden. Die Mädchen bekamen rote Backen, und Tante Natalie fluchte, weil sie immer wieder hinausgeworfen wurde und keinerlei Chancen hatte zu gewinnen.

Conni traf sich mit ihrer Freundin Gisela; unbeschwert bummelten sie durch die Neuhauser Straße, genossen die Blicke der Männer und kauften sich neue rosafarbene Lippenstifte, obwohl sie schon mindestens ein halbes Dutzend davon zu Hause hatten.

Sigi Breitner besuchte noch kurz seinen früheren Kollegen Alfons in der Giselastraße und legte ein gutes Wort für einen ihm völlig unbekannten Studenten namens Theo Pirkner ein.

Für diesen Studierten mach i des ned, dachte er bei sich, i machs für meinen Kollegen, Korbinian Hilpert.

Der Kollege Alfons zeigte sich nach anfänglichem Widerstreben bedingt zugänglich und versprach, darüber nachzudenken.

18

Simon Kowalczyk stand auf dem winzigen Balkon seiner
Wohnung über dem Laden und rauchte die letzte Zigarette
des Tages. Unter seinem etwas fadenscheinigen Hausmantel war er nackt, denn er war gerade dem Bett entstiegen,
in dem er sich bis vor wenigen Minuten mit Teofila geliebt
hatte. Sie war zärtlich, einfühlsam und leidenschaftlich
gewesen und hatte ihm geduldig ganz viel Zeit gelassen.
Es lag nicht an ihr, dass jeder Beischlaf für ihn ein solcher
Kampf war; nein, er allein und die Gespenster in seinem
Kopf waren schuld daran. Seine Eltern, seine Geschwister und vor allem Ragna zerrten an ihm, klammerten sich
an ihn und ließen ihn nicht einmal während der Liebe in
Ruhe.

Wie oft schon hatte er bittere Tränen um seine Familie vergossen, deren Asche sich bei diesem schrecklichen
Geschehen, das sich für den Rest seines Lebens in ihm
eingebrannt hatte, mit seiner Heimaterde vermischt hatte.
Es war sein größter Wunsch, noch einmal an diesem Ort
zu stehen, ihrer zu gedenken und von ihnen Abschied zu
nehmen, denn dann könnten vielleicht endlich ein wenig
Ruhe und Frieden in ihn einziehen. Diese Hoffnung hatte
er, was seine Familie anbetraf, doch was Ragna anging,
würde er niemals zur Ruhe kommen, das wusste er. Da
hatte er sehr große Schuld auf sich geladen, das konnte

kaum mehr gutgemacht werden. Er wusste, wo sie wohnte und dass es ihr nicht gut ging, hatte es aber nie gewagt, sie aufzusuchen. Und jetzt war da dieser Polizist aufgetaucht und hatte noch mehr Unruhe in die ganze Geschichte gebracht. Dass der Albrecht Gruber tot war, bedauerte Kowalczyk nicht eine Sekunde.

Doch wer hatte das getan? Ragna hatte am meisten unter ihm gelitten; da war es doch gut möglich, dass sie ihre letzten Kräfte gesammelt hatte, um sich an ihm zu rächen. Oder hatte sie jemanden beauftragt? War sie in der großen Stadt München durch Zufall auf Albrecht Gruber gestoßen oder hatte sie nach seiner Adresse geforscht? Er, Kowalczyk, hatte sich nie darum gekümmert, wo denn Gruber abgeblieben war; er war einfach nur erleichtert gewesen über dessen Abtauchen.

Je länger Simon Kowalczyk überlegte, desto klarer wurde ihm, dass Ragna mit dem Mord an Gruber zu tun haben musste. Ich muss zu ihr, unbedingt, ich muss ihr irgendwie helfen, dachte er. Ich darf sie nicht noch einmal im Stich lassen.

Wie schön war es doch am Anfang gewesen! Der Schnee hatte über einen Meter hoch auf der Tuxer Alm gelegen, und jeden Tag mussten sie sich die Tür nach draußen erneut freischaufeln. Ihr Tagesablauf hatte sich ohne große Schwierigkeiten an die Bedingungen angepasst. Tagsüber blieben sie zumeist auf ihren Strohlagern und hüllten sich in alles Wärmende, das zur Verfügung stand. Und sie wärmten einander, mit Zärtlichkeiten, Umarmungen und lustvollem Beieinandersein. Es brauchte dazu nicht vieler Worte. Abends standen sie auf, machten Feuer und bereiteten sich etwas zu essen zu. Danach, vor dem Feuer, redeten sie und bald wussten sie sehr viel voneinander.

Dieser Winter auf der Alm, diese unglaubliche weiße Stille draußen und ihre zunehmende Vertrautheit erschienen Simon im Rückblick als das kostbarste Geschenk, das er je in seinem Leben bekommen hatte.

Doch Ende Februar, die Sonne schien zwischendurch schon sehr kräftig und der Schnee auf dem Dach begann zu tauen, erschien Lisl.

»Lang könnt ihr nicht mehr bleiben«, sagte sie bedauernd, »es wird langsam zu gefährlich da heroben.« Und so machten sie sich in den ersten Märztagen mit leichten Rucksäcken, die nur das Notwendigste und etwas Proviant enthielten, auf den Weg ins Ungewisse.

Von Anfang an war es klar, dass sie zusammenbleiben würden, und irgendwie gelang es ihnen, sich bis ins Oberbayerische in die Nähe der Kreisstadt Rosenheim durchzuschlagen. Der beginnende Frühling war gnädig zu ihnen, sie schliefen in Heuschobern und Hütten, waren ständig von Hunger geplagt und wurden immer schwächer. Mehrfach war Ragna kurz davor, Teile ihres Schmuckes gegen Essbares einzutauschen, doch Simon hielt sie davon ab.

»Ich will, dass er bald wieder an deinem schönen Hals funkelt«, sagte er immer wieder.

Eines Morgens Anfang Mai tauchten auf den Balkonen der Bauernhäuser in der Umgebung weiße Tücher auf, und neben dem Schuppen, in dem sie die Nacht verbracht hatten und sich weiterhin versteckten, versuchte ein Mann, Parteiabzeichen, Bücher und ein Führerbild tief in der Erde zu vergraben. Am nächsten Tag rollten die amerikanischen Panzer auf Rosenheim zu. Irgendwo gaben noch ein paar unbelehrbare alte Nazis ein paar Schüsse ab, doch ein Großteil der Bevölkerung jubelte den Befreiern zu.

Dann ging alles sehr schnell, und schon am nächsten Tag

fanden sich Simon und Ragna im Lager Föhrenwald bei Wolfratshausen wieder. Sie waren nun »displaced persons«, das heißt, sie waren laut Amtssprache »Zivilpersonen ausländischer Herkunft«, die sich kriegsbedingt außerhalb ihres Heimatstaates aufhielten und ohne Hilfe nicht zurückkehren oder sich in einem anderen Land ansiedeln konnten.

Ragna und Simon trafen auf viele, die ein ähnliches Schicksal wie sie hinter sich hatten und auch auf zahlreiche vollkommen ausgemergelte, mehr Toten denn Lebenden gleichende Menschen, die in sozusagen letzter Sekunde aus den Vernichtungslagern befreit worden waren. Der Anfang im Lager war nicht leicht, die Zustände schlecht bis katastrophal, und noch Jahre später wurde Ragna übel bei der Erinnerung an die Abtritte, die stinkenden Kloaken glichen und in die sie ihre Notdurft verrichteten.

Doch langsam besserte sich alles. Henry Cohen, ein blutjunger Amerikaner, übernahm die Leitung des Lagers und vollbrachte schier Unmögliches. Mit seiner Unterstützung wurde Föhrenwald in kurzer Zeit ein teilweise selbstverwaltetes »Schtetl«, mit Möglichkeiten zur Berufsausbildung, mit einer Schule, einer Krankenstation und verschiedensten Kulturangeboten. Auch Ragna und Simon wirkten dabei mit; Simon gab Buchführungskurse, und Ragna, die wunderbar Ziehharmonika spielte, machte mit Kindern und Erwachsenen zweimal in der Woche Musik. Doch wie die meisten ihrer Mitbewohner sahen sie Föhrenwald nur als einen Übergang. Ihr größter Traum war es, nach Amerika auszuwandern, um dort einen Laden zu eröffnen, und so sparten sie eisern und paukten, egal wie müde sie auch waren, jeden Abend zwei Stunden Englisch.

Dabei hätten wir bleiben sollen, dachte sich Simon Kowalczyk und drückte seine Zigarette aus. Alles, was später kam, war nicht mehr gut.

Im Sommer 1946 lernten Ragna und Simon bei einem Sommerfest in Föhrenwald Albrecht Gruber kennen. Er war mit einer Gruppe Wolfratshausener Bürger gekommen, die das Lager unterstützten und frei waren von den starken Vorurteilen, mit dem die Föhrenwalder immer noch sehr zu kämpfen hatten. Ragna hatte mit ihrer Musikgruppe einige Lieder zum Besten gegeben, und Albrecht kam danach auf sie zu und beglückwünschte sie zu der Aufführung. Er war höflich und charmant und wollte auf eine anteilnehmende, aber dennoch dezent unaufdringliche Art alles über ihr Leben im Lager erfahren. Schließlich forderte er sie zum Tanzen auf, und sie war erstaunt, wie behände und leicht er sich trotz seines steifen Beins bewegte. Sie stellte ihm Simon vor, und bald waren die beiden Männer in ein intensives Gespräch vertieft. Simon war begeistert; da war einer, der etwas vom Handel verstand, der kaufmännisch dachte, der gute bis beste Beziehungen zu den Amerikanern und auch sonst zahllose Verbindungen pflegte. Bald gesellten sich einige der engeren Bekannten Simons hinzu, darunter auch Peki Mandelstamm, der aus einer Warschauer Pelzhändlerfamilie stammte. Es dauerte nicht lange, bis sich Albrecht, Simon und Peki zu diversen Geschäften verabredeten. Albrecht, mit seinem guten Draht zu den Amerikanern, mit denen er, wie Simon bald feststellte, in einem kaum als Englisch zu bezeichnendem Kauderwelsch radebrechte, war der Kopf der Truppe. Stangenweise Zigaretten, Kartons voller Nylonstrümpfe und große packages Schokolade waren die Grundlage der Tauschgeschäfte, die sie abwickelten, und innerhalb von acht Wochen hatten die drei einen kleinen Behelfsbau im Zentrum des Münchner Schwarzmarkts, in der Bogenhausener Möhlstraße, errichtet. Der Bau war nicht viel mehr als ein simpler Bretterverschlag unter der Terrasse einer ausgebombten hochherrschaftlichen Villa, die früher einem bekannten Münchner Kunstprofessor gehört hatte.

Ein Großteil der Händler waren Juden wie Simon, als *displaced persons* wurden sie von den Amerikanern relativ gut versorgt und setzten einen Teil dieser Zuwendungen als Tauschware ein. Es gab kaum einen Münchner, der nicht einmal in der Möhlstraße gewesen war, denn dort gab es nahezu alles. Die Straßenbahnlinie, die zur Möhlstraße fuhr, wurde im Volksmund nur »der Palästinaexpress« genannt.

Ragna war es nicht recht, dass Simon sich nun mehr in München als im Lager aufhielt und wesentlich weniger Zeit für sie und die abendlichen Englischstunden hatte. Es war Albrecht, der sie immer wieder durch kleine Geschenke, einen Wiesenblumenstrauß und ein paar hübsche Komplimente besänftigte. Eigentlich wäre das ja Simons Aufgabe gewesen, doch dieser saß, wenn er denn abends zu Hause war, über schwierigen Berechnungen und überlegte ständig, wie denn der immer besser prosperierende Handel noch weiter auszubauen war.

Eines Abends im darauffolgenden Frühjahr machten sich Peki und Simon auf den Weg nach Starnberg, um dort Ware abzuholen. Albrecht, der starke Schmerzen in seinem Bein hatte, instruierte die beiden genauestens und blieb dann bei Ragna zurück. Sie aßen zusammen Linsensuppe, tranken bayerisches Bier, und Ragna freute sich über einen so aufmerksamen Zuhörer, wie Albrecht es war. Er war kein schöner Mann und fast doppelt so alt wie Simon, doch trotz seiner Beinverletzung war etwas Kraftvolles an ihm, und in seinen Augen funkelte etwas, das Ragna ungemein gut gefiel. Es geschah nichts Unerlaubtes an diesem Abend, doch Ragna konnte nicht verhindern, dass sie sich von da an ab und zu in Fantasien verlor, die mit Albrecht zu tun hatten, und immer häufiger Vergleiche zwischen ihm und Simon anstellte.

Conni war die Erste im Amt am nächsten Morgen. Gerade als sie sich auf ihre geliebte Schreibtischkante setzen und über ihre Freundin Gisela nachdenken wollte, die unbedingt und ganz schnell einen jungen armen Lehrer beim *Bayerischen Bildungswerk* heiraten wollte, klingelte das Telefon.

Auf ihr routiniertes, fröhlich gezwitschertes »Pringerl, Abteilung Mord eins«, meldete sich zuerst niemand, dann hörte sie ein abgehacktes leises Atmen, das von leichtem Schluchzen unterbrochen wurde.

»Hier ist Gerlinde von Seydlitz«, sprach eine kaum hörbare, ein wenig raue Stimme. »Mein Mann ist gestern Abend verstorben.«

»Mein herzliches Beileid, Frau von Seydlitz«, stammelte Conni, der, während sie das sagte, bewusst wurde, was für eine Floskel der Hilflosigkeit diese Worte eigentlich waren.

»Wenn Sie den zuständigen Beamten sprechen wollen, der ist …«

Gerlinde von Seydlitz fiel ihr ins Wort.

»Nein, ich will nicht noch einmal anrufen. Ich sage das jetzt Ihnen«, und nach einer kurzen Pause fuhr sie mit einer wesentlich festeren Stimme fort,

»Ulrich von Wagner hat nichts mit dem Mord an diesem Gruber zu tun. Das hat er meinem Mann und mir ausdrücklich erklärt, und das können Sie uns glauben. Er war in der besagten Nacht bei einem gewissen Frederico in der Leopoldstraße. Er wollte nicht, dass zusätzlich zu seinem schlimmen Schicksal als Sohn eines Mörders auch noch seine Homosexualität bekannt wird.«

»Ja, Frau von Seydlitz, ich … ich …. werde das … weitergeben«, stammelte Conni wieder, »können wir noch …«, doch da hatte Gerlinde von Seydlitz bereits aufgelegt.

So fanden Breitner und Korbinian wenige Minuten später eine etwas aufgelöste Conni vor, die noch nicht einmal in der Lage gewesen war, einen anständigen Kaffee zu kochen. Als Breitner sich auch noch anmaßte, das zu monieren, brach Conni tatsächlich in Tränen aus. Breitner schnaubte und begann selbst mit dem Kaffeekochen, und Korbinian reichte ihr ein wenig hilflos sein frisches Taschentuch.

Conni beruhigte sich rasch.

»Entschuldigts«, sagte sie und putzte sich die Nase. »Da sind mir jetzt einfach die Nerven durchgangen.«

Breitner ging darüber hinweg, und während der Kaffee vor sich hin tröpfelte, sprach er mehr zu sich als zu den Anwesenden:

»Höchstwahrscheinlich hamm wir jetzt einen Verdächtigen weniger, des macht die Sach scho a bissl leichter. Korbinian, du und der Lucki, ihr gehts jetzt mal zum Frederico, um des zu bestätigen. Da lernt ihr auch glei mal a bissl des Milieu kennen.«

Frederico war amtsbekannt und wohnte in der Leopoldstraße 182.

»Der wird sie frein«, schmunzelte Breitner. »Der schlaft sicher no.«

In diesem Moment wurde die Tür aufgerissen, und Luger stürzte herein. Sein sonst so rotes Gesicht war bleich, und kurzatmig ließ er sich sofort auf den nächsten Stuhl fallen.

»Der Chef ist verschollen«, stöhnte er. »Die Italiener haben gerade angerufen. Er ist bis heut früh nicht dort aufgetaucht. Keine Spur von ihm.«

»Hast die auch richtig verstanden? Du sprichst doch koa Wort Italienisch«, fragte Breitner etwas sarkastisch nach.

Ja, das habe er, schoss Luger zurück. Die Stefania aus der Registratur, die aus Bozen stammt, sei extra dazu geholt worden.

»Ich ruf jetzt mal seine Frau an«, meinte Luger. »Vielleicht weiß die was.«

Conni winkte ab. »Die wirst nicht erreichen, die is nämlich mitgfahren.«

Luger glotzte, und Breitner grinste. »Des war doch klar!«

»Wir müssen was tun!«, jammerte Luger, und sein sonst so forsches Auftreten war auf einmal gänzlich verschwunden.

»Wart ma no bis heit Mittag ab«, schlug Breitner vor. »Vielleicht hat er bloß a Autopanne ghabt.«

Frederico, der mit bürgerlichem Namen Fritz Brettschneider hieß, trug eine knallenge schwarze Samthose und zeigte ungeniert seinen schönen nackten Oberkörper. Nur ein paar schon etwas graue Brusthaare verrieten, dass er nicht mehr ganz so jung war, wie er sich gab.

»Oh, zwei so hübsche Kerle«, rief er begeistert. »Schad, dass ihr von der Polente seids!«

Im Nu saßen Lucki und Korbinian auf einer roten Plüschcouch, nein, sie saßen nicht, sie versanken buchstäblich darin. Frederico wuselte um sie herum, bot ihnen »a Kaffezerl oder a Safterl« an und ließ sich dann elegant im Schneidersitz ihnen gegenüber nieder. Ein winziger weißer Hund, bei dem man nicht genau sehen konnte, wo vorne oder hinten war, schmiegte sich an sein Bein.

»Wegam Paragraf 175 seids jetzt aber ned da, oder?«, fragte Frederico-Fritz mit deutlicher Ironie. »Den kenn i in- und auswendig, und a jeder weiß, dass i dagegen verstoß. Aber i machs so dezent und unauffällig, dass si nur der drüba aufregn ko, der meint, er müssts unbedingt.«

Auf Korbinians Frage nach Ulrich von Wagner wurde er nachdenklich.

»A armer Kerl, der Ulrich. Der hat ganz furchtbar nach Liebe gsucht. Ich hab ihm eigentlich ned des geben können, was er wolln hat. Was, tot! Selber umbracht! O mei, is des Leben manchmal ein Graus!«

Frederico-Fritz war sichtlich betroffen und putzte sich die Nase in ein zartes Batisttaschentuch. Ja, der Ulrich sei zu dem angefragten Zeitpunkt bei ihm gewesen, das könne er eindeutig bezeugen.

Als Korbinian und Lucki kurz darauf wieder auf der Leopoldstraße standen, blieb Lucki einen Moment nachdenklich stehen.

»Im Internat war ich einmal ganz furchtbar in meinen Kunstlehrer verliebt«, sagte er. »Ich hab damals schon Angst ghabt, dass was ned stimmt mit mir. Dann hab ich aber mit 16 die Leni kennenglernt und gmerkt, dass ich doch auf Mädchen steh.«

Korbinian kannte solche Anfechtungen nicht, stellte sich aber vor, wie entsetzlich es im Dorf daheim gewesen wäre, wenn er sich zum Beispiel mit dem Höllerer Berni zu einer Liebesbeziehung zusammengetan hätte.

19

Auch in der Poebene regnete es. Nachdem die Ostermeiers nach einer unruhigen Nacht festgestellt hatten, dass es in italienischen Hotels so etwas wie ein richtiges Frühstück nicht gab, fuhren sie nun weiter in Richtung Florenz. Irgendwo zwischen Florenz und Siena musste dann dieses Rosia liegen, das sie bis jetzt auf der Karte noch nicht gefunden hatten. Nachdem Helmut Ostermeier seiner Therese am Morgen reinen Wein eingeschenkt hatte, war die Stimmung am Tiefpunkt angekommen, und Ostermeier verfluchte seine Schnapsidee mit der persönlichen Befragung dieser Hitzingers vor Ort. Man hätte die beiden ja auch einfach nach München zitieren können, was wäre ihm da alles erspart geblieben.

»Vielleicht gibts a paar Gschäfte zum Einkaufen da«, meinte Therese. »Da kann ich mir ja dann während deiner blöden Befragung die Zeit vertreiben. Die italienische Mode ist doch weltweit bekannt. *Gucki* oder so ähnlich heißt einer der Modeschöpfer.«

Am frühen Nachmittag fuhren sie dann nach längerem Suchen und einigen Umwegen in Rosia ein. Eine milde Sonne schien, und es roch ein wenig nach Esskastanien. Von *Gucki* oder so ähnlich, das erkannte Therese Ostermeier sofort, keine Spur. Über dem einzigen winzigen, offenbar geschlossenen Geschäft, das ihr in dieser langen Reihe trostloser, meist zweistöckiger Häuser mit abblätterndem Putz auffiel, hing ein verrostetes Schild »Alimentari«. Sicher keine italienische Mode! Überhaupt schien es keine Menschen in diesem Ort zu geben, die meisten Fensterläden waren geschlossen, und außer zwei streunenden zerzausten Katzen war niemand zu sehen. Dann entdeckten sie vor einem der Häuser einen kleinen Buben, der mit einem Kreisel spielte. Sie fuhren näher, und Ostermeier winkte ihn zum Auto heran.

»Polizia?«, fragte er, doch der kleine Junge bewegte sich nicht, und es sah so aus, als würde er durch ihn hindurchblicken. Ostermeier stieg aus, ging auf den Jungen zu und schrak zurück. Auf dem Körper eines Kindes saß ein Kopf mit schütterem Haar und dem Gesicht eines alternden Mannes. Das seltsame Wesen umklammerte den alten zerbeulten Kreisel, deutete die Straße hinab und verschwand rasch und ein wenig über die eigenen Füße stolpernd im Inneren des Hauses.

Die Polizeistation von Rosia befand sich in einem etwas provisorisch anmutenden Flachbau am Ortsende. Ostermeier war geradezu überrascht, dass die Tür nicht verschlossen war. Im Dämmerlicht der kleinen Amtsstube saß, die Beine auf den Schreibtisch gelegt und von dichtem Zigarettenqualm umgeben, ein hemdsärmeliger Polizist, der gerade Zeitung las. Schnell schlüpfte er in seine Uniformjacke, fuhr sich durchs schüttere Haar und eilte Ostermeier entgegen.

»Signore Ostermeire, benvenuto«, rief er wie der Wirt einer Gaststätte, der seine Stammkunden begrüßt.

»Ti aspettavamo già ieri, tutto bene?«

Ostermeier blickte verständnislos, und Leonardo

Consentino, so hieß der freundliche Polizist, wusste auch nicht recht weiter.

»Giovanna Hitzinger?« versuchte Ostermeier es weiter.

»Ah, si si, l'accompagno, Signore Ostermeire«, rief Consentino und verschloss die Tür seiner Wache. Als er Therese erblickte, breitete er seine Arme aus, zog sie an sich und küsste sie rechts und links auf die Wange.

Ostermeier erstarrte ob dieser Begrüßung, Therese lächelte geschmeichelt.

Zehn Minuten später saß Ostermeier Giovanna Hitzinger gegenüber. Therese war mit viel Palaver und Getöse zu Rosi, der Tante des gefallenen Max Hitzinger, gebracht worden und saß nun dort, nahezu betäubt von so viel Gastfreundschaft bei Espresso, Cantuccini und Nocciolo, einem von Rosi selbst gemachten Nusslikör.

Giovanna hatte ihm die Tür geöffnet, und Ostermeier war sofort sehr beeindruckt, doch auch ein wenig eingeschüchtert von ihrer klaren Schönheit und dem Stolz in ihrem Gesicht.

»Entrate, kommen Sie herein«, hatte Giovanna ihn aufgefordert. Sie hatte nicht gelächelt, ihm aber umgehend einen Espresso und die gleichen harten Mandelkekse angeboten, die auch Therese bekommen hatte. Kaum standen die Cantuccini auf dem Tisch, näherte sich von hinten eine kleine Gestalt und griff sich einige davon aus der kleinen Glasschale. Ostermeier zuckte zusammen. Das war ja schon wieder dieses seltsame Mannkindwesen mit dem Kreisel.

»Brunino, mio piccolo fratello«, stellte Giovanna ihn vor, strich ihren Rock glatt, setzte sich Ostermeier gegenüber und musterte ihn aufmerksam. Das brachte Ostermeier anfänglich etwas aus dem Konzept, dann gelang es ihm doch noch, sein Anliegen verständlich vorzutragen. Bei der Erwähnung des Namens Albrecht Gruber veränderte sich Giovannas Gesichtsausdruck schlagartig. Ihr schöner voller Mund wurde schmal, und in ihren dunklen Augen zeigten sich plötzlich Hass und Trauer zugleich.

»Gruber é morto«, sagte sie tonlos, und ihre schönen Hände verkrampften sich so ineinander, dass die Fingerknöchel weiß wurden.

»Verzeihen Sie, mi dispiace, aber das tut mir nicht leid.«

Ostermeier fragte sich, ob es wohl irgendwo jemanden gab, der den Tod dieses Grubers bedauerte. Plötzlich fühlte er sich derart erschöpft und müde und sehnte sich nur noch nach daheim, nach seinem Sofa und nach der Schallplatte mit bayerischer Volksmusik, die er so gern zum Feierabend hörte.

»Ah, do seids ja wieder«, spöttelte Breitner. »I hab scho Angst ghabt, dass der Federico euch umdraht hat!«

Lucki reagierte ungehalten.

»Das war ein sehr freundlicher und höflicher Mann mit vollendeten Manieren, dieser Frederico. Ich bin jedenfalls der Meinung, dass jeder lieben kann, wen er will!«

Breitner schaute betroffen, hustete ein wenig verlegen in sein großes kariertes Taschentuch und lenkte dann rasch ab.

»Der Chef hod si gmeldt! Er is in Italien unten okemma! Warums so lang dauert hod, wiss ma a ned.«

Korbinian war erleichtert. Der Chef war zwar eine etwas seltsame Gestalt, hatte aber trotz allem seine liebenswerten Züge, und er hatte sich ehrlich Sorgen um ihn gemacht.

»Er is jetzt grad in der Vernehmung der Hitzingers. I bin scho gspannt«, ergänzte Breitner noch.

Gerade schien ein wenig Ruhe eingekehrt zu sein in der Abteilung – Breitner arbeitete wieder mit seinen verschiedenen Zetteln, Conni tippte konzentriert etwas in ihre Schreibmaschine, und Korbinian ergänzte die Eintragungen in seinem schwarzen Bücherl – als sich die Tür öffnete und der Luger hereinspazierte.

Er platzierte sich in der Mitte des Raumes, zog seine Taschenuhr aus dem Jackett, schaute kurz darauf und verkündete dann mit lauter Stimme:

»Um ein Uhr mittags sofort nach der Pause Dienstbesprechung! Ich rechne mit pünktlichstem Erscheinen!«

Breitner fegte seine Zettelansammlung vom Schreibtisch und sprang auf.

»Des kannst abhaken, ohne uns! Mir ham eine Menge zu tun und scho verschiedene Termine fürn Mittag. Mir machen koa Dienstbesprechung mit dir.«

»Ach«, konterte Luger süffisant. »Hast einen Termin beim *Weißen Bräuhaus*? Und das Fräulein Pringerl vielleicht mit einem feschen Ami?«

Korbinian bemerkte, wie Conni rot anlief und sich ihre Hände über der Tastatur verkrampften. Breitner baute sich, Bauch an Bauch, vor Luger auf.

»Jetzt sog i dir mal was, du gschissner oida Nazi du. Mir und meiner Abteilung host du gar nix zum sogn! Sei besser ganz stad, sonst erzähl i nämlich im ganzn Präsidium bei dene, dies no ned wissn, rum, was du für ein Speichellecker damals gwesn bist. Mit dem Erznazi Paschke warst ja ganz eng und mit ihm host ganz schnell dafür gsorgt, dass alle, die ned glei ind Partei eitretn san, verschwundn san. Bei mir habt ihr euch ned recht traut, weil ich a paar unschöne Sachn über eich gwusst hab. Und jetzad verschwindst! Aber dalli!«

Luger starrte Breitner an, und einen Moment dachte Korbinian, dass sie sich nun prügeln würden und er sich wohl oder übel dazwischenwerfen müsste.

Dann jedoch machte Luger einen Schritt zurück und keuchte: »Das wird ein Nachspiel haben, darauf kannst du dich verlassen!«, und verließ den Raum.

Breitner sammelte seine am Boden liegenden Zettel wieder ein, und Conni schnaufte tief durch. Dann stand sie auf, beugte sich über Breitners Schreibtisch und gab ihm einen Kuss auf die Stirn.

»Respekt, Sigi«, sagte sie nur und fuhr dann fort, wieder in ihre Schreibmaschine zu hämmern, als wäre nichts gewesen.

So verbrachte die Abteilung *Mord I* den Nachmittag mit Protokollen und Schreibarbeiten, nur Korbinian fühlte eine gewisse Unruhe in sich. Man konnte doch jetzt nicht einfach so herumsitzen und abwarten. Als Breitner einmal für kurze Zeit den Raum verließ, vertraute er sich Conni an.

»Des is seine Art, mit einem Fall umzugehn«, erklärte ihm diese. »Alles etwas sacken lassen und im Kopf sortiern. Wirst sehn, morgen schauts dann wieda ganz anders aus!«

Um 15.30 Uhr gab Breitner die Anweisung, dass alle heimgehen und sich etwas Gutes tun sollten.

»Kräfte sammeln für morgen und den Fall, so guts geht, ausblendn!«

So bummelte Korbinian kurz danach durch die nachmittägliche Neuhauser Straße. Er kaufte schlichtes weißes

Briefpapier und Kuverts für seine Briefe an die Familie und die Evi und ein paar Postkarten mit der Ansicht der Frauenkirche, die er seinen Freunden daheim schreiben wollte.

Als er die Wohnung betrat, flatterte ihm ein kleines Briefchen, das wohl durch den Briefschlitz geworfen worden war, entgegen.

»Ich hab mir mein Fahrrad geholt. Vielleicht sehn wir uns mal wieder im *Birdland*! Viele Grüße, Lisa«

Ganz kurz flackerte so etwas wie ein schlechtes Gewissen in Korbinian auf, dann jedoch verspürte er nur noch Erleichterung.

In der Wohnung war es still, nur auf dem Küchenbuffet stand unter den Familienfotos eine brennende Kerze. War Tante Natalie weggegangen und hatte die Kerze versehentlich brennen lassen? Korbinian wollte sie schon ausblasen, als er leise Geräusche aus dem Schlafzimmer hörte. Er klopfte.

»Bist du da, Tante Natalie? Ist alles in Ordnung?«

Nach einiger Zeit wurde die Tür geöffnet, und die Tante erschien. Sie trug ein schwarzes Kleid, das Korbinian noch nie an ihr gesehen hatte, und hatte verweinte Augen.

»Heut is zehn Jahr her, dass der Ludwig tot is, und in zwoa Wocha dann der kloane Kaidan«, schluchzte sie.

1944 hatte Tante Natalie innerhalb von zwei Wochen zwei Söhne im Krieg verloren. Beide waren, ohne voneinander zu wissen, an der Ostfront. Während Ludwig bei einem Gefecht einer in Richtung Weichsel vorrückenden russischen Einheit ums Leben kam, ereilte den kleinen Kajetan ein ganz besonders schreckliches Schicksal. Auch er war irgendwo in Ostpreußen stationiert, seine Einheit saß sozusagen nahezu umzingelt dort in einem alten Gutshof, und es war klar, dass sie wohl in absehbarer Zeit einfach eine leichte Beute der Russen werden würden. Zusammengepfercht hockten sie bei schwindendem Proviant in den feuchten Gemäuern, drehten sich Zigaretten, spielten Karten und tranken die Weinvorräte des ehemaligen Gutsbesitzers leer. Natürlich musste rund um die Uhr Wache gestanden werden, denn es war klar, dass man nicht so einfach ohne Gegenwehr in die Arme des Feindes fallen durfte. So schob auch der kleine Kajetan in einer finsteren Nacht, in der sich kein Mond zeigte, seine Wachrunde. Hatte er zu viel vom Wein getrunken oder war er einfach müde und erschöpft? Jedenfalls schlief er tief und fest, als die Russen das Gehöft überrannten. Er war schuld am Tod seiner Kameraden und Vorgesetzten, wurde von einer zur Hilfe eilenden benachbarten Einheit festgenommen und am nächsten Tag kurzerhand standrechtlich erschossen. Einige Jahre nach dem Krieg hatte Thea dort oben vergebens nach seinem Grab gesucht, er war wohl einfach verscharrt worden.

»I woaß ned, wie i damals weiterglebt hob«, erinnerte sich Tante Natalie schluchzend. »I hab halt einfach weitergmacht für d' Thea und an Theo. In mir war ois dunkel und leer.«

Korbinian hatte die ganze Zeit Tante Natalies kalte zitternde Hand gehalten und spürte, wie auch ihm nun eine Träne die Wange herunterlief.

»Der Scheißkrieg«, fluchte Tante Natalie. »Ihr jungen Leut müssts schaun, dass es so was nie mehr gebn wird.«

Dann straffte sie sich und begann, in ihrer Küche herumzuwirtschaften. In einer Stunde würde der Rest der

Familie zum Abendessen kommen, und es gab noch genug zu tun.

Zwei Stunden später saßen alle dicht gedrängt um den Küchentisch und aßen Kronfleisch mit Meerrettich, eine Lieblingsspeise des verstorbenen Ludwig. Nach anfänglich noch etwas gedrückter und nachdenklicher Stimmung, ging es nun schon wieder ganz fröhlich zu.

»So hättns es a wollen, die zwei«, sagte Thea. »Die warn ja schließlich a koane Kinder von Traurigkeit«, und gab einige recht derbe Bubenstreiche der beiden zum Besten. Theo saß etwas nachdenklich dabei.

»I kann mi gar nimmer so genau an alles erinnern«, meinte er.

Dann zog er Korbinian hinaus in den Flur und erzählte ihm mit gesenkter Stimme, dass die Giselastraße ihre Anzeige zurückgezogen hätte.

»Allerdings müssn wir noch antanzen und uns formvollendet entschuldigen, und a jeder von uns muss im Altersheim zweimal bei der Essensausgabe helfen.«

Sich bei Korbinian so richtig zu bedanken, fiel ihm offenbar schwer, doch richtete er beste Grüße vom Ernstl und der Gertrud aus.

»Komm doch mal wieder zum *Atzinger*«, schlug er vor. »Des war doch a richtig schöner Abend letzte Woch!«

Als Thea sich zum Gehen fertig machte, zog sie Korbinian hinaus in den Flur.

»Ich hoff, dass du mir ned bös bist, weil i mi im *Birdland* so wenig um di kümmert hab«, sagte sie, und wieder strich ihr warmer Handrücken sanft über Korbinians Wange. »I glaub, du hast dir da a bissl mehr erhofft. Aber mit der Lisa hast di dann ja recht gut verstandn, oder?«

Noch einmal stieg ihr blumig-herber Zitronenduft Korbinian in die Nase, dann war auch sie verschwunden.

Korbinian half der Tante Natalie noch ein wenig, trocknete das Geschirr ab und räumte es nach ihren Anweisungen in den Küchenschrank. Es wurde nicht viel gesprochen, was bei der sonst doch recht redseligen Tante schon eine Ausnahme war, doch Korbinian hatte das Gefühl, dass durch die Vertrautheit, die vor wenigen Stunden zwischen ihnen gewesen war, sich viele Worte nun schon erübrigt hatten.

Gerade als er der Tante eine gute Nacht wünschen und sich zurückziehen wollte, klingelte es.

»Wer kommtn jetzt no, um die Zeit?«

Als Korbinian öffnete, stand Lucki Waldleitner vor der Tür.

»I woaß, es is scho a bissl spät«, entschuldigte sich Lucki. »Aber ich hab von meiner Mama zwoa Freikarten für die *Luitpold Lichtspiele. Das fliegende Klassenzimmer* nach Kästner! Hat erst vor zwei Wochen Premiere ghabt! Woaßt, mei Mama hat Beziehungen einfach überall hi«, berichtete er, und Korbinian wusste nicht so recht, ob Lucki nun stolz darauf oder es ihm peinlich war.

Korbinian zögerte ein wenig, war das nicht eher ein Kinderfilm? Doch er wollte den Lucki nicht enttäuschen und sagte zu.

»Komm ned so spät, du musst morgen raus«, rief ihm Tante Natalie hinterher.

Lucki lachte. »Wia mei Mama!«

In den *Luitpold Lichtspielen* gab es mit rotem Samt bezogene, sehr bequeme Sessel, und Lucki und er hatten beste Plätze. Vor dem Beginn des Films ging eine hübsche junge Frau mit einem Bauchladen vor sich durch die Reihen und verkaufte Süßigkeiten.

Der Film zog Korbinian sofort in seinen Bann. Der Erzähler, der tatsächlich Erich Kästner selbst war, führte durch die Handlung, in der es um die Rivalitäten zwischen Schülern eines Internats und einer Realschule ging, um verschwundene Diktathefte, liebenswerte Lehrertypen und das Wiederaufleben einer Männerfreundschaft. Er war tatsächlich viel mehr als nur ein Kinderfilm. Er berührt das Herz, hätte Evi gesagt, die für ihr Leben gern ins Kino ging, dafür aber leider immer nach Rosenheim oder Traunstein fahren musste.

»Danke dir«, sagte Korbinian, als sie wieder draußen auf der Briennerstraße standen.

»Ich glaub, ich werd jetzt mal was vom Kästner lesen. Meine Schwester hat *Das doppelte Lottchen*, obwohl sie eigentlich schon ein bisschen zu alt dafür war, glaub ich ein Dutzend Mal gelesen und es immer wieder wunderbar gefunden!«

»Der Kästner hat mich durch mei ganze Internatszeit begleitet«, meinte Lucki. »Immer, wenn i Heimweh ghabt hab, hab ich Kästner glesen. Schad, dass jetzt scho zspät für d' *Nachteule* is, aber mia san ja brave Buam und gehen jetzad ins Bett!«

20

Simon Kowalczyk fand keinen Schlaf in dieser Nacht. Schließlich stand er auf und setzte sich an die Abrechnung, doch dazu fehlte ihm, wie er sehr schnell bemerkte, die Konzentration. Den Stift in der Hand saß er am Schreibtisch und starrte hinaus in den beginnenden Morgen.

Er war so dumm gewesen damals; er hatte es nicht wahrhaben wollen, wie Albrecht Gruber Ragna mehr und mehr auf seine Seite gezogen hatte. Nein, im Gegenteil, er war froh gewesen, dass da einer war, der sich ein wenig um sie kümmerte, denn er, Simon, hatte ja viel Wichtigeres zu tun. Belächelt hatte er die kleinen Blumensträußchen und das sicher wertlose Armband, das Ragna zum Strahlen gebracht hatte. Er hatte nur ans Geschäft gedacht, wollte immer mehr Münzen und Scheine zählen am Abend und von seinem Laden in Amerika träumen. Es war eine Selbstverständlichkeit für ihn, dass Ragna bei all diesen Vorhaben mitmachte. Als sie dann eines Tages begeistert mit Grubers Plan ankam, war er vollkommen überrumpelt gewesen. Seine Ragna schmiedete mit Gruber Pläne, und er wurde erst viel später eingeweiht! Für Geschäfte war doch er zuständig, Ragna verstand davon gar nichts! Doch die Idee war gut, das musste er zugeben, und er ließ sich darauf ein und versuchte, auch Peki dafür zu gewinnen.

»Ich bin da auf eine ganz große Sache gestoßen«, hatte Gruber Ragna erzählt.

Er habe durch Zufall den Robert Pfleiderer aus dem Schwäbischen kennengelernt. Dieser Pfleiderer, ein grundehrlicher Geschäftsmann aus Krozingen hatte vor und auch während des Krieges beste Beziehungen zu der berühmten Firma *Schladerer*, die hochwertige Obstbrände herstellte und über die Landesgrenzen hinaus einen ausgezeichneten Ruf genoss. Durch verschiedene Verwicklungen und das Wegbrechen eines wichtigen Geschäftspartners saß dieser Pfleiderer nun auf einem Kontingent von etwa 500 Flaschen Obstlers dieser Marke, das er nun abzustoßen gedenke.

»Wenn wir das geschickt abwickeln und gut durchziehen, sind wir gemachte Leut! Das ist aber natürlich eine größere Sache diesmal, bei der wir nur mit Zigaretten und den üblichen Tauschwaren nicht weit kommen. Da muss schon noch anderes her«, hatte Gruber begeistert berichtet.

Als es draußen langsam dämmerte, stand Simon Kowalczyk auf, setzte Tee für sich und Teofila auf und langsam, doch bald immer deutlicher, begann eine Idee in ihm Gestalt anzunehmen.

Helmut Ostermeier war am Abend zuvor noch ein paar Stunden mit seiner Therese in der lauten Runde von Tante Rosis Familie gesessen, hatte unbekannte, jedoch wunderbare Dinge gegessen und eine Menge vino rosso getrunken. Trotzdem konnte er nicht schlafen, denn das Gespräch mit Giovanna Hitzinger war alles andere als zufriedenstellend verlaufen. Sie hatte kaum etwas gesagt, ihn nur aus ihren schönen klugen Augen angeschaut und war zwischendurch immer wieder aufgestanden, um nach der Mutter im Nebenzimmer zu schauen. In den kurzen Zeiten ihrer Abwesenheit hatte sich das Mannkindwesen immer sofort ihm gegenüber aufgebaut und ihn nicht aus den Augen gelassen. Als Ostermeier es einmal wagte, nach den Cantuccini zu greifen, hatte das Wesen doch tatsächlich angefangen, ein seltsames Knurren auszustoßen und die Glasschale mit dem Gebäck näher zu sich und aus Ostermeiers Reichweite zu ziehen. Als Ostermeier schließlich nach Sandro fragte, hatte Giovanna die Achseln gezuckt und irgendetwas von »montagna« gemurmelt. Er hatte später die Rosi danach gefragt, doch die konnte oder wollte keine Auskunft geben.

»Povero, der Arme«, hatte sie nur gesagt. »Er verschwindet öfters mal für ein paar Tage. Meistens ist er dann in die Berg in einer Jagdhüttn.«

Ostermeier nahm sich vor, sofort am nächsten Morgen den Polizisten Leonardo danach zu fragen; er wälzte sich im ungewohnten Bett der Rosi hin und her und lauschte dem leichten Schnarchen seiner Therese. Gott sei Dank war diese begeistert von diesem ganzen italienischen Gesumms, von dem wunderbaren Essen und der Gastfreundschaft und hatte darüber tatsächlich ganz auf das Meer vergessen.

Nur vier Häuser weiter konnte auch Giovanna nicht schlafen. Seit dem Schlaganfall der Mutter hatte sie nur noch einen ganz leichten Schlaf, denn mit einem Ohr war sie immer bei ihr im Nebenzimmer. Zu ihren Füßen lag wie ein treuer Wachhund Brunino und röchelte und schmatzte im Schlaf. Sie hatte es aufgegeben, ihn immer wieder zu seinem Bett zurückzubringen, eine Stunde später tauchte er, seine Decke unter dem Arm, eh wieder auf.

Was war das nur für ein Leben, das sie jetzt führte? Was hatte sie sich als junges Mädchen und junge Frau alles erträumt? Was war aus ihrer Liebe zum Nähen und zu feinen Stoffen geworden? Nun flickte sie die Hemden Bruninos und des Vaters und kürzte oder erweiterte manchmal den Rock einer Nachbarin. Was für elegante Kleider würde sie entwerfen, zuschneiden und nähen, wenn sie noch in Siena bei da Ponte arbeiten würde!

Wie immer, wenn solch graue Gedanken in ihr hochstiegen, versuchte Giovanna, sich schöne Erlebnisse aus ihrer Vergangenheit herbeizuholen. Der kleine Sandro lachend und die Arme nach ihr ausstreckend im Kinderwagen; Max, mit ihr in Rosis Weinlaube, der ihr einen schmalen silbernen Ring an den Finger steckte und sie küsste, und die zarte hauchfeine Spitze an ihrem Brautkleid, die sie extra aus Bologna hatte kommen lassen. Doch auch diese Erinnerungen konnten sie heute nicht beruhigen. Sie machte sich große Sorgen, ja, sie hatte schlichtweg Angst. Sie hatte den deutschen Polizisten, der nicht ruhig hatte sitzen können und seinen Oberkörper immer wie eine Kasperlpuppe auf und ab bewegt hatte, belogen, und das würde nicht lange gut gehen. Sicher, das Dorf würde so schnell nichts ausplaudern und zu ihr halten, und auch Leonardo würde sich, solang es ging, bedeckt halten, aber es würde nicht lange dauern, bis es herauskam. Ihr Sandro, früher ihr kleines Glückskind und ihr Sonnenschein, jetzt ihr großes Sorgenkind, war nämlich nicht nur für einige Tage in den Bergen. Seit Wochen schon war er verschwunden und ganz sicher wanderte er nicht durch die Kastanienwälder um Rosia und übernachtete dort in Giuseppes Jagdhütte.

Als Therese Ostermeier am nächsten Morgen erwachte, schien schon sehr kräftig die Sonne ins Zimmer. Ihr Mann schlief noch tief und fest, hatte die Decke bis über die Ohren gezogen und stieß seine ihr bestens bekannten Grunz- und Schnarchlaute aus. Sie stieß die Fensterläden auf und war derart überwältigt von dem Ausblick, dass sie die von dem schlichten Steinfußboden rasch heraufkriechende Kälte gar nicht bemerkte. Durch das Weinlaub, das einen Teil des Fensters umrahmte, konnte man über die umliegenden Dächer hinweg weit hinaus in eine sanfte, leicht hügelige Landschaft blicken. Einige hohe schlanke Zypressen und schirmartige Pinien setzten zusammen mit wenigen einzeln liegenden Gehöften markante Punkte in diese Schönheit. Therese atmete tief ein; sie dachte an den Ausblick aus ihrem Schlafzimmer daheim auf das alte graue Mietshaus gegenüber mit den Rissen in der Fassade, wo man nur oben links bei genauem Hinsehen ein winziges Stück des Münchner Himmels erspähen konnte. Wie im Paradies war es hier.

»Willst ned runterkommen, Resl«, rief die so überaus sympathische Rosi, mit der sie gleich Freundschaft geschlossen hatte, von unten zu ihr herauf.

»Kriegst auch a richtigs deutsches Frühstück mit selber gmachter Brombeermarmelad.«

Helmut Ostermeier, der sich lange nicht so gut ausgeschlafen fühlte wie seine Frau, nahm sich wenig Zeit für Kaffee und Weißbrot mit Brombeermarmelade. Er ließ die Frauen in ihren Plaudereien zurück und machte sich auf zur Polizeistation. Dort saß Leonardo in etwa der gleichen Position wie am gestrigen Tag, nur dass er eine deutlich druckfrische Tageszeitung vom heutigen Tag in Händen hielt.

»Ah, Elmut, buon giorno«, rief er. »Avete dormito bene?«

Ostermeier, der nur erahnte, um was es ging, nickte. Dann holte er sein deutsch-italienisches Wörterbuch aus der Tasche.

»Dove Sandro? Wo ist Sandro?«, fragte er.

Zuerst zuckte Leonardo nur die Schultern. Dann schien er ein wenig nachzudenken.

Soll ich diesem deutschen Polizisten jetzt einfach erzählen, was ich vermute, überlegte er. Er hatte sich ja fest vorgenommen, diesen Deutschen, die ersten, auf die er seit dem Ende des Krieges traf, vorurteilsfrei gegenüberzutreten. Doch es war schwer zu vergessen, was die Deutschen vor zehn Jahren bei Marzabotto, etwa 80 Kilometer nördlich von Florenz, der italienischen Zivilbevölkerung angetan hatten. Wie viele Kinder, Frauen und Alte waren bei diesem entsetzlichen Massaker von den Deutschen kaltblütig erschossen worden? Die Schwiegereltern seiner Schwester, die ihr ganzes Leben hart in ihrer Landwirtschaft gearbeitet und trotzdem immer arm geblieben waren, gehörten auch zu den unschuldigen Opfern dieser Gräueltat.

Aber, dachte Leonardo weiter, was kann jetzt dieser ein wenig seltsame deutsche Polizist dafür? Alt genug, um Soldat gewesen zu sein, ist er ja schon, doch er scheint irgendwie mehr ein harmloser Schreibstubentyp zu sein.

Schließlich nahm Leonardo ein Blatt Schreibmaschinenpapier, malte einen nach Norden weisenden Pfeil darauf, über den er, mit Fragezeichen versehen, »Germania?«

schrieb. Ostermeier verstand sofort, schlug sich auf die Stirn und deutete dann auf das klobige schwarze Telefon, das auf dem Schreibtisch stand.

Naja, so schnell solls jetzt auch nicht gehen, dachte sich Leonardo Consentino. Er rief Lisetta von der Telefonvermittlung an, plauderte kurz mit ihr und gab ihr irgendeine Nummer, aber wohlweislich nicht die deutsche Nummer durch, die ihm Ostermeier aufgeschrieben hatte. Selbstverständlich meldete sich Lisetta kurz darauf, dass diese Nummer leider ungültig sei. So zuckte Leonardo erneut seine Schultern und hob bedauernd die Hände.

»Mi dispiace, nessuna connessione! Keine Verbindung im Moment!«

Ostermeier rang die Hände und hüpfte von einem Bein auf das andere.

Ich muss mit Giovanna reden, so schnell wie möglich, dachte Leonardo Consentino, und Helmut Ostermeier, der gerade dabei war, wieder etwas Ruhe in seinen zappeligen Körper zu bringen, dachte ganz genau dasselbe, und so machten sich beide auf den Weg. Leonardo jedoch kannte die Abkürzung durch den Garten der alten Sofia, sprang über die niedrige Steinmauer, hinter der Giuseppes Kürbisse wuchsen, und schon stand er an der Rückseite von Giovannas Haus. Er klopfte ans Küchenfenster und hatte Glück. Giovanna war gerade dabei, sugo di pomodoro zu machen, und öffnete sofort. Nur kurz hatte Leonardo Zeit, ihr den neuesten Stand der Dinge durchzugeben, da betätigte Ostermeier schon den Türklopfer vorne an der Haustür.

Giovanna lehnte sich noch einen Moment an den Küchentisch, atmete kurz durch und versuchte, das Zittern ihrer Hände in den Griff zu bekommen. Brunino, der ja nur noch ganz schlecht sehen konnte, spürte ihre Unruhe sofort und war wie ein Wachhund an ihrer Seite.

Ostermeier war in Rage. Fast einen Tag hatte er vertan, bis er jetzt erst wirklich Bescheid wusste. Er ärgerte sich maßlos über sich selbst und über diese Italiener, die, so nett sie auch waren und so gut sie auch kochten, alle zusammenhielten wie Pech und Schwefel und es mit der Wahrheit nicht so genau nahmen. Er konnte nicht verhindern, dass seine Stimme schrill und erregt klang und er mit jedem Wort näher an Giovanna, die aufrecht und mit verschlossenem Gesicht auf ihrem Stuhl saß, heranrückte. Diesmal gab es keinen Kaffee und keine Kekse.

»Frau Hitzinger! Sie hätten mir das schon gestern sagen müssen, dass Sandro sich in Deutschland aufhält. Und wenn ich Deutschland sage, dann meine ich natürlich München. Wo sonst soll er denn sein? Sie haben meine Ermittlungen behindert. Sie müssen mir jetzt auf der Stelle alles sagen, was Sie wissen, sonst muss ich Sie festnehmen lassen!«

Das war natürlich stark übertrieben, das wusste Ostermeier, doch er konnte sich einfach nicht mehr bremsen.

Giovanna erhob sich. Mit ihr Brunino, der ständig dicht neben ihr gestanden hatte.

»Ich weiß nichts«, sagte sie mit kalter Stimme. »Ich kann Ihnen nicht helfen, Signore Ostermeier. Ich muss jetzt nach meiner Mutter schauen und dann in die Küche«, und sie wandte sich zur Tür.

Ostermeier konnte nicht mehr an sich halten, verstellte ihr den Weg und packte sie an den Schultern, wobei er Brunino ziemlich unsanft zur Seite drängte. Giovanna versuchte, sich aus seinem Griff zu lösen und taumelte ein wenig. Auch Brunino war etwas ins Stolpern geraten und fand gerade noch Halt an der Kante des Küchentisches. Ostermeier, dem in diesem Moment klar wurde, dass er zu weit gegangen war, trat einen Schritt zurück und hob beschwichtigend die Hände. In diesem Moment durchzuckte ihn ein scharfer brennender Schmerz im Rücken, er suchte vergebens irgendwo nach Halt, griff ins Leere und stürzte krachend auf die Steinfliesen des Küchenbodens. Dann wurde es schwarz um ihn.

21

Korbinian hatte nach dem Kinobesuch lange nicht einschlafen können. Schließlich setzte er sich an Theos Schreibtisch, der von einigen schwarzen Brandlöchern vergessener Zigaretten geziert war, um an daheim und an die Evi zu schreiben. Der Brief an die Familie ging ihm leicht von der Hand, der an die Evi erwies sich als um vieles schwieriger.

Mehrfach setzte er an und schon bei der Anrede wurde er unsicher.

Geliebte …? … Meine Liebe …? … oder einfach … Liebe Evi …?

Schließlich gab er auf und legte sich ins Bett. Du musst dir erst einmal klar werden, was du eigentlich willst, Korbinian, dachte er. Willst du dich fest binden und, falls das mit der Ettstraße was wird, die Evi nach München holen, oder willst du noch einige Zeit ein freier, ungebundener Junggeselle bleiben? Er fand keine Antwort mehr auf diese schwierige Frage, da ihn dann doch der Schlaf übermannte.

Sigi Breitner hatte, obwohl er ja seinen Leuten Ausspannen und Abstand vom Fall empfohlen hatte, seine Zettelchen mit heimgenommen. Da lagen sie nun neben einer Bierflasche, einer Semmel, zwei Regensburgern und ein paar Radieserln. Bei verschiedenen komplizierten Fällen in der Vergangenheit hatte ihm die Zettelwirtschaft, wie Conni sie immer nannte, gut geholfen; manches wurde übersichtlicher, verdeutlichte sich, oder es ergaben sich plötzlich neue Verbindungen, die ihm vorher gar nicht aufgefallen waren. Doch bei diesem aktuellen Fall lagen die Zettel da, starrten ihn an und nichts, rein gar nichts offenbarte sich ihm.

»Des is doch zum Hoarausraffa«, stöhnte Breitner und biss kräftig in eine Regensburger. Er begann, mit seinem Taschenmesser die Radieserln in dünne Streifen zu schneiden und zu salzen und nahm einen kräftigen Schluck aus der Bierflasche.

»Wahrscheinlich as Beste, wenn i no amoi drüba schlaf«, überlegte er.

Und so lag er bereits gegen 22 Uhr im Bett, dachte wie fast jeden Abend kurz an seine Maria und schlief dann rasch ein. Seine Träume allerdings waren wirr, aufregend und schweißtreibend. Einmal stand er mit dem Luger am Rande des Schwimmerbeckens im *Müller'schen Volksbad*, wo sie versuchten, sich gegenseitig ins Wasser zu stoßen, dann saß er mit Frau von Wagner auf einer Bank im Luitpoldpark und passte mit ihr auf ein Kleinkind, das noch kaum laufen konnte, auf, und zuletzt lag er unter einem riesigen Berg schwerer Holzkisten voller Weinflaschen und bekam keine Luft mehr. Aus diesem letzten Traum schrak er heftig hoch und rang nach Luft. Wahrscheinlich warn die Radieserln zu rass, dachte er und konnte Gott sei Dank wieder einschlafen.

Simon Kowalczyk hatte noch zusammen mit Teofila den Laden aufgesperrt und nach dem Rechten geschaut. Dann verabschiedete er sich von ihr mit der Erklärung, dass er in Passau eine Lieferung ungarischen Roten in Empfang nehmen müsse und erst wieder am Abend zurückkommen werde. Zum Abschied küsste er Teofila auf den Mund, was er sonst untertags nie tat, und sie musterte ihn erstaunt. Von der Ladentür aus winkte sie ihm noch einmal zu.

»Fahr vorsichtig, Simon!«

Kowalczyk fuhr hinaus nach Allach, und während der Fahrt erschien ihm der Plan, den er sich in der Früh zurechtgelegt hatte, plötzlich nicht mehr so klar und einfach durchführbar. Wie oft, Simon, sagte er dann zu sich, hast du in deinem Leben gezögert und gezaudert, das musst du jetzt einfach machen. Fass dir ein Herz!

Wie Korbinian und Breitner am Tag zuvor klopfte auch er eine halbe Stunde später an das kleine Fenster an der Rückseite des Hinterhauses und hoffte inständig, dass dieser Löwer gerade nicht zu Hause war. Den hatte er nämlich in seinem Plan vollkommen ausgeklammert.

»Ragna, ich bin es, Simon«, rief er. »Bitte mach mir auf, ich will dir doch nur helfen!«

Seine Stimme zitterte, und Schweiß stand ihm auf der Stirn. Es blieb still im Haus, und schon stieg in Simon wieder diese Verzagtheit hoch, die er so an sich hasste. Es war doch klar, dass sie nichts mit ihm zu tun haben wollte. Er hatte sie ja damals so schmählich im Stich gelassen.

Er presste sein Gesicht an die schmutzige Fensterscheibe und glaubte plötzlich, eine Bewegung im Inneren ausmachen zu können. Schließlich öffnete sich das Fenster.

»Was willst du hier? Jetzt, nach fast fünf Jahren?«

Simon streckte seine Hand nach Ragna aus, und obwohl ihn ihr Anblick erschütterte, durchflutete ihn plötzlich ein so starkes Gefühl, wie er es schon lange nicht mehr in sich gespürt hatte. Ich liebe sie ja immer noch, dachte er erstaunt.

»Wir müssen hier weg, Ragna«, beschwor er sie.

»Kannst du dich noch an das alte Bauernhaus bei Alpbach in Österreich drüben erinnern? Da waren wir doch für ein paar Tage, nachdem wir von Tux weggegangen sind. Da fahren wir jetzt hin, da sind wir sicher.«

Erst im Sommer war er im Zuge einer Weinlieferung einmal dort gewesen, um nachzuschauen, ob es immer noch stand. Es war noch baufälliger geworden, aber immer noch unverändert, und nur noch der uralte Bauer, der keine Erben hatte, wohnte darin.

Ragna starrte ihn an.

»Wir beide, Simon? Was sollen wir da? Ich bin am Ende, ich kann nicht mehr!«

Er legte ihr die Hände auf die Schultern und konnte dabei jeden einzelnen Knochen spüren.

»Bitte verzeih mir, Ragna«, bat er sie. »Komm mit mir, ich bitte dich«, und sie spürte die Wärme, die von ihm ausging und dachte voller Verwunderung: Ich liebe ihn ja immer noch.

Eine Stunde später waren sie unterwegs. Ragna hatte nur wenige Sachen eingepackt und einen kurzen Brief an Benno Löwer geschrieben, in dem sie versuchte, ihm alles zu erklären. Aber er würde es nicht verstehen, das war ihr jetzt schon klar.

Es war ein strahlender Frühherbsttag, und als sie sich den Bergen näherten, sahen sie, dass die höheren Gipfel schon ganz leicht schneebestäubt waren. Wie damals auf der Tuxer Alm sprachen sie auf der Fahrt nicht viel miteinander; fast wieder so wie früher herrschte zwischen ihnen ein nahezu wortloses Einvernehmen, und jeder von ihnen trug die winzige irrwitzige Hoffnung in sich, dass es wieder so werden würde wie früher.

Ich müsste sie jetzt fragen, wie sie den Gruber umgebracht hat, ob allein oder mit Unterstützung, dachte sich Simon Kowalczyk. Doch die Frage wollte nicht über seine Lippen.

Ich stehe doch auch in seiner Schuld, dachte sich Ragna. Ich war damals nicht aufrichtig zu ihm und habe nicht an ihn, sondern an Albrecht gedacht. Wie naiv und dumm ich war! Vielleicht, es fiel ihr schwer, den Gedanken zu Ende zu führen, vielleicht hat er ja nun doch den Gruber umgebracht.

Das Geschäft mit den 500 *Schladerer Obstlern* wurde bestens vorbereitet, und alles schien gut zu laufen. Doch dann bekam Peki kalte Füße und sprang ab, und Ragna entschloss sich, das immer noch im doppelten Boden ihres Rucksacks schlummernde Gold dranzugeben, um damit Pekis wegfallenden Anteil abzudecken. Schließlich gab sie auch noch den Schmuck dazu, und nie würde sie den Moment vergessen, als sie Albrecht die Bernsteinkette gab, die ihre Mutter, ihre Großmutter und ihre Urgroßmutter bereits getragen hatten. Simon hatte den Blick damals abgewandt, und Albrecht hatte sie kurz umarmt und gesagt, dass sie sich in nur ein paar Wochen leicht doppelt so viel kostbaren Schmuck würde kaufen können. Wie verblendet sie damals doch gewesen war!

Was Simon damals nicht wusste und Ragna vorerst auch lieber für sich behielt, war die Absicht Grubers, ebenfalls nach Amerika auszuwandern. Bei verschiedenen Treffen mit Ragna hatte er ihr nach Abschluss des *Schladerer-*

Geschäfts eine gemeinsame amerikanische Zukunft ausgemalt, bei der Simon zwar nicht vollkommen ausgespart wurde, aber Ragna und er doch eine wesentlich größere Rolle spielten. Ragna hatte, was Simon betraf, ein schlechtes Gewissen, doch irgendwie gelang es ihr nicht, sich der Faszination Grubers zu entziehen. Das kraftvoll Männliche an ihm, seine zupackende Art und seine ständige Energie, alles Eigenschaften, über die Simon nicht in dem Maß verfügte, gefielen ihr außerordentlich. Sie zehrte von den wenigen Augenblicken, in denen sie Albrecht körperlich nahe war, er sie kurz an sich zog und ihr einen sanften Kuss auf die Wange gab, einmal streifte er dabei wie aus Versehen ihre Lippen. Mehr geschah nie, doch in ihren Träumen sehnte Ragna sich nach richtiger Leidenschaft, und sie glaubte, auch bei Albrecht diese Sehnsucht deutlich zu spüren.

Es hatte nicht lange gedauert, und alles war zusammengebrochen wie ein wacklig konstruiertes Kartenhaus. Natürlich gab Pfleiderer vor, dass auch er den Betrügern, die ihm Wasser mit gezuckertem Zwetschgensaft und billigem Alkohol angedreht hatten, aufgesessen war. Er war zu Tode betrübt, doch Gold und Schmuck und alles andere, das sie in das Geschäft investiert hatten, war angeblich leider auf Nimmerwiedersehen verschwunden. Albrecht berichtete aufgebracht, dass er sowohl mit Zuckerbrot als auch mit der Peitsche alles aus diesem Pfleiderer versucht hatte herauszuholen, doch dieser stellte sich taub.

»Nur du mit den Waffen einer Frau kannst vielleicht noch etwas erreichen«, hatte Albrecht schließlich zu Ragna gesagt, und wieder hatte Simon sich abgewandt, als würde ihn das Ganze nichts angehen.

»Ich bringe dich zu ihm und passe im Hintergrund auf, dass er dir nicht zu nahetritt«, hatte Albrecht ihr zudem versichert.

So ging Ragna an einem lauen Sommerabend in einem grün schimmernden Seidenkleid, das sie sich von Pekis Frau ausgeliehen hatte, zu Pfleiderer ins *Regina Palasthotel*. Während sie mit Pfleiderer im Hotelrestaurant zu Abend aß, saß Gruber, das hatte er ihr zugesichert, im hintersten Winkel der Hotelbar als Aufpasser.

Pfleiderer, der beim Essen, dem er sehr kräftig zusprach, stark schwitzte, überbot sich mit meist sehr platten Komplimenten für Ragna, gepaart mit einem winselnden Selbstmitleid, dass er, der tüchtige und ehrliche Pfleiderer, so übers Ohr gehauen worden war. Ragna fand das alles höchst abscheulich, animierte ihn aber wiederholt zu noch einem weiteren Gläschen Wein und versuchte herauszubekommen, ob bei Pfleiderer nicht doch noch etwas zu holen war.

Dieser beugte sich schwitzend über ihre Hand und stammelte, dass es ihm das Herz zerreiße, wenn eine schöne Frau so leide. Er könne das gar nicht mit ansehen und habe sich deshalb entschlossen, ihr aus seinem bescheidenen Privatvermögen einen Scheck über ein Drittel des verlorenen Geschäftswerts auszustellen.

»Die Hälfte, das ist das Wenigste«, hatte Ragna mit harter Stimme gesagt und sich über sich selbst gewundert.

Da müsse sie schon mit hinaufkommen, meinte Pfleiderer, das Scheckbuch liege oben in seinem Zimmer. Er beugte sich zu ihr über den Tisch, sodass sich ihre Gesichter fast berührten, und sie sah, dass sein rechtes Auge zuckte, konnte aber nicht recht ausmachen, ob er ihr nun zublinzelte oder das Zucken krankhaft war.

Den kann ich mir schon vom Leib halten, dachte sich Ragna, denn Pfleiderer war kein großer kräftiger, sondern nur ein etwas dicklicher, eher klein gewachsener Mann. Als sie an der Hotelbar vorübergingen, versuchte sie Albrecht zu erspähen, doch vergebens. Soweit sie sah, saß kein Mensch in der Bar, doch nun konnte sie nicht mehr zurück.

In Pfleiderers Hotelzimmer angekommen, schien dieser plötzlich zu wachsen und an Kräften zu gewinnen. Er schloss die Tür und drängte sich schwer atmend gegen sie.

»So, Mädele«, stöhnte er und schob sie Richtung Bett. »Jetzt bisch aber schön lieb zum Onkel Robbert!«

Ragna wehrte sich nach Kräften und begann zu schreien, da stieß Pfleiderer sie aufs Bett, drückte ihr das Kopfkissen aufs Gesicht und zog ihr grob das schöne Seidenkleid von Pekis Frau hoch über die Hüften. Dann drang er auch schon mit aller Gewalt in sie ein.

»Albrecht, Albrecht, so hilf mir doch«, schrie Ragna, doch das Kopfkissen erstickte ihre Schreie, und sie spürte, wie sie ohnmächtig wurde. Wie oft Pfleiderer sich letztlich an ihr vergangen hatte, konnte sie später nicht sagen, doch sie war sich sicher, dass es mehrere Male gewesen waren. Sobald sie sich nur ein wenig von dem Kissen befreien konnte, drückte er es ihr wieder aufs Gesicht oder er schlug sie und hielt ihr mit aller Gewalt den Mund zu. Zuletzt schmeckte sie nur noch Blut in ihrem Mund und fühlte einen brennenden Schmerz, der sich von ihrem Unterleib über den ganzen Körper ausbreitete. Wie viel Zeit vergangen war, wusste sie nicht. Es kam ihr vor wie etliche Stunden; doch es konnte auch nur eine gewesen sein.

Als sie schließlich aus einer gnädigen Ohnmacht wieder zu sich kam, war es, bis auf die Schreibtischecke, die von einer kleinen Tischlampe beleuchtet wurde, dunkel im Zimmer. Ragna meinte, sich in einem bösen Traum zu befinden und konnte nicht glauben, was sie da sah. Am Tisch saßen Gruber und Pfleiderer, dessen Hosenträger noch über seiner nachlässig zugeknöpften Hose baumelten. Pfleiderer zählte Gruber einen Berg von Dollars auf den Tisch, und dieser steckte sie daraufhin in seine Hosentasche. Als nicht alle Scheine darin Platz fanden, wanderte der Rest in die Taschen seiner Lederjacke. Schließlich schüttelten sie sich die Hände; Gruber klopfte Pfleiderer kurz auf die Schulter und wandte sich zum Gehen. Ragna wollte die Hand nach ihm ausstrecken und nach ihm rufen, doch sie war wie gelähmt.

Als sie wieder zu sich kam, standen ein entsetztes Zimmermädchen und der Chef vom Dienst vor ihr.

»Sie ziehen sich jetzt augenblicklich an und verlassen das Haus«, sagte dieser streng. »Wir dulden in unserem Hause keine Prostitution.«

Der Gast Robert Pfleiderer, fügte er auf Ragnas Frage noch hinzu, habe bereits in den frühen Morgenstunden das Haus verlassen. Wie sie nach Hause gekommen war, wusste Ragna später nicht mehr.

Zwei Monate blieb sie noch bei Simon, dann eines Morgens ging sie einfach, ohne sich von ihm zu verabschieden. Er war nicht sehr erstaunt darüber.

22

Die Radieserln lagen Breitner immer noch ein wenig im Magen, oder war es einfach der Fall, dessen verschiedene schwierige Knoten sich einfach nicht entwirren ließen? Nicht einmal Lust auf Connis starken schwarzen Kaffee hatte er an diesem Morgen!

Zamreißen, Sigi, sagte er zu sich. Schließlich musst für die andern a guats Vorbild sei!

Die anderen, Conni und Korbinian, machten auch nicht gerade den muntersten Eindruck. Korbinian hatte aufgrund des späten Kinobesuchs mit Lucki einfach ein paar Stunden zu wenig Schlaf bekommen; Conni ging es ähnlich, denn ganz lange hatte sie mit ihrer besten Freundin, die unbedingt den armen Lehrer heiraten wollte, über die Ehe an sich und überhaupt diskutiert.

»Den Kowalczyk und die Antschel müssen wir uns noch mal genau anschauen«, meinte Breitner. »Er hat ein Alibi von seiner Lebensgefährtin, des muss no genauer überprüft wern, und die Antschel is zwar krank und schwach, aber, wie gsagt, Hass kann ungeahnte Kräfte verleihen. Wiss ma denn scho was Neues vom Chef aus Italien?«

»Da müsstest du jetzt zu seim Stellvertreter nübagehn«, meinte Conni. »Der hat den direkten Draht.«

Breitner verzog das Gesicht, und noch ehe er etwas

sagen konnte, bot sich Korbinian an, hinüber zum *Mord II* zu gehen.

Die Räume des *Mord II* waren genauso eng und spartanisch eingerichtet wie die des *Mord I*. Inmitten des Raumes thronte Luger an einem etwas größeren Schreibtisch, der bis auf akkurat ausgerichtete Stifte, Stempel, ein Schälchen Büroklammern und eine schmale Akte recht leer aussah. Rechts von ihm saß die Abteilungssekretärin, Mimi Moser, die klein, rundlich und in einem altbackenen grauen Kostüm das schiere Gegenteil von Conni war. Links an einem sehr wackligen kleinen Tisch saß Lucki Waldleitner und addierte gähnend irgendwelche Zahlenkolonnen.

Luger blickte auf und zwirbelte seine Schnurrbartenden.

»Ah, der Adlatus wird gschickt. Traut er si wohl ned selber her, der Breitner?«

Korbinian ging darauf nicht ein.

Nein, nichts Neues aus Italia, meinte Luger, doch er rechne noch im Lauf des Tages mit einem Anruf.

Korbinian machte sich, ohne sich für diese nicht sehr aussagekräftige Antwort groß zu bedanken, wieder auf den Rückweg zu seiner Abteilung. Draußen im Gang traf er auf den Bullauer, der Korbinian wieder eine Bäckertüte in die Hand drückte und dann tatsächlich einen Satz über die Lippen brachte.

»Wie geht es der Frau Tante?«

»Gut«, antwortete Korbinian. »Sie hat sich sehr gefreut, von Ihnen zu hören. Kommen Sie doch mal vorbei in der Sophienstraße!«

Bullauer schüttelte traurig den Kopf. »Nein, das geht nicht«, stieß er noch hervor, bevor er rasch um die Ecke verschwand.

»Es duad si was«, rief Breitner, als Korbinian wieder ins Zimmer trat. »Aber leider nix Gscheits!«

Der Benno Löwer habe angerufen, dass die Ragna Antschel verschwunden sei. Sie habe ihm einen kurzen Brief hinterlassen, in dem sie ihm für alles danke und um sein Verständnis bitte.

»Der Löwer vermutet, dass sie mit dem Kowalczyk unterwegs ist«, ergänzte Conni.

Außerdem habe sie bereits mit der Geschäftspartnerin Kowalczyks telefoniert.

»Der is der Kowalczyk heut Morgen irgendwie verändert vorkommen. Angeblich wollt er wegen einer Weinlieferung nach Passau fahren, aber auf seim Schreibtisch is a Landkarte von Österreich glegn.«

»Herrschaftszeitn«, rief Breitner, »die ham doch was mit der Sach zum Tun! Conni, lass amoi die Autonummer vom Kowalczyk an alle Dienststellen südlich von München und in Österreich durchgeben. Die solln die Augen offenhalten nach dene.«

Helmut Ostermeier wollte die Augen öffnen, doch es gelang ihm nicht. Außerdem hatte er das Gefühl, in einem Schraubstock zu stecken, seine Gliedmaßen fühlten sich steif an und gehorchten ihm nicht. Doch dann spürte er, wie sein rechter Arm sanft gestreichelt wurde und eine ihm wohlbekannte Stimme fragte: »Helmut, Bärli, wie geht's dir?«

Mit schier unermesslicher Anstrengung gelang es ihm nun doch, seine Augen aufzumachen, und er blickte direkt in Thereses besorgtes Gesicht. Er versuchte, sich aufzusetzen, doch sofort fuhr ein schneidender Schmerz in seinen Rücken, und er sank stöhnend wieder zurück.

»Du bist im Krankenhaus, Helmut«, klärte Therese ihn auf. »Der kleine Bruder von der Giovanna hat dir ein Messer in den Rücken gestoßen. Gott sei Dank nur eine tiefe Fleischwunde, keine inneren Organe verletzt.«

Ostermeier griff nach ihrer Hand.

»Jetzt sehn wir das Meer wahrscheinlich doch nicht, Reserl«, flüsterte er heiser.

»Das macht nichts«, antwortete sie. »In Rosia ists so schön, ich will gar nirgends anders mehr hin!«

»In München ...«, stöhnte Ostermeier weiter, »in München ... muss sofort Bescheid gesagt werden ... Der Sandro Hitzinger ...«

»Alles erledigt«, meinte Therese beruhigend. »Der Leonardo hat schon alles in die Wege geleitet.«

Der Leonardo, soso, so vertraut ist sie schon mit ihm, dachte Ostermeier. Dann jedoch fielen ihm die Augen wieder zu, und kurz spürte er noch, dass Therese seine Wange streichelte, bevor er wieder einschlief.

Leonardo Consentino hatte in seinem langen Polizistenleben schon so einiges durchgemacht, doch das, was an diesem Tag alles geschehen war, überstieg deutlich alle seine bisherigen Erlebnisse.

Er hatte Giovanna noch kurz durch ihr Küchenfenster Bescheid sagen können, dass der deutsche Polizist schon im Anmarsch sei und dieser jetzt auch wusste, dass Sandro sich wahrscheinlich nach Deutschland abgesetzt hatte. Dann wollte er wieder zur Wache zurückkehren, und wieder wählte er den kürzeren Weg durch die Gärten. Gerade als er Giuseppes Kürbisse passierte, hörte er laute Stimmen aus Giovannas Haus, dann ein Poltern und einen dumpfen Schlag. Sofort machte er kehrte und stand nicht einmal eine halbe Minute später wieder vor dem geöffneten Fenster.

Giovanna stand mit schreckgeweiteten Augen vor dem Küchentisch, auf dem noch ein Berg praller rot glänzender Tomaten lag, und zu ihren Füßen lag reglos der deutsche Polizist, dessen Hemd am Rücken blutdurchtränkt war. Den schrecklichsten Anblick aber bot der kleine Brunino; wie erstarrt stand er zwischen Giovanna und dem am Boden liegenden Ostermeier, und seine noch erhobene Hand umklammerte das scharfe Messer, mit dem Giovanna eben noch die Tomaten für den sugo di pomodoro zerkleinert hatte. Aus dem Hintergrund hörte man die schwache klagende Stimme der kranken Mutter nebenan.

»Cosa è, Giovanna? Cosa è?«

Leonardo, in seiner Jugend ein guter Sportler, doch inzwischen wesentlich schwerer als damals und sehr aus der Übung, sprang mit einem Satz durch das Fenster in die Küche und stürzte auf Brunino zu, um ihm das Messer abzunehmen, was dieser auch auf der Stelle zuließ. Dann jedoch begann er durchdringend zu schreien.

»Cattivo tedesco! Cattivo tedesco!«

Immer lauter und gellender wurde dieses Schreien, und es fand auch kein Ende, als Giovanna, die mittlerweile ihren ersten Schrecken überwunden hatte, mit allen Mitteln versuchte, ihn zu beruhigen. In diese entsetzlichen, nahezu unmenschlichen Laute, die Brunino ausstieß, mischten sich nun das Klagen und die Hilferufe der kranken Mutter. Als Rettung in höchster Not erschien dann Giovannas Vater, der sich zuerst um den Verletzten am Boden und dann um seine weinende Frau kümmerte. Zehn Minuten später kam die ambulancia, um

Ostermeier ins Krankenhaus zu bringen, Rosi und noch zwei Nachbarinnen trafen ein und kümmerten sich um die Familie, und Brunino hörte endlich auf zu schreien. Giovanna hatte ihn auf den Schoß genommen und wiegte ihn wie ein kleines Kind.

Was mache ich nur mit ihm, dachte Leonardo. Ich kann ihn doch nicht in die Arrestzelle mitnehmen, er ist nicht schuldfähig. Als Giovanna Brunino endlich von sich lösen konnte und vorsichtig auf den Stuhl neben sich setzte, klammerte er sich weiterhin wie ein Äffchen an sie. Leonardo bemerkte, dass aus Bruninos hinterer Hosentasche etwas Buntes herausspitzte. Ohne dass der Kleine etwas merkte, zog er es heraus. Es war eine Ansichtskarte aus München, die die verschiedenen Münchner Wahrzeichen – die Frauenkirche, das Rathaus, das *Hofbräuhaus* und den *Chinesischen Turm* – in kräftiger Kolorierung zeigte. Auf der Rückseite stand nur ein einziger Satz: »Saluti dallo scarafaggio!« – Grüße von den Maikäfern.

Leonardo schüttelte den Kopf; war das vielleicht eine Art Geheimcode, in dem der nun ja wohl offensichtlich sich in München befindende Sandro mit seiner Familie kommunizierte? Er steckte die Karte vorsichtig in seine Uniformjacke. Nachdem er noch einige Zeit im Haus verbracht hatte, Giovanna ihm immer wieder unter Tränen versicherte, dass sie wirklich nicht wisse, wo genau sich ihr Sandro aufhalte, und wie leid ihr das mit dem deutschen Polizisten täte, bat Leonardo die Nachbarinnen inständig, auf Brunino zu achten und ihn nicht aus den Augen zu lassen.

Bei den Kollegen von diesem Ostermeier in Deutschland muss ich jetzt gleich anrufen, dachte er und wollte sich gerade auf den Rückweg zu seiner Wache machen. Da fuhr ein dickes schwarzes Auto vor dem Haus vor, und ihm entstieg, Leonardo spürte, wie er augenblicklich Sodbrennen bekam, Salvatore Grimani, der Polizeichef der Provincia di Siena mit zwei weiteren Beamten.

»Diesen komplizierten Fall übernehmen jetzt wir, Consentino«, schnarrte Grimani, der immer aussah wie aus einem Modemagazin entstiegen.

»Schließlich ist hier ein ausländischer Staatsbürger schwer verletzt worden. Sie, Consentino, nehmen weiterhin die normalen Amtsgeschäfte vor Ort wahr.«

Dann verschwand er mit seinen beiden Begleitern im Haus. Nicht einmal eine Minute später konnte man wieder das gellende Schreien von Brunino, die Entsetzenslaute von Giovanna und das Palaver der Nachbarinnen hören, und kurze Zeit später führten die beiden Polizisten Giovanna und Brunino, der sich verzweifelt wehrte, ab.

»In die Commendatura nach Siena zum Verhör«, befahl Grimani.

Leonardo Consentino lehnte sich an den Gartenzaun der alten Sofia und fühlte sich so schwach und hilflos wie noch nie zuvor in seinem Leben.

Ohne vorher angeklopft zu haben, stürzte Lucki Waldleitner ins Büro des *Mord I*.

»Hehe«, rief Breitner, »wo bleibt dei Kinderstubn, junger Mann?«

Lucki schien ihn gar nicht gehört zu haben.

»Der Chef«, berichtete er atemlos, »der Chef liegt in Italien im Krankenhaus. Der Luger telefoniert grad mit einem der Oberen da unten. Die Dolmetscherin aus der Registratur is auch dabei.«

»Hat er was Foischs gessn?«, scherzte Breitner noch, doch da erschien schon der Luger, dessen sonst so ordentliche Bartspitzen in totale Verwirrung geraten waren.

Der Chef sei bei einem Messerangriff schwer, aber Gott sei Dank nicht lebensgefährlich verletzt worden. Der Täter sei der jüngere Bruder der Giovanna Hitzinger, ein gewisser Bruno Pirodi.

»Der kleine Brunino«, riefen Korbinian und Lucki wie aus einem Mund und mussten an ihren Besuch bei der Frau Loichinger denken.

Das alles, fuhr Luger fort, sei bereits am gestrigen Tag passiert, die Italiener hatten es wohl nicht für notwendig erachtet, München gleich zu informieren. Außerdem sei es mittlerweile so gut wie sicher, dass sich der Sohn der Giovanna Hitzinger, ein gewisser Sandro Hitzinger, in Deutschland aufhalte, höchstwahrscheinlich in München.

Dann stellte sich Luger in Positur, und es war klar, dass er nun als stellvertretender Chef Anweisungen in alle Richtungen erteilen wollte. Doch da wurde wieder die Tür aufgerissen, und eine ebenfalls atemlose Mimi Moser erschien.

»No a Anruf aus Italien! Irgendein Consento oder so. Die Stefania is Gott sei Dank noch da!«

Breitner sprang hoch, sprintete an dem sprachlosen Luger vorbei, um als Erster am Telefon zu sein.

Der Dolmetscherin Stefania aus der Registratur sah man ihre italienische Herkunft nicht an. Sie war semmelblond und hatte eine Menge Sommersprossen im Gesicht.

»Come? Non capisco! Ah si, scarafaggio«, sie notierte etwas auf den Zettel, den ihr Breitner hingelegt hatte, sprach noch ein paar kurze Sätze und legte dann kopfschüttelnd auf.

»Der Polizist aus Rosia, dieser Leonardo Consentino, hat eine Postkarte, die in Besitz des Bruno Pirodi war«, erklärte sie. »Die Karte kommt aus München und darauf steht ›Grüße von den scarafaggio‹, also von den Maikäfern.«

»*Maikäfersiedlung*«, riefen Breitner, Korbinian und Conni, die mittlerweile auch dazugekommen waren, im Chor.

23

»In einer halben Stunde sind wir an der Grenze«, kündigte Simon Kowalczyk an. »Das Beste ist, wenn du dich schlafend stellst, ich mach das schon alles.«

Ragna nickte. Sie fühlte sich schlecht, kalter Schweiß stand ihr auf der Stirn, und ihre Hände zitterten unkontrolliert. Dringend hätte sie eine der gelben Pillen gebraucht, die ihr der Arzt, als sie für ein paar Tage in der Nervenheilanstalt Eglfing gewesen war, verschrieben hatte. Doch die hatte sie in der Hektik des Aufbruchs daheim vergessen.

Draußen zog die bayerische Voralpenlandschaft, die sie immer ein wenig an ihre rumänischen Kindheit erinnerte, vorbei. Kühe grasten friedlich auf den Weiden, auf den Feldern war die Kartoffelernte in vollem Gange, und vor einer großen Gastwirtschaft mit leuchtend roten Geranien auf den Balkonen saßen ein paar Bauern und tranken Bier. Ragna schloss die Augen, und in einem seltsamen Zustand zwischen Wachen und Träumen lief sie mit ihrer Schwester über eine dieser grünen Wiesen da draußen. Die Schwester lachte und warf Ragna die Bernsteinkette zu, doch Ragna gelang es nicht, sie aufzufangen, und stürzte dabei ins Gras. Verzweifelt suchte sie im hohen Gras um sich her nach der Kette, doch sie konnte sie nicht finden. Als sie aufblickte, saß auf einer Bank direkt vor ihr Albrecht Gruber und hielt die Kette triumphierend in seinen

Händen. Ragna begann zu schreien und zu schluchzen, bis jemand sie fest an der Schulter packte.

»Ragna, was ist?«, rief Simon erschrocken. »Du hast geschrien und geweint. Hast du geträumt?«

Sie entschlossen sich, bei der nächsten Gaststätte anzuhalten.

»Du musst etwas essen und trinken«, meinte Simon besorgt.

Sie hielten bei der nächsten Wirtschaft an, die der, die Ragna vor Kurzem aus dem Autofenster gesehen hatte, zum Verwechseln ähnelte. Ein großes behäbiges Haus mit ebenfalls rotem Geranienschmuck an Fenstern und Balkonen und einem kleinen Biergarten davor. Sie bestellten Wasser und Limonade, was bei der Bedienung schon ein Stirnrunzeln hervorrief, und konnten auf der bescheidenen Speisekarte nichts Passendes finden. Simon versuchte noch immer, möglichst kein Schweinefleisch zu sich zu nehmen, und für Ragna war essen nichts als eine lästige Pflicht. Meistens empfand sie Ekel davor.

»Können wir einfach zwei Semmeln haben«, bat Simon.

Die Bedienung zuckte die Achseln, gab am Schank die Bestellung auf und musterte diese sonderbaren Gäste aus der Ferne. Der Mann war klein, seine Haut dunkler, als sie es kannte, und sein Haar rabenschwarz. Obwohl er gut gekleidet war, erinnerte er sie ein wenig an einen der polnischen Fremdarbeiter, die während des Krieges auf dem Bauernhof ihrer Eltern gearbeitet hatten. Es war aber vor allem die Frau, die ihr seltsam erschien. Mager bis auf die Knochen, ein schmales bleiches Gesicht mit riesigen Augen und ungekämmt, trug sie eine ihr viel zu große Männerhose und eine alte verschlissene Bluse, die an einem Ellbogen ein großes Loch hatte. Sie saß gekrümmt auf dem Stuhl, so als hätte sie Schmerzen, während der Mann sie besorgt musterte und auf sie einsprach.

»Mit dene stimmt wos ned, Xaver«, sagte sie zum Wirt hinter dem Ausschank. »Ned, dass die uns no d' Zech prellen.«

»Drinn in der Stubn sitzt der Franz. Der macht grad Mittag. Der konn die ja amoi kontrolliern, wenn a moand«, antwortete der Wirt.

Franz Mitteneder war der Gemeindepolizist und kam fast jeden Mittag zum Essen her. Das hatte er soeben beendet, bestellte sich noch ein kleines Helles und zündete sich seinen Verdauungszigarillo an. Ein ausnehmend ruhiger Vormittag auf der Wache lag hinter ihm, es war so gut wie nichts, genau genommen eigentlich gar nichts los gewesen. So hatte er zuerst einmal das Farbband an seiner Schreibmaschine gewechselt, dann die drei etwas kümmerlichen Zimmerpflanzen gegossen und mit seiner Frau wegen des Abendessens telefoniert. Schließlich nahm er sich die sehr spärlichen neuen Meldungen vor, die seit dem Morgen durch den Fernschreiber getickert waren. Nichts Auffälliges, alles mehr oder weniger Kleinigkeiten!

Die Bedienung stellte ihm das Bier hin und blieb dann angelegentlich neben seinem Tisch stehen. Franz mochte es gar nicht gern, wenn er in der Mittagspause mehr als notwendig reden musste.

»Is was, Veronika?«, fragte er dann doch in der Hoffnung, nun nicht eine längere Geschichte von ihrer Schwiegermutter oder Ähnliches anhören zu müssen.

»Do draußen sitzen zwoa, die san mitm Auto da.« Veronika sprach sehr leise, was sonst gar nicht ihre Art war.

»Die san irgendwie komisch. Vielleicht konnst die moi oschaugn!«

Naja, is guad, dachte Franz, schaden konns ja ned. Damit die liabe Seel a Rua hat.

Von seinem Platz in der Wirtsstube konnte er die beiden seltsamen Gäste nicht sehen, dafür aber das einzige Auto, das vor der Gastwirtschaft stand. Es hatte eine Münchner Nummer.

»Ja, da verreckst«, murmelte Franz Mitteneder vor sich hin, leerte rasch sein Bier und drückte das halbgerauchte Zigarillo aus.

»Des is doch die Nummer, die heut früh durchgebn worn is. Irgendwos im Zusammenhang mit am Verbrechen in Minga!«

Es schien also doch noch was zu passieren an diesem bis jetzt so faden Tag.

»Also, a gute Nachricht«, rief Breitner in die Runde.

»Dem Chef geht's den Umständen entsprechend gut. Er muss no a paar Tag im Krankenhaus bleim, dann derf er hoam! Grad hat mich ein Grimaldi oder Grimani von da druntn angrufn, der a bisserl Deutsch kann. Die Giovanna Hitzinger is nach der Befragung wieder heimgschickt worn, sie hod nix zum Aufenthaltsort ihres Sohnes gsagt. Den armen Bruno Pirodi habens in eine Anstalt gsteckt.«

Breitner stand nun wie zuvor Luger, der sich Gott sei Dank noch nicht hatte blicken lassen, in der Mitte des Raums. Conni, die an diesem Tag einen schicken Pepitarock und eine hellblaue leicht glänzende Bluse trug, saß ein wenig angespannt auf ihrer Schreibtischkante, und Korbinian, in Erwartung der Anweisungen Breitners, getraute sich nicht, in das Kipferl aus Bullauers Bäckertüte zu beißen, obwohl sein Magen heftig knurrte.

Breitner, der als einziges Zeichen einer gewissen Nervosität ständig seine breiten grünen Hosenträger schnalzen ließ, griff nach seiner Trachtenjacke.

»Mir fahren sofort ind *Maikäfersiedlung*, Herr Kollege«, wandte er sich an Korbinian, der ob dieser Anrede Stolz in sich aufsteigen fühlte. »Was den Kowalczyk und die Antschel betrifft, san uns im Moment eh die Händ gebunden. Da könn ma nur hoffen, dass die no vor der Grenz gfunden werdn. Conni, kannst uns a Auto organisieren?«

Eine Minute später konnten sie sich schon auf den Weg machen. Als sie bereits im Treppenhaus waren, brüllte der Luger vom obersten Treppenabsatz ihnen hinterher:

»Keine Alleingänge, meine Herren! Alles muss mit mir abgesprochen werden!«

Breitner beschleunigte seinen Schritt und zog Korbinian schnell weiter.

»Hast du was ghört? I ned«, und fast im Laufschritt verließen sie schleunigst das Haus.

»Wo fangen mir jetzt an draußen in der *Maikäfersiedlung*?«, fragte Korbinian, als sie im Auto saßen.

»Do fragst mi jetzt was«, antwortete Breitner. »I hob ehrlich gsagt koa Ahnung!«

Wieder zog München an Korbinian vorüber, und wieder hatte er kaum ein Auge für die Stadt. Nächstes Wochenende mach ich mal eine richtige Besichtigungstour, vielleicht mit dem Lucki, nahm er sich fest vor.

Wie einige Tage zuvor parkten sie erneut an der Ecke Bad Schachener/Sankt-Michael-Straße und stellten schmunzelnd fest, dass dort wieder die beiden Kinder Ball spielten.

Breitner trat auf die beiden zu.

»Kennts ihr uns no?«, fragte er.

»Klaro«, rief der Bub. »Ihr seids die, die nach der Kainzenbadstraß gsucht ham.«

Das Mädchen stand wieder schüchtern an seiner Seite und sagte nichts.

»I bin der Hansi und des is die Gretel«, stellte er sie beide vor. »I bin a Schlüsselkind, und da Gretel ihr Mama is grad beim Einkaufn. Wo wollts denn heit hi?«

»Ach, mir gehen heit amoi a bissl spazieren«, meinte Breitner.

Der Hansi schaute skeptisch.

»Nemands geht bei uns einfach so spaziern«, erklärte er kategorisch. »Wollts ihr vielleicht zum Pauli Schraudinger, zum Musikmachn?«

»Wo wohnt der denn, der Pauli«, fragte Korbinian angelegentlich.

»Der wohnt glei neba uns«, erklärte Hansi.

»Aber Musik macht er in der oidn Garasch am End von der Krumbadstraß«, ergänzte die bisher stumme Gretel plötzlich. »Aber jetzt no ned, erst später dann.«

»Dankschön, ihr zwoa, spuits no schee«, meinte Breitner und kickte Hansi den Ball zu.

Also beschlossen Korbinian und Breitner in Ermangelung anderer Ideen, einfach mal in die Krumbadstraße zu schauen. Auf ihrem Weg dorthin begegnete ihnen ein dickleibiger, heftig schnaufender Mann mit Krücken.

»Desmal lassts mei Frau in Rua, die hod eich ois scho verzäit«, belferte er sie an, und erst jetzt erkannten sie den asthmakranken Herrn Buchner, den Mann der netten Büchereifrau.

»Koa Angst, Herr Buchner, von der woll ma heid nix«, beschwichtigte ihn Breitner. »Mir wolln zum Pauli Schraudinger.«

Buchner atmete noch schwerer, und zwischen zwei Hustenanfällen stieß er hervor: »Do könnts glei mal nachm Rechtn schaun, bei dene gehts zua wia im Sauhaufn. Und der Krach imma!«

Die Garage am Ende der Krumbadstraße, ein schon äußerst baufälliger Kasten mit Wellblechdach, war schnell gefunden. Doch sie war ordnungsgemäß verschlossen. Korbinian wollte sich schon wieder zum Gehen wenden, da zog Breitner einen kleinen unauffälligen Schraubenschlüssel aus seiner Jackentasche und begann, damit im Schloss herumzustochern.

»Des hast jetzt ned gsehn«, sagte er zu Korbinian, ruckelte noch einmal, und schon öffnete sich die Tür.

Abgestandene dumpfe Luft schlug ihnen entgegen, und erst nach einiger Zeit hatten sich ihre Augen an die Dunkelheit gewöhnt. Auf einem wackligen Tisch standen unzählige leere Bierflaschen und überquellende Aschenbecher, an der Wand hingen einige Poster, auf denen Männer mit Elektrogitarren abgebildet waren, die weder Breitner noch Korbinian kannten. Ein etwas wacklig aussehendes Schlagzeug stand in der Ecke, daneben lehnten zwei Gitarren an der Wand.

»Ah, da schau her«, rief Breitner plötzlich ganz begeistert.

Im hintersten Winkel der Garage lag eine Matratze, auf der eine zerwühlte alte Wolldecke und ein noch älteres Sofakissen lagen. Neben der Matratze standen eine halb geleerte Weinflasche und ein Teller mit den Resten einer Brotzeit.

»Ein gutes Versteck!«, meinte Korbinian.

»Mir gehen jetzt sofort zu dem Pauli Schraudinger«, beschloss Breitner.

Pauli Schraudinger wohnte noch bei seinen Eltern. Wie in der *Maikäfersiedlung* üblich, ging es in der winzigen Wohnung recht eng zu, und Paulis Schlafplatz war ein altes Klappsofa in der Wohnküche.

Die Mama Schraudinger in einer grell geblümten Kittelschürze werkelte am Küchenherd, während Pauli betätigungslos auf seinem Sofa herumlümmelte. Frau Schraudinger hatte schreckgeweitete Augen, seit Breitner und Korbinian ihre Marken vorgezeigt hatten; Pauli, sicher noch keine 20, mit etlichen dicken Pickeln am Kinn und dem etwas misslungenen Versuch einer feschen Haartolle, gab sich unbeeindruckt.

»Der depperte Buchner soll sie ned so haben«, stänkerte er. »Mir machen immer zu erlaubtn Zeiten Musik!«

Wir, das war die sich in der Gründungsphase befindliche Band *Paul and His Heroes*.

»Mir kriagn eh bald an Plattenvertag«, brüstete sich Pauli. »Dann san mir eh raus aus der oiden Garasch.«

Seine Mutter zog entnervt die Augenbrauen hoch.

»Du, des intressiert uns jetzt garned so bsonders«, meinte Breitner, »mir wolln eigentlich nur wissen, wer auf dera Matratzn da schlaft.«

Korbinian bemerkte sogleich, dass bei dieser Frage Paulis zuvor so blasses verschlafenes Gesicht von Röte überzogen wurde.

»Die brauch ma für die schöpferischn Pausn«, erklärte er.

»Des glaubst doch selba ned«, rief Breitner, »raus mit der Sproch, aber glei!«

Pauli senkte schuldbewusst den Kopf.

»Der Manni trifft si da manchmoi mit der Christa«, murmelte er.

Seine Mutter ließ den Kochlöffel fallen.

»Mit der Christa Maurer? Die wui doch nächsts Joa im Frühling heiratn?«

Es stellte sich heraus, dass das Bandmitglied Manfred mit der Christa Maurer eine aus den genannten Gründen äußerst schwierige Beziehung unterhielt und die beiden sich deshalb zuweilen heimlich zu einem Liebesstündchen in der Garage trafen.

»Und sonst?«, forschte Breitner unbeirrt weiter, »gibt's sonst no jemand, der si da verkriacht?«

Pauli Schraudinger schüttelte den Kopf. »»Na, ned dass i wüsst!«

Breitner fluchte etwas Unverständliches in sich hinein, Frau Schraudinger rührte weiter in ihrem Suppentopf, und Pauli lehnte sich, wohl zu einer weiteren schöpferischen Pause, auf seinem Sofa zurück.

Inmitten der *Maikäfersiedlung* befand sich eine nicht sehr ansprechende und eher ungepflegte kleine Grünanlage, in der sich Breitner und Korbinian nun auf eine Bank setzten. Drei Buben, alle in Lederhosen und schon ein wenig älter als Gretel und Hansi, spielten auf der Wiese Fußball.

Breitner trocknete sich die Stirn mit einem schon etwas älteren Taschentuch und seufzte.

»So oid wär meiner jetzt ungefähr«, sagte er leise.

Korbinian erstarrte und wusste beim besten Willen nicht, was er darauf antworten sollte.

Doch da machte Breitner auch schon eine wegwerfende Handbewegung.

»Vorbei, vorbei«, meinte er mit etwas belegter Stimme, dann straffte er sich.

»Mir klappern jetzt einfach diese Bandmitglieder mitsamt dem untreuen Madl ab. Vielleicht kriag ma a Spur. Die san jedenfalls alle so ungefähr im Alter vom Sandro Hitzinger!«

Manfred, den Liebhaber der Christa Maurer, trafen sie direkt vor seinem Wohnblock an, wo er sein Moped reparierte. Er schien ein wenig älter zu sein als der Pauli, trug enge Nietenhosen und eine Lederjacke und hatte einen bösen Kratzer auf der Backe.

»Wo arbeitst denn du?«, fragte Breitner, nachdem sie wieder ihre Polizeimarken vorgezeigt hatten. Er wunderte sich einfach, dass alle diese Burschen in dem Alter um diese Zeit daheim warn.

»Bei *Zündapp*«, antwortete der Manfred argwöhnisch. »Wieso wollts ihr des wissen? I hob Urlaub.«

Auf die Christa Maurer angesprochen, wurde er etwas unruhig. »Des is privat.«

»Wir fragen dich im Zusammenhang mit einem Tötungsdelikt, da ist nichts privat.« Korbinian trat etwas näher an den Manfred heran, und eine Geruchsmischung aus Motoröl und Angstschweiß stieg ihm in die Nase.

Schließlich berichtete Manfred, dass das mit der Christa vier Monate gedauert habe, doch jetzt sei Schluss.

»Die spinnt, die bläde Kua«, fügte er noch hinzu und kratzte an der Verletzung auf seiner linken Backe.

»War sie das?«, fragte Korbinian.

Der Manfred nickte etwas betreten. »Die is vollkommen ausgrastet!«

Nachdem Breitner und Korbinian noch etwas weiterbohrten, berichtete Manfred schließlich, dass die Christa vor ein paar Tagen mit ihm Schluss gemacht habe. Er habe zuerst geglaubt, dass es wegen ihres Verlobten sei, der ein paar Monate als Monteur im Ruhrgebiet gearbeitet hatte und jetzt wieder zurückkommen wollte. Doch dem war nicht so. Der Verlobte sei der Christa mittlerweile ziemlich egal; sie habe sich in einen anderen verliebt.

»I wollt natürlich wissen, wer des is«, berichtete Manfred, »und da san mir ziemlich aneinandergeratn.«

Doch die Christa habe ihm nichts verraten.

»Weiber!«, meinte er abschließend abfällig.

Nein, sonst sei alles in Ordnung, ihm sei auch in der Siedlung nichts aufgefallen.

Zum zweiten Mal saßen Korbinian und Breitner wieder etwas ratlos auf der Bank in der Grünanlage. Die fußballspielenden Buben waren verschwunden.

»Sakra«, rief Breitner plötzlich. »Jetzt hamma doch ganz des Mittagessen vergessn!«

24

»Grüß Gott, die Herrschaften«, sagte Franz Mitteneder. »Könnt ich mal Ihre Ausweise sehen. Routinekontrolle, Sie verstehen.«

Der Mann mit den dunklen Haaren griff so rasch in die rechte Tasche seiner Jacke, dass Mitteneder der Atem stockte. Der würde doch nicht etwa …?

Doch da hielt der Mann ihm tatsächlich nur ein etwas fleckiges Papier entgegen. »Bitte sehr.«

Mitteneder wollte danach greifen und rückte gerade seine Brille zurecht, um das Dokument zu inspizieren, als die junge Frau, die bis dahin apathisch dagesessen hatte, plötzlich aufsprang und ihm den Inhalt ihres Glases ins Gesicht schüttete.

Die süße Limonade verklebte auf der Stelle Mitteneders Brille und tropfte von seinem Gesicht sehr unangenehm in den Kragen seiner Uniformjacke. Für nur einen kurzen Augenblick war ihm die Sicht genommen, und das reichte aus, dass in diesen wenigen Sekunden die beiden aufsprangen, zu ihrem Auto rannten und mit aufheulendem Motor davonrasten. Die biertrinkenden Bauern am Nebentisch saßen wie festgenagelt mit offenen Mündern da und glotzten.

Es war nun von größtem Nachteil, dass Mitteneder zu Fuß zu seiner Mittagspause gekommen war, und so musste er nun zurück auf die Wache rennen, was doch ein paar kostbare Minuten in Anspruch nahm. Atemlos gab er die Autonummer der Flüchtigen rasch an die umliegenden Dienststellen durch, bevor er sich in sein Auto setzte, um noch die Verfolgung aufzunehmen.

»Richtung Oberhitting sans gfahren«, schrie ihm der Kogler Beppo zu, einer der Geistesgewärtigeren der Bauernrunde, der rasch auf seinen jedoch viel zu langsamen Traktor aufgesprungen war, um ebenfalls die Verfolgung aufzunehmen.

Die Landstraße Richtung Hitting schlängelte sich entlang eines kleinen Flüsschens, das irgendwann einmal größer werden und sich mit der Isar vereinigen würde. Viehweiden und längst abgeerntete Felder wechselten sich mit kurzer Bewaldung ab, und an der schmalen Abzweigung nach Unterhitting stand das Marienbildnis, das Mitteneders Frau regelmäßig mit frischen Blumen schmückte. Die Muttergottes konnte Mitteneder aber leider auch nicht verraten, ob die Flüchtigen nun hier eingebogen oder auf der Landstraße weitergefahren waren. Mitteneder entschied sich einfach intuitiv, der Landstraße zu folgen. Als er in der Ferne schon die Kirchturmspitze von Oberhitting sehen konnte und hoffte, dass ihm im Dorf vielleicht jemand Auskunft zu einem durchfahrenden Auto würde geben können, stand da nach einer lang gestreckten Linkskurve das gesuchte Auto quer am Rande eines Feldes. Die Beifahrertür war offen, und von den Insassen war weit und breit nichts zu sehen. Mitteneder stieß einen jener Flüche aus, bei denen seine fromme Ehefrau daheim sofort in das Weihwasserkesserl am Eingang zur Stube griff und sich bekreuzigte.

Verflucht und … jetzt san die abghaun! Himmiherr-
gott, Sakrament …«

Simon und Ragna kauerten schwer atmend in einer tiefen
Waldschlucht, die dicht von hohen Fichten und ein paar
Buchen umgeben war. Ragna zitterte heftig, ihre Zähne
schlugen aufeinander, und ihre Beine zuckten unkontrolliert. Simon legte seine Jacke um sie und streichelte
ihren Rücken.

»Hier sind wir erst mal sicher«, flüsterte er.

Ragna legte den Kopf an seine Schulter und musste an
die Tuxer Alm denken. Wie oft waren sie da an den Aben-
den so beieinander gelegen und hatten, während draußen
dichter Schnee die Hütte langsam unter sich begrub, miteinander geflüstert und sich Geschichten aus ihrer Kindheit erzählt.

»In Polen bin ich mal zwei Tage in einem Erdloch gesessen«, sagte Simon mehr zu sich als zu Ragna. »Ich habe
Regenwasser getrunken und Gras gegessen.«

Ragna schluchzte. »Das hat doch alles keinen Sinn mehr,
Simon, du musst dich der Polizei stellen.«

Simon fuhr so abrupt hoch, dass Ragna fast umgefallen wäre.

»Ich? Wieso ich? Nein, du musst dich stellen, Ragna!«

Ragna starrte ihn an. »Ich dachte, du hast den Gruber …?«

Simon schüttelte den Kopf, und Ragna sah die Scham
in seinem Gesicht.

»Glaubst du wirklich«, flüsterte Ragna heiser, »dass ich
zu so etwas noch fähig bin? Schau mich doch an.«

Dann wurde ihre Stimme lauter.

»Damals, gleich danach, ja, da hab ich mir vorgenommen, dass ich ihn umbringe, ganz bald. Aber ich konnte es nicht. Ich war ja nicht einmal in der Lage, nach ihm zu suchen. Und so hab ich immer gehofft, dass vielleicht du ... dass du wenigstens irgendetwas machst. Aber du bist ja nur dagesessen und hast dich selbst bemitleidet. Ich hab damals angefangen, dich zu hassen, weißt du das? Und jetzt, jetzt hab ich gedacht, dass du ihn gefunden und doch noch ...«

Simon verbarg sein Gesicht in den Händen und schluchzte.

»Ich hab dich im Stich gelassen, Ragna, ich weiß. Ich war zu schwach und wie gelähmt. Und irgendwie hab ich immer geglaubt, dass alles wieder gut wird.«

Schweigend saßen sie auf dem feuchten alten Laub, das sich in der Schlucht angesammelt hatte, und hörten, wie über ihnen der Wind durch die Bäume rauschte. Die ersten herbstlichen Blätter lösten sich von den Buchen und tanzten goldbraun leuchtend langsam zur Erde.

Das Mittagessen in der *Echardinger Einkehr* verlief schweigsam und war auch rasch zu Ende. Sowohl Breitner als auch Korbinian hingen ihren Gedanken nach, und beiden war klar, wie unbefriedigend die Situation im Augenblick war.

Trotzdem immer weitermachen, nur nicht verzagen, dachte Breitner bei sich, und Korbinian hatte ähnliche Lehrsätze aus seiner Ausbildung im Kopf. Sie entschlossen sich, als Nächstes die Christa Maurer aufzusuchen.

Christas Mutter öffnete ihnen. Sie hatte eine Menge Lockenwickler auf dem Kopf und trug eine ebenso bunte, jedoch wesentlich tiefer ausgeschnittene Kittelschürze wie die Frau Schraudinger. Allerdings rührte sie nicht in einem Kochtopf, sondern war gerade dabei, zwei Nach-barinnen die Fingernägel zu lackieren. Die beiden saßen, die Hände mit gespreizten Fingern brav vor sich liegend, unbeweglich am Küchentisch. Es roch derart durchdringend nach Lack und Alkohol, dass Korbinian kurz davor war, einfach das Küchenfenster weit aufzureißen.

»I mach Haar, Nägel, Augenbrauen und Warzen«, teilte ihnen Frau Maurer mit und pinselte mit sicherer Hand rosa Lack auf die Nägel einer Nachbarin.

»Ich hab koa Ahnung«, erwiderte sie auf Breitners Frage nach ihrer Tochter. »I misch mi da nimmer nei, da hab i mi scho vui zvui aufgregt über die Madam. Warum wollen S' des überhaupt wissen?««

Die beiden frisch lackierten Nachbarinnen nickten mit-fühlend, in eine kam jedoch plötzlich etwas Bewegung.

»Die is doch wahrscheinlich bei der Sylvia in der Balanstraß. Do is doch meistens, wenns bei eich zwoa kracht. Wissen S'«, und sie wandte sich vertraulich Breit-ner und Korbinian zu, »die is frisch verliabt, die Christa. Irgendoaner von früher, gell, Ingeborg?«

Christas Mutter warf ihr einen vernichtenden Blick zu, der deutlich verriet, dass sie mit dieser Einmischung nicht einverstanden war. Sie zuckte die Schultern.

»Ko scho sei«, meinte sie kurz angebunden. Dann trat sie näher an Breitner heran.

»Do am Hals hams aber a ganz schee große Warzn«, stellte sie fest. »I hätt da a Tinktur. A wahres Wunder-mittel, kon i eana nur sogn! Über Nacht foillts ein-fach ab!«

Breitner winkte ab, und kurze Zeit später standen er und Korbinian vor dem Wohnblock und atmeten zuerst einmal tief durch. Dann gingen sie zurück zum Auto und stellten fest, dass die kleine Gretel allein und ziemlich verloren auf einem niedrigen Gartenmäuerchen saß.

»Der Hansi muss seiner Mutti beim Teppichklopfen helfn«, berichtete sie niedergeschlagen und winkte ihnen zum Abschied zaghaft zu.

»Also, auf zur Sylvia Pichler in der Balanstraß«, meinte Breitner und startete etwas zu heftig den Motor. »Da lernst jetzt glei no amoi a anders Stadtviertl kenna.«

Vom Rosenheimer Platz, einem nicht sehr ansprechenden, gesichtslosen Platz im Münchner Stadtteil Haidhausen, bogen sie links in die Balanstraße ein. Als sie aus dem Auto ausstiegen, deutete Breitner etwas unbestimmt in nördliche Richtung.

»Da hinten liegt glei der *Bügerbräukeller*. A geschichtsträchtiger Ort. Do hat der Hitlerputsch 1923 sein Anfang ghabt, 1925 is do nachm Verbot d' NSDAP wieda gegründet worn, und 1939 war do des Attentat aufn Hitler. Leider is a z' früh wegganga, der Herr Führer, sonst hättsn dawischt.«

Sylvia Pichler wohnte im vierten Stock eines ziemlich heruntergekommenen Mietshauses, in dessen ungepflegtem Treppenhaus es durchdringend nach Sauerkraut roch. Nach dem dritten Stockwerk blieb Breitner schwer atmend stehen und fluchte.

»Früher war i moi einer da bestn Läufer im Polizeisportverein«, stöhnte er »do hob i no Luft ghabt ohne Ende!«

Schließlich hatten sie es geschafft und klingelten bei Pichler. Zuerst einmal blieb es vollkommen still in der Wohnung, und Korbinian hatte ein wenig Angst, dass Breitner nun wieder seinen Schraubenschlüsseltrick anwenden würde, doch er machte zum Glück keine

Anstalten dazu. Dann hörten sie ein ziemlich lautes Poltern und das Geräusch von schnellen Schritten in der Wohnung. Die Tür öffnete sich, und vor ihnen stand eine junge Frau in einem rosafarbenen Morgenmantel, der nur sehr lässig über Brust und Bauch geschlossen war und einige tiefe Einblicke gewährte. Die junge Frau gähnte herzhaft, aber, wie Korbinian festzustellen glaubte, etwas zu demonstrativ. Ihre langen blonden Haare waren zerzaust, aber auch da hatte Korbinian irgendwie den Eindruck, dass dies künstlich so arrangiert war. Ihre Augen machten nicht den Eindruck, als sei sie gerade erst aufgestanden, im Gegenteil, sie waren weit aufgerissen, und ihr Blick war unstet und fast angsterfüllt.

Es stellte sich heraus, dass nicht Sylvia Pichler, sondern die eigentlich gesuchte Christa Maurer vor ihnen stand. Die Sylvia war nicht da, sie arbeitete beim Paketpostamt in der Frühschicht.

»Und wos war des für a Krach grod«, fragte Breitner, nachdem sie sich ausgewiesen und Christa Maurer damit noch etwas nervöser gemacht hatten.

»Mir is beim Aufstehn a Stui umgfoin«, erklärte sie und trat unruhig von einem Bein auf das andere.

»Lassn S' uns eini«, befahl Breitner und schob die verdatterte Christa resolut zur Seite. »So, jetzt zoagns uns mal den Stuhl.«

Den habe sie schon wieder aufgestellt, berichtete Christa mit leichtem Trotz, aber deutlicher Angst in der Stimme.

In der schäbigen und sehr unaufgeräumten Wohnküche, in der sich das Geschirr in der Spüle stapelte, waren alle Küchenstühle unter den Tisch geschoben. Im Schlafzimmer nebenan stand neben einem ungemachten zerwühlten

Doppelbett nur ein Stuhl, auf dem ein hoher Berg Bettlaken und Kleidung lag.

»Do is nix umgfalln«, stellte Breitner fest, und seine Stimme schwoll an. »Raus mit der Wahrheit, junge Frau, aber sofort! Is do no jemand?«

Christa Maurer stand in der Schlafzimmertür und schüttelte störrisch den Kopf, doch Breitner und Korbinian konnten deutlich sehen, dass ihre Hände zitterten und ihre Lippen bebten. In diesem Moment war von draußen ein lautes Scheppern zu hören, und Christa fuhr angsterfüllt zusammen. Korbinian war mit einem Satz auf dem winzigen Küchenbalkon, auf dessen Boden ein zerbrochener Blumenstock lag. Er blickte über die Balkonbrüstung nach unten, doch nichts war zu sehen. Da schepperte es erneut, ein Dachziegel sauste an Korbinian vorbei und zersprang unten im Hof in zahllose Scherben.

»Da is jemand oben aufm Dach«, schrie er und stellte nun auch fest, dass das Regenabflussrohr etwas verbogen und eingedellt war. Jemand musste sich mithilfe dessen hoch auf das darüberliegende Dach gezogen haben.

Breitner war schnell dazugekommen, und als sie beide hochblickten, konnten sie gerade noch eine Gestalt über den Dachfirst verschwinden sehen.

25

Conni saß hinter ihrer Schreibmaschine und fluchte. Bereits das dritte Mal hatte sie ein neues Blatt einspannen müssen, immer wieder hatte sie sich derart vertippt, dass nichts mehr zu korrigieren gewesen war.

Wenn nur endlich mal eine Nachricht kommen würde! Ja, natürlich von Kowalczyk und Antschel, aber hauptsächlich doch von den beiden Kollegen, die nun schon seit Stunden einfach verschwunden waren.

Alle zehn Minuten steckte Lucki den Kopf zur Tür herein und fragte nach, und sie merkte deutlich, dass auch er voller Sorge war. Von Luger sah und hörte man seltsamerweise gar nichts.

Gerade als Lucki zum bestimmt fünften Mal wieder aufgetaucht war, schrillte das Telefon, und obwohl Conni so sehnsüchtig darauf gewartet hatte, zuckte sie nun doch erschreckt zusammen.

Vollkommen unprofessionell rief sie ins Telefon: »Ja endlich, wo steckts ihr denn?«

Zuerst einmal folgte Stille, dann ertönte ein lautes Husten, und eine Männerstimme fragte verunsichert, ob er denn richtig sei beim Morddezernat in München. Er sei der Polizeibeamte Franz Mitteneder aus Hitting und habe eine sehr wichtige Mitteilung zu machen. Conni entschuldigte sich wortreich, und der Franz

Mitteneder teilte ihr etwas unbeholfen und umständlich mit, dass eine Frau Ragna Antschel und ein Herr Simon Kowalczyk bei ihm in Arrest säßen. Sie hätten sich der Feststellung ihrer Personalien zuerst einmal durch Flucht entzogen, sich dann aber nach einer guten Stunde freiwillig gestellt.

»Die sogn, dass mit dem Mordfall nix zum tun ham«, ergänzte Mitteneder mit skeptischer Stimme. »Aber des zum Rausfindn is euer Sach in Minga.«

Die beiden würden noch heute nach München überstellt werden.

Conni bedankte sich herzlich für die Information, kurz tauschten sie sich noch über das Münchner und das Ober- und Unterhittinger Wetter aus, und bevor Franz Mitteneder noch ausholen konnte, von seinem letztjährigen Wiesnbesuch zu erzählen, verabschiedete sich Conni recht schnell von ihm.

Lucki, der mitbekommen hatte, dass es nicht um Breitner und seinen Freund Korbinian, wie er ausdrücklich sagte, ging, hatte das Zimmer während des Gesprächs verlassen.

Wem sag ich denn jetzt Bescheid, überlegte Conni. Muss ich jetzt tatsächlich zum Luger damit gehen?

Schließlich raffte sie sich auf und ging hinüber zum *Mord II*. Dort jedoch fand sie nur einen feixenden Lucki und eine ziemlich aufgelöste Mimi Moser vor.

»Was is los? Wo isn euer Chef?«, fragte Conni in die Runde.

»Weg«, schluchzte Mimi.

Seit Langem ging im Amt das Gerücht, dass Mimi Moser unsterblich in den Luger und seine aufgezwirbelten Schnurrbartenden verliebt sei. Niemand konnte das so recht verstehen, doch Conni dachte an den weisen Spruch ihrer Oma, der besagte, dass »d' Liab eben a mit oder auf am Misthaufn blühn ko«.

Während Mimi ihre Tränen trocknete, grinste Lucki über das ganze Gesicht.

»Beurlaubt, ab sofort«, meinte er trocken.

Offensichtlich hatte Luger noch einige Zeit im Treppenhaus herumgewütet, nachdem Breitner und Korbinian sich seinen Befehlen einfach widersetzt und ohne auf ihn zu hören mir nichts dir nichts verschwunden waren. Einige Kollegen aus den umliegenden Büros waren dazugekommen und hatten versucht, ihn zu beruhigen. Die jedoch hatte er mit unflätigen Schimpfworten bedacht und ihnen unterstellt, dass sie mit *Mord I* sowieso unter einer Decke stecken würden. Dann war ihm nichts Besseres eingefallen, als zwei junge Kollegen aus der Bereitschaft damit zu beauftragen, die Abtrünnigen zu verfolgen und bei Auffinden sofort festzusetzen. Gottlob war der Leiter der Bereitschaft ein besonnener Mann, er hatte seine jungen Kollegen zurückgehalten und umgehend den Polizeipräsidenten informiert. Dieser war aufgrund seines des Öfteren übers Ziel hinausschießenden autoritären Führungsstils und auch wegen mehrerer übler Fälle von Vetternwirtschaft keineswegs beliebt, doch in diesem Fall tat er das einzig Richtige. Luger wurde wegen hochgradiger Amtsanmaßung und seines für einen Staatsbeamten absolut unwürdigen Verhaltens ab sofort beurlaubt und auf der Stelle nach Hause geschickt.

Lucki und Conni klatschten sich zum Entsetzen von Mimi Moser kräftig ab und freuten sich wie Kinder kurz vor Weihnachten.

»Ui«, rief Conni dann plötzlich und rannte zur Tür, »i glaub, mei Telefon läut!«

»I nehm d' Verfolgung auf«, kündigte Korbinian an.

»Bist schwindelfrei?«, erkundigte sich Breitner besorgt, doch Korbinian war schon am lädierten Regenabfluss hochgeklettert und schwang sich nun fast elegant auf das Dach.

»I hol Verstärkung«, rief ihm Breitner noch hinterher.

Christa Maurer stand wie zur Salzsäule erstarrt an der Balkontür und presste ihre wohlmanikürierten Hände vor das Gesicht.

»Des wollt i ned«, schluchzte sie. »Mei ganz Leben lang hob i ihn scho geliebt, den Sandro. Mit und ohne Narbn, mit und ohne Singa! Und wie er jetzt wiedakomma is, do hob i ihm einfach helfn müssn.«

»Du bleibst do sitzn und rührst di ned vom Fleck«, herrschte Breitner sie an und drückte sie auf einen Küchenstuhl.

Dann rannte er hinunter auf die Straße und hatte das große Glück, dass gerade zwei Beamte der Wache vom nahen Rosenheimer Platz des Weges kamen. Er wies sie an, das Haus im Auge zu behalten, und lief dann auf die andere Straßenseite, um sich von dort vielleicht einen besseren Überblick über das Geschehen auf dem Dach verschaffen zu können. Doch er konnte nichts entdecken. Sein Herz klopfte wie wild, und eine Reihe ungeordneter wirrer Gedanken raste durch seinen Kopf.

Ich hab die Verantwortung für den jungen Kollegen da oben, dachte er entsetzt. Wenn ihm jetzt was passiert, wenn er gar abstürzt ... ich werd meines Lebens nimmer froh. Für einen kurzen Moment sah er eine weinende

Mutter vor sich, der er gerade eine entsetzliche Nachricht hatte überbringen müssen, dann jedoch versuchte er, diese schrecklichen Bilder aus seinem Kopf zu drängen.

Klar im Kopf bleiben, Sigi, ermahnte er sich.

Während sich Korbinian auf allen vieren, doch sehr behände, zum Dachfirst hocharbeitete, dachte er kurz daran, dass ihm Lucki vor ein paar Tagen in der Mittagspause von der schönen Aussicht vom Turm der Frauenkirche vorgeschwärmt hatte. So etwas Ähnliches hatte er nun hier auf den Dächern über Haidhausen. Oben am First angekommen, sah er, dass sich der Flüchtende bis ans Ende des Daches vorwärtsbewegt hatte und nun mit einem großen Satz auf das etwas tiefer liegende Flachdach des Nachbarhauses hinuntersprang. Dort angekommen, drehte er sich für einen Moment um, wohl um zu sehen, ob ihm jemand auf den Fersen war, und Korbinian konnte unter einer grauen Kappe ein durch Narben entstelltes junges Gesicht ausmachen. Es war also tatsächlich der gesuchte Sandro Hitzinger, den die Christa Maurer dort in der Wohnung ihrer Freundin versteckt hatte.

»Stehen bleiben«, schrie Korbinian, und als Sandro keine Anstalten dazu machte, rief er noch einmal.

»Stehen bleiben, sofort, oder ich schieße!«

Natürlich hatte Korbinian in der Polizeiausbildung den Umgang mit der Schusswaffe gelernt, doch bis jetzt hatte er gottlob noch nie davon Gebrauch machen müssen. Er sprang nun ebenfalls auf das Nachbardach und spürte, als er dort aufkam, einen stechenden Schmerz im Knöchel, der ihm für einen Augenblick den Atem nahm. Als er um sich blickte, glaubte er für einen Moment, dass Sandro verschwunden war, dann jedoch sah er, dass dieser bewegungslos am Rand des Daches stand und in die Tiefe blickte.

»Sandro«, rief Korbinian und wunderte sich über seine krächzende raue Stimme, »bleib da stehen, ich bitte dich. Wir können über alles reden.«

»Geh weg da, ich will nicht reden. Non voglio parlare«, rief Sandro, trat ganz nahe an den Rand des Daches, und seine Stimme klang dünn und verzweifelt. »Ich mag nicht mehr. Voglio sempre morire, ich will einfach nur sterben.«

Einen kurzen Moment wusste Korbinian nicht weiter. Dann fiel ihm ein, dass Tante Natalie, als er ihr, ohne näher auf den Fall einzugehen, von Sandro erzählt hatte, ihm vor Kurzem einen Zeitungsausschnitt neben seinen Frühstückskaffee gelegt hatte.

»In Wien«, begann er zu erzählen, »gibt es einen Professor Wollberger oder so ähnlich, der sich auf Gesichtsoperationen spezialisiert hat. Der kann Vernarbungen so glätten, dass man kaum mehr was sieht. Der ist eine Koryphäe, die Leut kommen bis aus Amerika zu ihm.«

Sandro lachte spöttisch auf, doch Korbinian glaubte zu bemerken, dass er um einige Millimeter vom Dachrand zurückwich.

»Was soll ich da?«, stieß Sandro verzweifelt hervor. »Dann hab ich ein glattes Gesicht, aber meine Stimme hab ich für immer verloren? Lass mich in Ruh, hau ab«, und er trat noch ein Stück weiter an den Rand des Daches vor, sodass seine Fußspitzen die Dachkante genau berührten. Mama, dachte er, ich weiß, dass du weinen wirst, aber ich kann einfach nicht mehr. Brunino, ich weiß, dass auch du weinen und es nicht begreifen wirst, aber was soll ich denn tun. Das letzte Lied, das er mit dem alten Kaiser einstudiert hatte, fiel ihm ein, und dessen Melodie und Text zogen glasklar durch seinen Kopf. Er spürte, wie seine Lippen sich lautlos bewegten.

>>Schlafe, schlafe, holder süßer Knabe,
leise wiegt dich deiner Mutter Hand,
sanfte Ruhe, milde Labe
bringt dir schwebend dieses Wiegenband.

Schlafe, schlafe in dem süßen Grabe,
noch beschützt dich deiner Mutter Arm,
alle Wünsche, alle Habe
fasst sie liebend, alle liebewarm.<<

>>Nein, ich lass dich nicht in Ruh<<, unterbrach Korbinians Stimme jäh dieses Lied in Sandros Innerem. >>Ich bleib da. Und hör jetzt auf, dir selber leidzutun.<<

Während er weitersprach, versuchte Korbinian ganz langsam und unauffällig, immer ein wenig näher an Sandro heranzurücken. Bei jedem Schritt stach sein Knöchel derart schmerzhaft, dass es ihm die Tränen in die Augen trieb.

>>Du bist jung, du bist gesund, du kannst Frauen glücklich machen und einmal Kinder zeugen, is des vielleicht nichts?<<, fuhr er fort und dachte bei sich, dass das mit den Frauen und den Kindern wohl zuerst einmal sehr in den Hintergrund treten würde, wenn Sandro etwas mit dem Tod Grubers zu tun hatte.

Dieser schwankte nun bedrohlich hin und her, und Korbinian sah es schon vor sich, wie er mit ausgebreiteten Armen in die Tiefe hinabstürzte, unten auf der Balanstraße dumpf aufprallte und mit verdrehten Gliedmaßen dort auf dem Straßenpflaster zu liegen kam, während sich eine große Blutlache rund um seinen zerschmetterten Kopf ausbreitete.

Dann jedoch schien ein wenig Spannung aus Sandros Körper zu weichen, er sackte in sich zusammen, und diesen Bruchteil einer Sekunde nutzte Korbinian, um sich auf ihn zu stürzen. Er packte Sandro an den Schultern und versuchte, ihn mit aller Gewalt vom Dachrand wegzuziehen. Doch dabei gerieten sie beide gefährlich ins Taumeln und hingen schließlich ineinander verkeilt direkt über dem Abgrund. Aus den Augenwinkeln nahm Korbinian ganz kurz wahr, dass unten auf der Straße ein Feuerwehrauto, mehrere Polizeiautos und ein Krankenwagen standen und davor Breitner, der heftig gestikulierte.

Ich hätt der Evi schreiben müssen ... schoss es Korbinian durch den Kopf ... und der Conni hätt ich schon längst mal ein Geld für den Kaffee geben sollen ... und mit dem Lucki war ich immer noch nicht in der *Nachteule* ... Dann endlich lockerte Sandro seine Umklammerung doch noch, brach schluchzend in Korbinians Armen zusammen, und ein paar Sekunden später saßen sie in gebührendem Abstand zum Dachrand. Sandro weinte und stammelte etwas von Brunino und von seiner Mama, doch Korbinian konnte ihn nicht richtig verstehen, weil er ständig zwischen dem Deutschen und dem Italienischen hin und her wechselte. Er strich ihm einfach mechanisch immer wieder tröstend über den Rücken, mehr konnte er nicht tun.

Was dann noch alles geschah, wusste Korbinian später nicht mehr so genau. Er konnte sich nur noch schemenhaft an Breitner erinnern, der zuerst händeringend vor ihm stand und ihn dann tatsächlich heftig umarmte, und an einen jungen Feuerwehrmann, der kurz auf seinen Knöchel drückte und auf Korbinians Schmerzensschrei hin trocken sagte: »Der werd scho brocha sei!«

So musste Korbinian anschließend doch einige Zeit im Schwabinger Krankenhaus verbringen, da die Ärzte ihn vorsichtshalber noch ein wenig überwachen wollten. Der Knöchel war Gott sei Dank nicht gebrochen und sollte sich nun, mit einem dicken, äußerst straffen Verband umwickelt, wieder erholen. Doch Ruhe war Korbinian in dieser Zeit nicht gegönnt, denn wie in einem endlosen Defilee zogen die Besucher kaum ohne eine Unterbrechung an ihm vorbei.

Breitner war natürlich der Erste und der, der auch am längsten blieb, denn er hatte ja schließlich eine Menge zu berichten.

Etwas unbeholfen, aber sichtlich gerührt, klopfte er Korbinian auf die Schulter. Ihm seien sieben Wackersteine von der Seele gefallen, als klar war, dass Korbinian alles ziemlich unbeschadet überstanden hatte. Dann begann er zu berichten.

»Kaum war i im Amt und hob mi von dem ganzn Schreckn no ned erholt ghabt, hams scho den Sandro zur Vernehmung bracht. A schreckliche, a traurige Gschicht, des Ganze!«

Als Sandro vor einem halben Jahr mit dem kleinen Brunino wegen dessen Augenoperation in München war, kam es, ebenfalls im Schwabinger Krankenhaus, zu einem völlig überraschenden Zusammentreffen mit Gruber, der dort wegen seines kaputten Beins eine Art Dauerpatient war. Gruber erkannte Sandro, der ja inzwischen ein Mann geworden war, nicht, doch Sandro genügte nur eine Minute, um alles, was seinerzeit in der *Maikäfersied-*

lung geschehen war, wieder hochkommen zu lassen. Die Demütigungen, die er ihnen ständig zugefügt hatte, die Verzweiflung seiner Mutter, die Abweisung vor dem Luftschutzkeller, der Bombeneinschlag und die Verschüttung, und schließlich nach einigen Wochen das Entsetzen, als er sein vernarbtes Gesicht das erste Mal im Spiegel sah und sich zur gleichen Zeit bewusst wurde, dass er seine Singstimme verloren hatte.

»Nie werde ich vergessen, non lo dimenticherò mai, wie er damals vor dem Luftschutzkeller stand und uns grinsend weitergeschickt hat. ›Es ist kein Platz mehr für euch‹, sagte er höhnisch. Als ihn später ein *Maikäfer* darauf ansprach, antwortete er, dass der Schutzraum für anständige Volksgenossen vorgesehen sei und eben nicht für Auslandsdeutsche mit zweifelhafter politischer Gesinnung und moralisch nicht einwandfreiem Lebenswandel. Mein Leben war danach zu Ende, la mia vita era finita«, schluchzte Sandro, und der hilfreich dolmetschenden Stefania aus der Registratur standen die Tränen in den Augen.

Nachdem er Brunino nach der doch nicht so erfolgreichen Augenoperation wieder nach Hause gebracht hatte, zog Sandro sich wie schon des Öfteren zuvor für einige Zeit in Giuseppes Jagdhütte zurück. Er wollte allein sein und über alles nachdenken. Doch je länger er überlegte, desto klarer wurde ihm, dass er diesen Gruber, der sein Leben und das seiner Mutter zerstört hatte, nicht einfach so davonkommen lassen konnte. Er musste etwas tun! So fuhr er, ohne seine Mutter einzuweihen, nach München und meldete sich dort weder bei der Tante Loichinger noch bei der Erdinger Verwandtschaft. Nur mit Christa Maurer in der *Maikäfersiedlung* nahm er Kontakt auf. Christa und er hatten schon als Kinder zusammen im Hof gespielt und sich als Heranwachsende Blutsbrüderschaft geschworen. Auf Christa war immer Verlass gewesen, und Sandro würde es nie vergessen, wie sie in der Zeit nach seinem Unfall im Gegensatz zu manchen anderen Maikäferfreunden zu ihm gehalten hatte. Dass sie jetzt behauptete, ihn immer geliebt zu haben und bereit sei, alles für ihn zu tun, erfüllte ihn zwar mit einem etwas schlechten Gewissen, doch es war sehr hilfreich. Es war nicht schwer für Sandro, Grubers Adresse ausfindig zu machen.

»Ich wusste gar nicht so genau, was ich eigentlich wollte«, berichtete er, »vielleicht wollte ich ihm einfach meine Wut und meinen Zorn ins Gesicht schreien.«

Doch er hatte nicht damit gerechnet, dass Gruber in der Zwischenzeit keinerlei Läuterung erfahren hatte. Nein, er war der Alte geblieben. Sarkastisch fragte er Sandro, den er kalt an der Wohnungstür abfertigte, was er dahergelaufener Italiener denn eigentlich von ihm wolle. Er, Gruber, habe immer nur seine Pflicht getan, er sei sich keiner Schuld bewusst und wie es denn seiner Mutter, der Schlampe, gehe, die immer in der Unterwäsche herumgelaufen sei.

Da habe er rot gesehen, gestand Sandro weiter schluchzend, er habe Gruber in die Wohnung gedrängt, das Messer genommen, das auf der Anrichte gelegen sei und …

»Der arme Kerl hod mia einfach nur leid do«, erzählte Breitner. »Der Gruber war einfach a ganz a schlimmes Arschloch! Man kanns ned anders sogn.«

Das Messer habe Sandro dann über der Treppe zum Kohlenkeller versteckt, wo es schließlich die Fanny Silberschneider später gefunden habe.

»Erst um Viertelnachneune bin i hoamkomma«, berichtete Breitner weiter, denn nach Sandro wären ihm auch noch Ragna Antschel und Simon Kowalczyk vorgeführt worden.

Die würden jetzt eine Anzeige bekommen wegen Behinderung eines ermittelnden Beamten durch Entziehung der Feststellung ihrer Personalien durch Flucht, doch mit dem Mord an Gruber hätten sie ganz sicher nichts zu tun.

»A dicks Buach könnt ma do drüba schreibn«, meinte Breitner noch, bevor er sich von Korbinian verabschiedete.

Breitner gab Conni und Lucki sozusagen die Türklinke in die Hand. Conni brachte eine Flasche selbst gemachten Zwetschgensaft von ihrer Oma mit, und Lucki hielt wie ein kleiner Bub bei einer Geburtstagsgratulation ein Sträußchen Astern in der Hand, das er sicher gerade bei der Blumenfrau Ursula gekauft hatte. Beide umarmten ihn, und nicht nur Conni, sondern auch Lucki hatten Tränen in den Augen.

»Du host uns ja an Riesnschreckn eigjogt«, riefen beide, und dann erzählten sie die Geschichte von Lugers Beurlaubung und dass der Chef am nächsten Tag wieder heimkomme nach München, aber noch für zwei Wochen krankgeschrieben sei.

»Ja, so fügt sich alles … so wird sich alles, alles fügen«, meinte Lucki versonnen. »Bachkantate Numero 224 oder so ähnlich.«

Auf Connis und Korbinians erstaunte Blicke erzählte er, dass er bis zum Stimmbruch im Internatschor gesungen habe.

Nachdem die beiden gegangen waren, musste Korbinian doch ein wenig eingenickt sein. Als er wieder zu sich kam, streichelte eine weiche Hand die seine, und ein herber, blumiger Zitronenduft lag in der Luft.

»Griasdi, du Held«, sagte Thea mit sanfter Stimme, beugte sich über ihn und küsste ihn ganz rasch auf den Mund.

Über was sie dann noch gesprochen hatten, wusste Korbinian hinterher nicht mehr genau, aber ihre Lippen auf den seinen spürte er noch sehr deutlich, und so ließ er sich, nachdem sie gegangen war, in seine Kissen zurückfallen und träumte ein wenig weiter.

Langes Träumen blieb ihm aber leider verwehrt, denn kurze Zeit später erschien der nächste Besucher. Es war Bullauer in dunkelgrauem Zweireiher und mit scharlachroter Krawatte, der verlegen vor dem Krankenbett stand und eine Tüte mit zwei Schmalznudeln in Händen hielt.

»Sie haben viel Mut gezeigt. Gute Besserung«, sprach er, und Korbinian merkte deutlich, wie schwer ihm schon diese wenigen Worte fielen. Sie bemühten sich beide nicht weiter um ein Gespräch und schwiegen für ein paar Minuten in stiller Eintracht. Bullauer versäumte es jedoch bei seiner Verabschiedung nicht, noch schöne Grüße an die Frau Tante aufzutragen.

Endlich gaben die Ärzte grünes Licht zu Korbinians Entlassung. Sein lädierter Knöchel erhielt noch einmal einen neuen dicken Verband, und er war gerade dabei, seine wenigen Sachen zusammenzupacken, als die Tür schwungvoll aufgerissen wurde und Theo und Ernstl hereinplatzten. Theo schwenkte die neueste Ausgabe der *Süddeutschen Zeitung,* und Ernstl lüpfte wieder seine Schiebermütze.

»Der Held des Tages«, rief Theo. »Schau amoi, du stehst in der Zeitung drin! Seite drei im Lokalteil.«

Dramatische Verfolgungsjagd über
den Dächern von Haidhausen

Dem jungen Polizisten Korbinian H.
gelang es unter Einsatz seines eige-
nen Lebens, den flüchtigen Sandro H.
festzunehmen, der unter dringendem
Verdacht steht, in der vergangenen
Woche den 57-jährigen Albrecht Gruber
aus der Schleißheimer Straße ermordet
zu haben. Korbinian H. verfolgte den
Tatverdächtigen über mehrere Dächer,
hielt den selbstmordgefährdeten S.
von einem Sprung in die Tiefe ab und
zog sich dabei selbst schwere Verlet-
zungen zu. Bei dem Einsatz, der von
dem erfahrenen Hauptkommissar Sieg-
fried B. geleitet wurde, waren meh-
rere Einsatzfahrzeuge und ein Wagen
der Münchner Berufsfeuerwehr tätig.

Unter dem Bericht waren ausgesprochen schlechte Fotografien von Korbinian und von Breitner zu sehen; Korbinian erkannte das alte Ausweisfoto, mit dem er sich in
München beworben hatte, und Breitner hatte auf seinem
sichtlich auch älteren Foto ein etwas schmaleres Gesicht
und eine fülligere Frisur.

»Dürfen wir dich eventuell auch für unsere Zeitung
interviewen?«, fragte Ernstl fast ein wenig devot.

Korbinian winkte ab. »Nein, besser nicht. Erstens mag
ich überhaupt nicht in einer Zeitung drinstehen, und zweitens ist euer Blatt doch derart kritisch eingestellt, dass ihr

euch mit einem Bericht über einen Vertreter der Staatsgewalt nur lächerlich macht.«

»Naja«, meinte Ernstl nachdenklich. »Des hätt ich
schon schön hinfrisiert.«

»Glaub ich dir sofort, aber vergiss es«, war Korbinians
abschließende Antwort.

26

Korbinian ließ sich auf einer Bank am Rande des Spazierweges nieder und reckte sein Gesicht der wärmenden Sonntagssonne entgegen.

»Ihr müssts a bisserl warten«, rief er. »Mei Fuß braucht a Pause! Dass der Englische Garten so weitläufig is, hätt ich nicht gedacht.«

Evi nahm besorgt neben ihm Platz, schmiegte sich dicht an ihn, und eine ihrer prächtigen, dicken roten Locken kitzelte Korbinian an der Nase.

Jetzt merk ich erst richtig, wie ich sie vermisst habe, dachte sich Korbinian und betrachtete liebevoll die winzigen Sommersprossen auf ihrer Nase, das kleine Grübchen in ihrer Wange und die winzige Lücke zwischen ihren Schneidezähnen, die er aus unerfindlichem Grund ganz besonders an ihr liebte.

Lucki Waldleitner und Evis Freundin Christine ließen sich nun ebenfalls auf der Bank nieder.

»Wir kommen jetzt bald zum *Chinesischen Turm*, dem Wahrzeichen des Englischen Gartens«, dozierte Lucki mit Fremdenführerstimme. »Früher auch Chinaturm oder große Pagode genannt. Ein 25 Meter hoher Holzbau, der als Aussichtsturm genutzt wird.«

Korbinian beobachtete amüsiert, wie Lucki während seines Vortrags immer näher an Christine heranrückte und wie zufällig seine Hand ganz sachte auf ihre Schulter legte.

»Im Krieg is er leider abgebrannt, aber seit zwei Jahren kann man ihn wieder besteigen«, fuhr Lucki fort, und seine Finger begannen ganz sanft Christines hübsches Schlüsselbein zu streicheln. Sie ließ es geschehen, was dazu führte, dass Lucki ein wenig den Faden verlor und sein Referat kurzfristig einstellte, um sich den gerade wichtigeren Dingen zuzuwenden.

Korbinian nahm Evis Gesicht in seine Hände und wendete es dem seinen zu, dann küsste er zuerst sanft, dann immer leidenschaftlicher ihre vollen Lippen. Er hatte gar nicht gewusst oder ganz vergessen, dass auch Evi das Spiel mit der Zunge äußerst gut beherrschte, und bald verspürte er sehr deutlich den dringenden Wunsch, jetzt ganz allein mit ihr unter Tante Natalies Federbett oder im Heustadl des Huberbauern zu liegen.

Doch das, das wusste Korbinian sicher, würde in der nächsten Zeit noch nicht passieren. In drei Stunden ging der Zug der beiden Mädchen zurück nach Prien, und es würde eine ganze Weile dauern, bis man sich wiedersah. Am Vormittag erst hatten Lucki und er die beiden am Bahnhof abgeholt und waren sofort mit ihnen zur *Wiesn* gewandert.

»Ich find, dass am Mittag die *Wiesn* am schönsten ist«, hatte Lucki geschwärmt und den beiden Mädchen eine Maß Bier »mitanand«, für sich und Korbinian je eine und für alle knusprige Brathendl serviert. Schon nach ein paar Schlucken der kühlen süffigen Maß stieg plötzlich eine derart abgrundtiefe Müdigkeit in Korbinian auf, dass er tatsächlich fürchtete, auf der Stelle über seinem Hendl einzuschlafen. Es war doch alles ein wenig viel gewesen, vor noch nicht einmal drei Tagen auf den Haidhausener Dächern, dann der kurze aber alles andere als erholsame Aufenthalt im Schwabinger Krankenhaus, und am gestrigen Tag der Besuch des Trachtenzugs und das Weißwurstessen mit Conni und Breitner im *Weißen Bräuhaus*, das sehr feuchtfröhlich geendet hatte.

Erst eine Fahrt auf dem neuen großen Kettenkarussell brachte Korbinian wieder etwas in Schwung. Anschließend kauften Lucki und er den Mädchen Herzln mit dem Spruch »Mei liabs Madl« und Lucki und Christine probierten zudem noch die Geisterbahn aus. Korbinian wartete mit Evi, der es vor Geistern zu sehr gruselte, draußen auf die beiden.

»Es is so schön, dass du da bist«, sagte er zu ihr und zog sie eng an sich.

»Kannst dir vorstellen, einmal ganz zu mir nach München zu ziehen?«

Evi lachte. »Is des jetzt a Antrag?«, neckte sie ihn. »Jetzt gwöhn erst mal du di hier ein, dann sehn ma weiter.«

Als Korbinian gegen Abend etwas erschöpft und durch den gerade zurückliegenden Abschied von Evi etwas melancholisch gestimmt in der Sophienstraße eintraf, traute er seinen Augen nicht. Am Küchentisch saßen einträchtig vor Bier und einer kleinen Brotzeit die Tante Natalie und der Bullauer. Tante Natalie strahlte, und auch Bullauer, der einen feschen Trachtenanzug mit passendem kariertem Einstecktücherl trug, machte einen für seine Verhältnisse sehr entspannten Eindruck. Bei Korbinians Eintreten erhob er sich jedoch sofort und nahm Haltung an.

»Ich komme im Auftrag des Präsidiums«, vermeldete er.

»Was, heute am Sonntag?«, fragte Korbinian erstaunt.

»Der Dienst kennt keine Wochenenden«, entgegnete Bullauer streng. »Der Herr Polizeipräsident schickt mich. Sie sollen morgen Vormittag um 10 Uhr im Amt in einer kleinen Feierstunde für Ihren mutigen und selbstlosen Einsatz im Fall Gruber geehrt werden.«

Tante Natalie hielt es nicht mehr auf ihrem Küchenstuhl. Begeistert stürmte sie auf Korbinian zu und schloss ihn in die Arme.

»Mei, i bin so was von stolz auf di, Bua!«

Korbinian wehrte ab. »Das ist mir gar nicht recht. So a Feier extra für mi? Muss ich da auch was sagen?«, und er spürte, wie er zu schwitzen begann.

Bullauer, der sich zwischenzeitlich wieder hingesetzt hatte, nickte ernst.

»Ein paar Worte werden schon notwendig sein!«

Der Polizeipräsident schaute ganz anders aus, als sich Korbinian das vorgestellt hatte. Er war von durchschnittlicher Größe und Statur, trug eine dicke Hornbrille und einen unscheinbaren grauen Anzug ohne jegliches Einstecktücherl und wirkte ein wenig wie ein verknöcherter Finanzbeamter. Zudem musste er ständig ein Gähnen unterdrücken, wahrscheinlich lag ein anstrengendes Wiesnwochenende hinter ihm.

Conni, die emsig umherwuselte und Sekt ausschenkte, sah dagegen umwerfend aus. Sie trug ein leicht schimmerndes schwarzes Etuikleid mit gelben Punkten und dazu hochhackige schwarze Lackschuhe mit kleinen ebenfalls gelben Schleifchen. Breitner steckte in einem schon etwas älteren Trachtenanzug, der vielleicht vor noch zehn Jahren seiner Figur geschmeichelt hatte, jetzt aber schlichtweg von oben bis unten zu eng war. Aus diesem Grund und wahrscheinlich auch vor Aufregung schwitzte er ziemlich und wischte sich ständig, jeweils begleitet von einem leichten Aufstöhnen, die Stirn. Lucki, der wieder seinen zu kleinen Matrosenanzug trug, in dem er so unverschämt jung wie ein Firmling wirkte, winkte Korbinian verschwörerisch zu und verteilte Brezn und kleine Semmeln unter den Anwesenden. In der Ecke, Korbinian hätte ihn fast übersehen, saß bleich und noch sehr angeschlagen Ostermeier in einem Rollstuhl. Eine etwas zu stark geschminkte Frau in einem schreiend kanariengelben Kleid stand, ein wenig wie ein Wachhund wirkend, dicht neben ihm.

Die Worte des Polizeipräsidenten waren, genau wie seine äußere Erscheinung, ohne Kraft und Elan, und der Vorteil seines äußerst langweiligen Vortrags lag wirklich nur in dessen Kürze. Dann trat Conni nach vorne, ihre Bewegungen waren so sicher und selbstbewusst, als würde sie so etwas täglich machen, und bat Korbinian vor die Gästeschar, um ebenfalls ein paar Worte zu sagen. Hinter ihrem Rücken hielt sie einen großen Blumenstrauß versteckt, und Korbinian schoss es trotz seiner Aufregung durch den Kopf, dass sie eine prima Polizeipräsidentin abgeben würde.

Korbinian hatte ganz bewusst nichts vorbereitet oder einstudiert, denn das schreckliche Gestotter und Gestammel des Dorffeuerwehrkommandanten Güssbacher, der zur Eröffnung des alljährlichen Feuerwehrfestes daheim seine Rede immer Wort für Wort vom Blatt abgelesen hatte und trotzdem jedes Mal kläglich gescheitert war, klang ihm immer noch warnend im Ohr.

Er machte nicht viel Aufhebens von seinem Einsatz über den Dächern, sprach dafür aber länger von der so hervorragenden und herzlichen Aufnahme, die er als blutiger Anfänger in der Abteilung *Mord I* gefunden hatte, und dankte als Erstes dem geschätzten Kollegen Breitner, ohne dessen sachkundige Führung des Einsatzes alles sicher nicht so gut verlaufen wäre. Auch Conni und Lucki vergaß er nicht in seinen Dankesworten und gerade als er auch, weil es sich einfach so gehörte, Ostermeier seinen Dank aussprechen wollte, kam dieser in erstaunlicher Geschwindigkeit in seinem Rollstuhl nach vorne gefahren. Die kanariengelbe Begleitung, sicher seine Frau, blieb sprachlos zurück.

»Ich habe noch eine Mitteilung zu machen«, sprach Ostermeier mit noch etwas schwacher Stimme.

»Ich werde mich nach meiner Gesundung als Chef der Mordkommissionen hier im Hause zurückziehen und auf einen mir seit Längerem angebotenen Posten in der Staatsanwaltschaft München wechseln.«

Ein Raunen ging durch die Schar der Gäste.

»Meine Nachfolge wird, Herr Polizeipräsident, Sie gestatten, dass ich das jetzt schon ankündige, zum ersten Oktober der altgediente, überaus tüchtige Kollege Siegfried Breitner aus der Abteilung *Mord I* antreten«, und er winkte Breitner zu sich nach vorne.

Dieser stolperte etwas ungelenk in Richtung Ostermeier und wischte sich vorsichtshalber noch einmal den Schweiß von der Stirn, und Conni stand, nun doch etwas ratlos und nicht mehr ganz so selbstsicher, mit ihrem Blumenstrauß da und fragte in die Runde, »Wem soll i denn jetzt bittschön die Bluama gebn?«

»Des is nichts anderes als a Abschiebung«, flüsterte Lucki Korbinian zu. »Sein ungschicktes Verhalten in Italien und dann auch noch die Sach mitm Luger, die ja auch auf ihn zurückfallt. A gut dotierter, aber vollkommen unwichtiger Posten in der Staatsanwaltschaft!«

Plötzlich, als die Runde schon dabei war auseinanderzugehen, wurde die Tür aufgerissen, und Lippl im flatternden schwarzen Mantel über dem weißen Kittel stürzte herein und rief: »Die Götter haben mir gekündet, dass hier Nektar und Ambrosia in Strömen fließen!«

Eine Stunde später saß die Abteilung *Mord I* wieder ganz normal beim Tagesgeschäft. Breitner hatte in Erfahrung gebracht, dass Sandro Hitzinger von einem der bekanntesten Anwälte Münchens vertreten werden sollte und auf ein nicht zu strenges Urteil hoffen durfte, und dass der kleine Brunino wieder in den Schoß der Familie zurückgekehrt sei. Korbinian entdeckte erst nach einiger Zeit ein Schreiben in seinem Ablagekorb, in dem ihm in komplizierter, aber dennoch eindeutiger Behördensprache mitgeteilt wurde, dass er ab der kommenden Woche bei der *Abteilung Eigentumsdelikte* seine Ausbildung im Präsidium fortzusetzen habe. Das strahlende Oktoberfestwetter vom Wochenende hatte sich verzogen, der Himmel draußen war eintönig grau und es begann, leicht zu regnen.

DANK UND
NACHWORT

Herzlichen Dank an alle meine Freundinnen und Freunde – darunter meine beiden langjährigen Freundinnen Bärbel und Sigrit, die mich 2021 so rasch hintereinander verlassen haben – die mein Schreiben immer mit Interesse verfolgt und unterstützt und meine damit verbundenen Klagen, Selbstzweifel und meinen zeitweiligen Rückzug verstanden und ertragen haben! Ihr wart mir eine große Stütze und Hilfe!

Großen Dank – wie bei allen meinen bisherigen Buchprojekten – an meinen Mann, der mich in sprachlichen und historischen Belangen sachkundig unterstützte; der mich bei großer Sommerhitze zu den Stätten meiner Münchner Kindheit begleitete und immer mit Rat und Tat und mit seiner einzigartigen Gelassenheit und Ruhe an meiner Seite stand. Danke, Franz!

Erneuten Dank an die Mitarbeiter der Agentur Rumler München, vor allem an Sophie Wittmann, die trotz Corona-Unbill und anderer Widrigkeiten immer an mich geglaubt haben und denen es schließlich gelungen ist, mein Projekt an den Gmeiner Verlag zu vermitteln.

Herzlichen Dank und auf weitere gute Zusammenarbeit und noch so einige Treffen im schönen München-Nymphenburg!

Vielen Dank an alle Mitarbeiter des Gmeiner Verlags, an Claudia Senghaas, Monika Heinzelmann und an alle, die ich hier nicht namentlich erwähnen kann, die mit großem Engagement dafür sorgten, dass die »Münchner Vergangenheit« nun eine hoffentlich große und interessierte Leserschaft findet.

Als ich im Herbst 2020 mit diesem Buchprojekt begonnen habe, lastete die Pandemie schwer auf uns allen; meine Schaffenskraft war stark beeinträchtigt und meine Fantasie kam teilweise ganz zum Erliegen.

»Vui schlimma konns doch gar ned wern«, hätte mein Siegfried Breitner da gesagt! Doch trotz aller Beeinträchtigungen habe ich mich durchgekämpft und meinen Text zum Abschluss gebracht. Darauf, finde ich, kann ich wirklich stolz sein!

Doch niemand hatte damit gerechnet, dass es dann am 24.02.2022 »doch no vui schlimma« kam und die Welt an diesem Tag eine andere wurde. Meine Ideale und Überzeugungen, nahezu alles, wofür ich im Laufe meines Lebens ein- und aufgestanden bin, wurde infrage gestellt, ja teilweise gänzlich über Bord geworfen.

»Der Scheißkrieg! Ihr jungen Leut müssts schaun, dass es sowas nie mehr gebn wird!«, ruft meine Natalie Pirkner, deren leidvolle Kriegserfahrungen dem Leser ja recht plastisch geschildert werden. Ich kann mich ihr nur anschließen. Der Einsatz für den Frieden auf dieser Welt unter dem mittlerweile ziemlich verpönten Motto »Frieden schaffen ohne Waffen« sollte auch weiterhin immer an oberster Stelle stehen!

Alle Fehler, die sich vielleicht doch noch in meinen Text eingeschlichen haben, habe ich allein zu verantworten.

Gretel Mayer
im Sommer 2022

Gretel Mayer
im Gmeiner-Verlag:

Kriminalbeamte Korbinian Hilpert und Siegfried Breitner ermitteln:

1. Fall: Münchner Vergangenheit
ISBN 978-3-8392-0398-9

2. Fall: Schwabing 62
ISBN 978-3-8392-0606-5

Das Ermittlerduo Kotteder und Kerber ermittelt:
1. Fall: Chiemseegewitter
ISBN 978-3-8392-0757-4

Das Geheimnis von Murnau
ISBN 978-3-8392-0849-6

GMEINER SPANNUNG

WWW.GMEINER-VERLAG.DE
Wir machen's spannend